얇은 불행

얇은 불행

사람은 누구나 얇게 불행하다

김현주 장편소설

읽고 싶은 책

나이가 들수록 어떻게 불리는 사람이 되어야 할까 고민합니다. 출간한 책이 쌓일 때마다 고민은 짙어집니다.

가끔 인터뷰에서 작가가 되어서 좋은 점이 무어냐고 물으시는데, 저는 작가로 불리는 게 좋다고 고민 없이 말합니다. 삼십 대 후반의 여성을 무어라 부를 수 있을까요. 누군가의 와이프, 딸, 사모님, 아주머니, 이모, 언니, 누나 정도 있겠네요. 아, 삼십 대 초반의 어떤 동생은 누님이라고도 하더라고요. 기분은 참 묘하고 별로던데 누나를 높여서 부른 거라니 할 말이 없더라고요.

제가 글을 쓰지 않았다면 아마 아주머니라는 호칭이 가장 잘 어울릴지도 모르겠습니다. 물론 세상의 모든 아주머니를 존경하지만 제가 원하는 호칭은 아니에요. 저에게 글은, 작가는 어렸을 때의 꿈을 포개어 이루어가는 과정입니다. 성실한 노력을 인정받는 느낌이라고나 할까요. 사는 게 꿈을 포개는 과정이라고 생각하면 한껏 행복해집니다.

요즘 소설 쓰듯 말을 한다는 얘기를 듣습니다. 덕분에 첫 소설 앞에서 작아졌던 마음을 용기 내어 꺼내 봅니다. 평생 말하듯이 글을 쓰고 글을 쓰듯 말하고 싶으니까요. 이 소설을 한창 쓸 때는 정말 너무 힘들어서 이렇게 힘든지 모르니까 시작했지, 알았으면 절대 안 썼을 거라 생각했어요. 그런데 프롤로그까지 쓰고 보니 이렇게 힘든지 알았더라도 꼭 썼을 것 같네요. 제가 좀 그래요.

원고를 어느 정도 마무리해놓고 글쓰기 모임을 함께 하는 동생들에게 먼저 보여주고 피드백을 부탁했습니다. 완성되지 않은 일을 누군가에게 보여준다는 게 꽤 부끄럽더라고요. 덕분에 새삼 부끄러워하는 시간을 가져보았죠.

"여기서 갑자기 버터가 왜 나와요?"

"배달 음식 시켜 먹어야죠."

정말 정신이 번쩍 드는 말이었습니다. 아마 저 혼자서 퇴고했다면 절대 상상할 수 없는 생각입니다. 새삼 읽는 사람들의 마음도 헤아려봤어요. 솔직히 저는 미세 플라스틱이 싫어 배달 음식을 먹지 않고 버터 향을 참 좋아하거든요. 소설의 틈에 저의 취향이 들어있기에 또 다른 애정이 생겨납니다.

계절을 닮은 사랑 이야기를 써보고 싶었습니다.

여전히 사랑에서 어디까지가 감정인지, 어디까지가 현실인지 잘 모르겠습니다. 저는 많이 사랑할수록 많이 참고 많이 찌질해지던데요. 사랑의 크기는 재단해 볼 수 없지만 찌질했던 순서는 나열할 수 있을 것 같아요. 첫사랑이 가장 찌질했을 거에요. 아마도.

소설을 시작하면서 모든 사람들이 오늘을 추억하고 안녕히 내일을 맞이했으면 좋겠다는 바람을 남겨봅니다. 나의 첫사랑을, 그 시절을, 그 계절을 추억할 수 있었으면 좋겠습니다.

작은 작가 김현주

차례

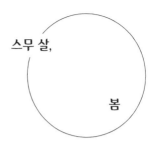

스무 살,

봄

'호~'

소영은 손가락 열 개를 오므리고선 손바닥이 하늘 쪽으로 두 팔을 주욱 뻗었다. 아무것도 빠져나가지 못하게 두 손을, 열 개의 손가락에 힘을 주고는 꼬옥 붙였다. 오밀조밀하게 손가락들을 코와 입 앞으로 천천히 갖다 댔다. 입술을 동그랗게 말아 작게 오므리고 숨을 천천하게 내쉬었다. 심장에서부터 나온 투명한 날숨이 소영의 분홍 입술을 빠져나와 은빛 연기로 엉겨 손안의 공기를 데웠다. 따뜻한 공기는 입안을 빠져나오자마자 차갑게 식어 하얗게 흩어졌다.

딱 그만큼 데워진, 딱 그만큼의 세상.

어쩌면 겨울일지도 모를 지금, 누군가는 아직 봄은 오지 않았다고 말하는 지금, 시린 계절과 따뜻해질 계절의 경계에서 소영은 성인이 될 준비를 하고 있다. 두 손안에 모아둔 따스함이 있기에 지금은, 소영에게 겨울의 끝이 아니라 봄의 시작이라고.

– 작은 손안에 겨우 가둬둔 따스함.

봄의 시작은 시리고 차갑다. 그런데 사람들은 늘 반복되는 계절의 시작을 잊고선 봄을 그저 따뜻한 계절이라 기억한다. 봄의 시작은, 봄의 처음은, 눈을 감으면 시린 코와 입술을 간지럽히는 그런 시큰한 계절이다.

아직 공기가 차. 하지만 춥진 않아.

아직 겨울이야? 그건 아니지. 언제부터 진짜 봄인 거야?

모르겠어.

얼른 봄이 왔으면 좋겠어. 빨리 스무 살이 되고 싶어.

한겨울 두터운 외투와 살결 사이의 따스함 같은 일상이 기다리고 있을 거야.

왜인지 그랬다. 시간이 빠르게 흘러가 준다면 더 이상 바랄 게 없었다. 아무래도 좋으니 그저 빠르게 와주길 바랐다.

소영은 스무 살이 되었고 스무 살의 봄이 왔다. 창문을 열고 기지개만 켜봐도 세상의 모든 싱그러움이 눈으로, 콧구멍으로, 귀로 속삭여졌다. 파랑의 하늘과 곧 분홍과 연두로 물들 세상에서 앞으로 스스로 만들어갈 모양에 설레었고 청아하게 뭉클했다.

다가오지 않은 미래, 단순히 궁금하다는 말로는 표현이 부족한 호기심과 심장의 쫄깃함.

스무 살의 봄은 열아홉의 봄과는 사뭇 달랐다. 지금까지 열아홉 번의 봄은 자연스럽게 당연히 왔다면 스무 살의 봄은 마치 약속이라도 한 것처럼 그렇게 다가왔으니까.

'세상엔 이렇게 콩닥거리는 일이 많구나.'

스무 살의 봄, 묘한 기다림. 누구와 했는지 어디서, 무엇을, 어떻게 해야 할지.

어떤 사람을 만날지 모르는 약속.

소영은 약속을 지키는 마음으로 기다렸던 따뜻하고 포근한 계절에 숨을 크게 들이쉬고 내쉬며 세상의 따뜻함을 익혔다. 한 사람의 인생에서 꼭 한 번은 찾아오는 그 시절, 그 따뜻한 계절이 중심에서 심장은 마치 이 계절이 처음인 듯 설레었고 여리게 떨렸다. 연둣빛에 분주한 설렘, 분홍빛을 머금은 바람과 파아란 하늘은 따뜻했고, 따뜻해서 또 애틋했다. 소영은 하늘을 올려다보는 게 좋았다. 지금 당장 목을 꺾어 하늘만 바라보아도 이렇게 편안한데 왜 굳이 힘들게 짐을 싸고 그 무거운 짐을 들고 사람들은 고생하러 여행을 가는지.

소영은 가끔 속상한 일이 있으면 목을 꺾어 하늘을 보는 습관이 있었다. 하늘은 어디에도 있으니까 굳이 도망가지 않아도 되었다.

'오늘의 하늘에는 얼마나 하얀색이 섞여 있을까.'

하늘에서 하얀색을 세어보면 어느 순간 눈물은 멈추고 제법 괜찮아졌다. 그게 무엇이든 간에.

사회의 어딘가에 있을 날 위해 준비된 빈자리를 기대하는 스무 살.

가다 보면 어딘가에 잘 닦여 있는 내 자리가 있다는 기대로 나에게 배정된 빈자리를 찾아가는 연습을 시작하는 시절. 빈자리에 들어가 보고 아니다 싶으면 얼른 빠져나와 상처받고 회복하고를 반복하는 그 시절.

'어른이 되는 걸 세상은 이렇게 환영해 주는구나.'

거리를 걸으면 모든 스무 살을 환대해 주는 듯했다. 영화관에서도, 핸드폰 매장에서도, 백화점에서도 스무 살은 특별하다며 각종 할인을 해준다는 광고에 소영은 어깨가 으쓱했다. 남들보다 적은 돈을 내고 물건을 획득할 수 있음이, 그게 불공평이 아니라 특별함이라는 이상한 법칙에 오묘한 불안감이 들기도 했지만 내심 나쁘지는 않았다.

소영이 스무 살이 되고 달라진 게 있었다. 거리를 걸으면서 도착지를 알 수 없는 사람들의 표정을 관찰하기 시작했다. 지금까지 친구들의 얼굴을 보는 건 이름을 부르고 같이 놀기 위함이었다면, 이제 세상 사람들의 그러니까 모르는 사람들의 눈, 코, 입 그리고 그 셋이 만드는 표정까지 눈에 담고 기분을 살피기 위함이었다. 사람의 눈과 코와 입은 각각 따로가 아니라 미세하게 연결되어 움직이며 그 사람의 기분을 나타내었는데 스무 살 소영에게 그건 꽤 신경이 쓰이는 일이었다.

'신기해. 사람의 표정이란 건. 손바닥만 한 얼굴로 어떻게 저렇게 조금씩만 움직여도 다 다른 표정일까. 지금 저 사람은 표정대로의 기분일까.'

소영은 타인의 기분과 표정을 잽싸게 눈치챌 수 없어서 어떤 때는 정말로 한참을 바라봐야 했다. 누군가의 기분을 끝까지 알아챌 수 없었던 날엔 왠지 주눅 들어 밤까지 시무룩해졌다. 무표정인 사람을 오랫동안 보았던 날은 소영도 알 수 없는 무표정으로 잠들기도 했다. 가끔은 그런 시무룩한 자신의 무표정도 궁금했다.

'어쩌면 평생, 직접 볼 수는 없겠구나.'

어렴풋이 상상할 순 있어도 거울에 비춰 볼 순 있어도, 내 눈으로 직접 확인할 수 없다고 생각하니 얄궂은 아쉬움이 일렁였다.

다른 사람 표정 살피면서 눈치 보지 말고 나는 보고 싶다고. 내 표정이.

소영은 학생 때 사용하던 핸드폰을 바꾸기로 했다. 수능을 치고 하루에 6시간씩 카페 아르바이트로 번 돈을 꼬박 모았고 핸드폰에 쏟아부었다. 스무 살 소영이 할 수 있는 정직하고 성실한 새로운 시작이었다.

집에서 나와 혼자 버스를 타고 시내로 나왔다. 미리 검색해 둔 핸드폰 매장이 있는 거리로 걸어가는데 맞은편에 서너 살 정도로 보이는 꼬마 둘이 손을 잡고 횡단보도를 걷고 있었다. 둘은 손을 꼬오옥 잡고서 통통한 엉덩이를 씰룩거리며 나머지 한쪽 팔은 번쩍 들고는 아장아장 걸어갔다. '꼭' 잡았다는 말로는 표현이 부족한 꼬오옥, 맞잡고 있는 보드랍고 하얀 살결은 하나의 손처럼 보여 손바닥 사이에서 따스한 공기가 느껴지는 것만 같았다. 신발 속의 귀여운 캐릭터가 그려진 도톰한 양말이, 양말 속의 뽀얀 뒤꿈치가 상상되어 소영은 절로 미소가 지어졌다. 언뜻 보아도 오빠가 주변을 두리번거리며 동생을 이끌어 가고 있었고 동생은 추운지 붉은 복숭아 빛 볼을 씰룩쌜룩거리며 해맑게 웃고 있었다. 머리와 키가 조금 더 큰 오빠가 동생을 이끌어 횡단보도를 건너갔다. 둘은 발걸음을 통통거리면서 신호등이 빨간 불이 되자마자 간신히 인도에 두 발을 올렸다. 신호가 바뀌며 멈추어 있던 차들이 두 꼬마가 지났던 횡단보도를 세차게 지나갔다.

그래, 세상엔 이렇게 귀여울 일이 많이 일어난다구.

소영은 친구들과 장난치며 걷던 거리를 혼자 걸으니 어쩐지 모를 불안함에 두 다리에 힘이 들어갔다. 시내의 중간쯤 핸드폰 매장이 모여 있는 거리에 도착했다. 여러 매장에서 같은 기종의 핸드폰을 매장별로 다른 가격대로 판매하고 있었다.

'분명 똑같이 생긴 똑같은 모델인데 왜 다른 가격에 팔지? 비싼 게 좋은 건가? 아님, 저렴한 걸 선택하면 되나?'

소영은 주변을 두리번거리다가 자신이 좋아하는 아이돌이 입간판으로 서 있는 매장을 선택했다. 어색함을 들키지 않으려 어깨를 날개처럼 펴고 제법 어른스럽게 걸어 들어갔다.

"어떤 기종 찾으세요?"

쭈뼛쭈뼛거리는 소영에게 직원은 특유의 영업 말투로 친절하게 말했다.

"혹시 스무 살이세요? 어쩐지 얼굴이 앳되어 보이더라. 스무 살 된 걸 축하드려요. 좋겠다. 스무 살."

"고맙습니다."

소영은 자신도 모르게 고개를 두 번이나 꾸벅 숙이면서 고맙다고 인사했다.

"이번에 스무 살을 대상으로 특별한 이벤트를 진행하고 있는데요. 이 기종을 사용하면... 이 요금제를 사용하면... 정말 할인이 많이 돼요. 스무 살 아니면 가입할 수 없는 요금제에요. 제일 신상이에요. 다들 이걸로 해요."

씽긋.

직원은 소영을 바라보며 좋은 어른의 미소를 지었다. 마치 밑지고 장사를 하는 듯, 이 정도면 됐지? 꼬마 아가씨.

직원이 내민 가격표에는 핸드폰의 출고가가 적혀있었다. 그리고 절대로 절대로 이렇게 팔지 않겠다는 듯 크게 엑스 표시가 있었고 각종 보조금과 기타 할인을 받을 수 있는 금액이 작게 적혀있었다. 원래 판매 가격은 이미 엑스였다. 마치 과거일 뿐이라는 듯이.

소영은 스무 살이라는 이유로 할인을 받고 36개월 동안 매장에서 추천하는 요금제를 사용하기로 약속했다. 어떠한 일이 있더라도 이 약속을 지켜야 하고 너의 의지로 해지를 원하면 위약금이 발생한다고 했다. 그러면서 직원은 스무 살이니까 지금 받을 수 있는 모든 혜택을 받아 간다며 참 좋을 때라 했다.

"신분증 주세요."

빳빳한 지갑에 빳빳하게 자리 잡고 있던 주민등록증을 꺼내면서 새 지갑에 살짝 스크래치가 났다. 소영은 자신도 모르게 아, 하고 속삭이듯 탄식했다. 고개 숙여 지갑의 스크래치로 눈을 떨구어 주민등록증의 증명사진 속 나와 눈이 마주쳤다. 열여덟의 소영이 증명사진 속에서 방긋이 웃고 있었다. 소영은 지갑에서 꺼내 본 적 없어 표면이 반질한 주민등록증을 두 손으로 내밀었다.

소영은 직원과 마주 앉아, 직원이 내민 계약서에 사인을 했다. 펜을 들고 침을 한 번 꼴깍, 삼키고선 서명란에 또박또박 '김소영'을 적어냈다. 소영은 36개월 동안 핸드폰을 소중히 다루겠노라고, 또 핸드폰 요금은 최소한 스스로 해결하겠다는 다짐을 했다. 새 핸드폰을 손에 꼭 쥐고 가게를 나오면서 스스로 뭔가 해냈다는 벅찬 감정에 걸어왔던 거리를 종종거리며 뛰어갔다.

집에 도착해서 소영은 핸드폰 계약서와 각종 홍보물이 들어있는 종이가방을 사뿐히 내려놓고 개대고 핸드폰을 만지기 시작했다. 핸드폰이 담겼던 종이 박스의 깔끔한 디자인이 마음에 들어서 다시 쓰려고 고이 모셔두었다. 아마도 언젠가는 쓰이겠지. 언젠가는.

'일을 해서 모은 돈을 쓰는 기분은 이런 거구나.'

소영은 핸드폰을 조물거리며 이제 어른이 되었으니 앞으로 일어날 일을 스스로 책임지면 행복해질 것 같았는데 약간의 문제라면 어떤 일이 일어날지 모른다는 거였다. 소영은 검색창에 '행복'이라고 검색해 보고 눈에 띄는 영상을 재생시켰다.

– 억지로라도 웃으세요. 억지로 웃으면 우리의 뇌가 행복하다고 착각한대요. 이렇게 쉽게 행복해질 수 있어요.

영상에서 선생님처럼 생긴 사람이 인자하게 웃으면서 억지로라도 웃으면 행복해질 수 있다고 강의했다.

"말도 안 돼. 시시해."

열아홉 겨울까지 소영에게는 모든 것이 적당했다. 적당하게 행복했다. 적당하게 행복하단 건 사실 모든 것이 적당하다는 뜻이기도 하다. 공부도, 성적도, 부모님의 잔소리도, 친구들과의 우정도 모두 다 할만했다. 그런 소영에게 학교의 선생님과 어른들은 커서 뭐가 될 거냐고 물었지만 소영은 뭐가 된다는 것의 의미보다 '큰다'는 게 뭔지 몰랐다. 의사와 변호사, 부자를 꿈꾸는 친구들 사이에서 그저 스스로 책임져야겠다는 생각을 차근차근했을 뿐이다.

○

"나 대학교 들어가면 독립할 거야."

"독립?"

소영이 대학교 입학을 앞두고 부모님 앞에서 갑자기 선언했다.

"혼자 살 거니까 학교 앞에 원룸 구해줘. 작아도 괜찮아."

엄마와 아빠가 서로 마주 보고 두 번 눈을 꿈뻑꿈뻑 거리고는 어이없다는 듯이 웃었다.

"소영아. 엄마가 방을 구해주는 건 독립이 아니란다. 너 독립이 뭔지 알긴 하니?"

"혼자 사는 게 독립 아냐? 이제 스무 살이니까. 아니, 어른이니까 혼자 독립해서 살게. 나 살림도 할 줄 알아. 요즘 집 꾸미는데 전신 거울이 필수템이래. 아, 조명도. 삶의 질은 방안의 조명이 정해주는 거라구. 엄마는 필수템이 뭔지도 모르지?"

"자기 방 정리도 안 하는 애가 무슨."

엄마는 소영의 볼을 살짝 꼬집어 흔들었다.

"엄마, 촌스러운 말 좀 하지 마. 커리어 우먼은 아침밥이 아니라 모닝커피를 마시는 거라구. 독립해서 아아 마실 거야."

스무 살 봄, 소영은 독립을 선언한 여대생이 되었다. 엄마는 학교 앞에 작은 원룸을 구해주었고 기숙사 대신 거기에서 생활하면서 학교를 다니기로 했다. 창문을 열면 허리가 얄쌍한 나무의 가지와 초록의 동그란 나뭇잎이 눈에 들어왔는데 소영은 그 나무와 초록의 잎사귀가 마음에 들어 이 집을, 아니 이 방을 선택했다. 월세와 관리비는 직접 내겠노라고 야무진 약속도 했다. 스무 살 소영에게는 대학교를 다니고 수업은 듣고 싶은 것만 듣고, 아르바이트도, 연애도 하면 그게 독립이었고 어른이었다. 새로운 인생을 선택하는 건 사실 능력보다는 자신감 문제인데 아무것도 모를 때의 용감함은 많은 것을 시작하게 해준다. 소영은 시간이 지나면 애매했던 것들도 어떻게든 결론을 만들어 주고 결론은 나게 되어 있다고, 그 결론이 성공인지 실패인지는 그 다음을 해결하면서 만들어가는 거라고 믿었다.

사람이 매일 라면만 먹어도 행복할 수 있다고 믿던 그 시절의 그 봄날.

3월의 봄은 쌀쌀했지만 온기가 느껴질 만큼은 따뜻했다. 볼은 차가워도 가슴은 따뜻하게 두근거렸고 시린 손으로 볼을 감싸면 금방 포근함을 느낄 수 있었다.

개강 첫날, 소영은 분홍색 카디건에 허벅지를 반 정도 가려주는 살랑거리는 하얀색 치마와 스니커즈를 신고 수업을 듣기 위해 학교로 향했다. 스무 살, 첫 강의, 처음 보는 친구들. 파아란 하늘에 거리 곳곳의 여러 색깔의 꽃, 봄바람에 흔들리는 초록에 반사되던 나무들.

소영은 수업 시간보다 조금 일찍 도착해서 휴게실에서 자판기 커피를 마셨다. 어른스러워 보이고 싶어서 다리를 살짝 꼬아 앉았다. 수능을 치고 나서부터는 다리를 꼬아 앉았을 때 제법 꼿꼿하게 앉을 수 있는 친구들이 멋있어 보여서 생각날 때마다 따라 해보았다. 3월의 공기는 차갑게 소영의 카디건을 파고들었는데, 따뜻한 커피 한 잔에 기분 좋게 몸은 녹아내렸다. 첫 모금의 뜨거움, 온몸이 저릿하는 전율 때문에 소영은 따뜻한 커피 한 잔에 녹아내리는 쌀쌀함을 좋아하기로 했다. 공기가 차갑지 않았다면 몰랐을 그런 따스함을 앞으로 더 좋아하게 될 것 같다. 자판기 버튼을 누를 때부터 느낄 수 있는 놓칠 수 없는 소소하고 질 좋은 행복이었다. 소영은 종이컵 앞에 입술을 동그랗게 말아 후~ 입김을 불어 김이 서리는 걸 보고 있으니 습관처럼 웃음이 나왔다.

혼자 웃고 있는 소영의 곁으로 한 친구가 다가왔다.

"안녕하세요. 혹시 심리학과 학생이세요?"

새삼 조심스럽게 물었다. 누가 봐도 1학년, 신입생의 표정과 말투, 옷차림이었다.

"응. 그런데요?"

가끔 말에는 반말과 존댓말을 섞을 필요가 있다. 의도했든,

의도하지 않았든.

"반가워. 나도 이번 1학년."

소영은 대답 대신 입에 머금고 있던 커피를 목구멍으로 넘기며 아까 웃고 있던 것보다 조금 더 반갑게 웃었다.

"혹시 나 알아?"

친구는 눈에 힘을 주고 있었고 약간 의심이 섞인 말투였다.

"아니?"

소영은 따뜻한 커피믹스의 첫맛처럼 달콤하게 웃으며 아니라고 대답했다. 소영은 웃으면서 말하는 습관이 있었는데 고등학교를 졸업하고 나서부터는 어쩐지 사람들이 웃고 있는 소영에게서 웃음의 이유와 의미를 찾으려 했다.

– 일상에서는 표정이 없는 게 당연한 걸까. 표정이 없는 사람은 기분이 없는 걸까. 일상에는 기분이 없는 게 보통인가.

– 기분은 항상 있잖아.

소영은 왜 웃냐는 말을 들을 때마다 이런 생각들이 머릿속을 왔다갔다거렸다. 어떤 질문에도 웃으면서 대답하는 소영을 친구는 조금 이상하게 바라보았지만 같은 과, 같은 학년이라는 공통점으로 둘은 금방 편안해졌다. 친구는 경계심을 풀고 그만큼 눈동자에 주었던 힘을 풀고는 다시 소영에게 다가와 쌉싸름하게 말했다.

"넌 밥 먹고 웃는 데 에너지 다 쓰는 것 같다. 아까부터 봤는데 자꾸 웃고 있길래 너 이상한 애인지 알았어."

"자주 웃는 게 이상한 거야?"

"꼭 그런 건 아니지만. 평범한 사람들은 늘 웃고 다니지 않잖아."

"평범한 날도 웃을 일이 많던데. 사람마다 다 평범한 게 다 다르잖아."

"평범한 게 어떻게 다 달라? 다들 똑같아야 비슷한 거고, 비슷해야 평범한 거지. 뭐. 자주 웃는다는 건 그래 뭐, 좋은 거지."

친구는 소영에게 그렇다고 치자는 말투로 말했다. 둘은 자주 웃는 건 좋은 거라고 치기로 침묵으로 합의했다. 마침 소영이 좋은 일이 생각났다는 투로 말했다.

"나 커피믹스 좋아하는데 이 휴게실에 자판기가 있고, 심지어 자판기 커피가 참 맛있네. 신기하다. 정말. 어떻게 자판기 커피가 이렇게 맛있니? 아, 내 이름은 소영이야. 김소영."

"난 사랑이야. 성은 사고 이름은 랑."

세상에 이런 이름이 있다니.

"밖에 바람은 쌀쌀하고 지금도 이렇게 닭살 돋을 만큼 추우니까 따뜻한 게 당연히 맛있겠지. 신기할 것도 많다. 정말."

사랑이는 소영의 말투를 따라 하면서 이해할 수 없다는 듯,

신기하다는 듯, 또 싫지는 않다는 듯, 재미있다는 듯 살짝 비꼬았다.

"공부하기 싫을 때도 강의실은 오고 싶을 것 같아. 이 커피 마시러."

소영은 달콤쌉싸름한 커피를 목이 꺾일 때까지 젖히고는 끝까지 마셨다. 무슨 자판기 커피를 저렇게 열심히, 최선을 다해서 마실까.

○

"으악, 지각이다."

화장 일주일 차. 초보 화장러. 초보 살림러, 초보 독리버.

덧바를수록 하얀 찹쌀떡이 되는 것 같은 느낌은 도대체 뭘까. 뭐긴 뭐야. 팩트지.

아이라인이 짝짝이로 그려졌고 립스틱 색깔을 오렌지색에서 연한 분홍색으로 바꾸려고 서너 번을 덧칠했더니 입술 색이 보라색이 되었다. 거울 속의 소영은 짝짝이 눈썹 사이버인간의 짙은 보랏빛 입술을 샐죽거리고 있었다. 거울을 째려보며 마스카라 솔을 들고 속눈썹을 올릴수록 기묘하게도 입술은 안으로 말아 들어가 턱이 아래로 벌어졌다. 거짓말을 하면 그 거짓말을 덮기 위해 다른 거짓말을 하고, 또 다른 거짓말로 말이 커지는 것처럼 입술 색은 손을 쓸 수 없을 만큼 탁해져 있었다. 다시 세수를 하고 다시 화장을 하고를 몇 번 반복하다 보니 수업 시간이 이미 지나 버렸다.

전공 책을 끼고 소영은 살랑거리는 원피스에 하이힐을 신고 전속력으로 뛰었다. 앞머리가 망가질까 고개를 숙이고 최대한 바람을 가르며 달렸다. 강의실 복도에 하이힐의 굽 소리가 둔탁하게 울려 퍼졌다. 이미 수업이 한창 진행되고 있어서 최대한 조용하게 문을 열고 강의실로 들어갔다. 아직 소영에겐 이미 시작한 강의실의 문을 소리 없이 여는 기술 같은 건 없다. 대학생은 공부 외에도 여러 가지의 기술을 익혀야 하는데 사회생활을 위한 각종 센스장착입문을 위해 대학교를 다닐지도 모른다.

쌀쌀한 날씨였지만 이마에 작은 땀방울이 투명하게 맺혀 천천히 흘러내렸다. 스무 살은 땀방울도 반짝일 수 있다. 문이 열리는 소리에 학생들이 모두 소영을 쳐다보는 동안 교수님은 기분 나쁜 헛기침을 세 번 했다. 소영은 입을 샐쭉거리며 죄송하다는 뜻을 담은 허리를 굽히고는, 혹시 엉망이 되었을지도 모를 앞머리를 왼손으로 가리며 강의실 끝 쪽에 앉아있던 사랑이 옆에 가서 조용히 앉았다. 늦을까 봐 걱정돼서 요동치던 심장은 희한하게도 자리에 앉자마자 뇌로 지루하다는 신호를 보냈다.

"배고프지 않아?"

소영이 옆에서 더 지루하게 수업을 듣고 있는 사랑이에게 목에서 나오는 바람 섞인 목소리로 조용히 소근거렸다. 그제 야 구두를 신고 그렇게 뛰었으니 다리에 힘이 풀리고 있음이, 종아리에서 딱딱해진 근육이 느껴졌다. 어차피 수업은 열심 히 듣지도 않을 건데 지각인 걸 알고 있으면서도 왜 그렇게 뛰었을까. 소영은 그런 자신이 참 요령 없다고 생각하며 피식 웃었다. 지각이 예상되어도 최선을 다해 뛰었던 건 소영에겐 최소한의 양심이었다.

"아직 안 온 친구한테 올 때 뭐 좀 사 오라 해."

사랑이도 목에서 나오는 바람 섞인 목소리로 조용히 말했다.

[배고파. 올 때 맛있는 거 사 와.(하트, 하트, 하트)]

소영은 톡을 보내놓고 오른쪽 손으로 오른쪽 볼을 괴었다. 교수님은 아무리 들어도 당연한 말을 아무리 들어도 지루한 목소리로 강의하고 있었다.

'지금 이해되지 않는 것들이 나중에 기억날 리 없어.'

소영은 수업이 시시해졌다. 심리학 이론 따위보다 지금 이 수업을 듣고 있는 학생들은 지금 무슨 생각을 하고 있을까

하는 그런 다른 사람들의, 그러니까 곧 친구가 될지도 모르는 사람들의 심리가, 아니 마음이 더 궁금했다.

　－ 한 공간에 있으면 친구가 되는 마법은 스무 살까지의 특권이야.

　－ 시간 제약이 있으니 희소성 있지.

　－ 어쩌면 인생에서 마지막일지도 모르는.

　이십 분은 흘렀을까. 나른한 교수님의 수업을 깨는 소리가 들리고 강의실 문이 덜컹 열렸다. 멋쩍은 표정으로 비닐봉투가 바스락거리는 소리와 함께 한 학생이 들어왔다.

　"늦었습니다. 죄송합니다."

　낮은 목소리로 인사했지만 죄송하다는 뜻보다는 그냥 머쓱하다는 의미의 표정으로 친구는 조용히 소영의 옆에 앉았다.

　"뭐 사 왔어?"

　소영은 최대한 조용히, 하지만 모든 사람들이 들을 수 있는 비닐봉투 특유의 찰랑찰랑 바스락거리는 소리를 내면서 내용물을 쓸었다. 그래비, 초코볼, 소시지, 바나나우유, 김밥. 이 친구는 편의점에서 맛있는 걸 참 잘 골라온다. 평소 편의점에서 무심히 지나쳤고 사 먹어봐야겠다고 생각하지 못했던 것들을 잘도 골라왔고 심지어 맛있어 보인다. 소영은 그런 친구가 대단하고 똑똑하다고, 삶의 지혜가 있는 사람이라 생각했다. 왠지 그 친구를 앞으로 더 좋아할 것 같았다. 내가 가지지 못한 것을 잘한다는 건 친구가 되고 싶은 이유로 충분했다. 아마 노력 대비 공부를 정말 잘하는, 그러니까 가성비 좋게 공부할 줄 아는 친구가 되어줄 거다.

배가 고팠던 소영은 전공 책을 세우고 그 속에 머리를 넣었다. 최대한 비닐봉투의 바스락거리는 소리를 내지 않으려고 슬로우모션으로 영화 찍듯이 움직였다. 본능적으로 배가 고프지만 어떠한 이유로 자유를 박탈당해 마음대로 먹을 수 없는 영화 속 비련의 여주인공처럼, 지각하고 강의실에 들어오던 순간보다 더 떨리는 마음으로 심호흡을 한 번 하고는 최대한 조용히 김밥 포장 비닐을 뜯었다. 김밥 냄새에 배에서 자동으로 '꼬로록' 소리가 났다. 그리고 꼬로록 소리보다 훨씬 더 크게 비닐봉투가 바스락 부딪히고 으스러지는 소리가 강의실 안에 퍼졌다.

교수님은 힐끔힐끔 눈치로 주의를 주고 있었다. 소영은 김밥에 정신이 팔려 알 길이 없었다. 김밥 속 재료들이 오묘하게 섞여 맛있음을 혀끝으로 전달해 주던 찰나, 김밥을 입에 넣고 씹어대던 소영과 교수님이 갑자기 눈이 딱 마주쳤다. 참고 참던 교수님은 결국 소리쳤다.

"거기 김밥 셋, 김밥 세트. 나가!!!"

지루한 목소리로 심리학 이론을 읊조리던 교수님이 목소리 톤을 한참 높여 소리 질렀다. 소영은 깜짝 놀라 먹고 있던 김밥을 계속 씹지 못했다. 입속에 있던 김밥은 처참하게 녹아내렸다.

김밥을 입에 문 셋의 웅얼거림이 시작되었다.

"우리 어떻게 해야 해?"

"글쎄, 나가라고 하면 나가야 하는 거 아냐?"

"그렇지?"

"예전에 엄마가 집 나가라고 했을 때 나가다가 엄마한테 더 심하게 혼난 적 있어. 막상 나가려는데 엄마가 안 들어오냐고 소리치던데?"

진정으로 다급한 대화가 속삭이듯이 오갔다.

"그래서 어쨌어?"

"다시 들어왔지."

"그럼 안 나가야 하는 거야?"

"몰라. 나갈까? 누군 나가고 누군 안 나가는 건 안 되는 거지?"

"우린 지금 세트잖아. 김밥 세트. 나가라잖아."

김밥 세트 셋은 주섬주섬 짐을 챙겼다. 그래도 다른 학생들에게 최대한 덜 집중되도록, 피해 주지 않도록 조심히 움직였다. 김밥과 각종 간식을 담아왔던 비닐봉투가 자꾸만 바스락 거렸다. 소영은 잊지 않고 비닐봉투를 세상 소중하게 챙겼다. 그 와중에도 배는 고팠고 김밥은 맛있었다. 셋은 뒤꿈치를 들고 조용히 일렬로 걸어 나갔다. 웅성거리는 강의실에서 소영의 구두 굽 소리가 걸음에 맞춰서 탕탕탕 울려 퍼졌다. 셋은 강의실 문 앞에서 교수님을 향해서 고개를 꾸벅 숙였다. 그들이 할 수 있는 최대한의 예의를 다하고 강의실에서 쫓겨났다. 다른 학생들이 쏘아보고 있었지만, 신기한 듯 바라보며 키득거리고 있었지만, 소영은 그래도 인사는 하고 나와야 할 것 같았다. 인사는 하고 쫓겨나야 할 것 같았다. 그게 예의라 생각했다. 입안에는 아직 다 씹지 못해 녹아내리고 있는 김밥을 문 채로.

"우리 이제 어디로 가지?"

"일단 우리 밥 좀 먹자. 나 김밥 먹은 거 체할 거 같은데 아직 너무 배가 고파."

셋은 김밥과 각종 식량이 들어있는 비닐봉투를 세상 소중하게 안고 잠시 걸었다. 아깐 심장이 쫄깃했었는데 막상 나와 보니 햇살은 좋았고 봄바람은 따뜻해서 기분이 상쾌해졌다. 그냥 나오든, 쫓겨나오든 어쨌든 강의실을 벗어나 밖으로 나온 건 좋은 일이었다. 하늘은 청아하게 하늘색이었고 햇볕은 옅은 오렌지빛으로 여기저기 대낮의 별 모양을 만들고 있었다.

'하늘은 파란색일 때보다 하늘색일 때 더 은은하게 다가와. 그래서 하늘이 하늘 색인가 봐.'

"이렇게 좋은 날씨에 벽면이 시멘트로 발라진 강의실에 갇혀 가만히 있는 건 유죄. 죄는 이렇게 짓는 거라고."

소영은 미지근한 봄바람이 좋아서 강의 시간에 쫓겨나는 것도 나쁘지 않다고 잠깐 생각하며, 햇빛에 눈이 부셔 오른쪽 손으로 오른쪽 눈을 가리고선 왼쪽 눈을 찡긋했다. 셋은 잔디밭에 자리를 잡고 본격적으로 먹기 시작했다. 적당히 배가 부르고 긴장이 풀린 소영은 대자로 잔디밭에 누워 팔과 다리를 주욱 뻗어 콧노래를 흥얼거렸다. 이상하게 이럴 때마다 생각나는 노래는 꼭 있었는데 제목이 무언지 정확히 기억나진 않았지만 멜로디는 부드러웠고 가사는 슬픈 조용한 발라드였다.

소영이 꿈꾸었던 대학 생활은 이런 거였다. 심리학 공부의 의미를 꽉 막힌 강의실에서, 지루하고 낮은 교수님의 목소리로 말고 초록초록한 잔디밭에서 대자로 누워서 청량한 하늘을 보면서 찾을 수 있다면 얼마나 좋을까. 교수님의 말씀을 머리에 쑤셔 넣으면서 취업 걱정 따위나 하려고 독립을 외치며 대학을 온 건 아니었다. 고등학교를 졸업하고 바로 대학교에 와서 공부할 게 아니라 1년 정도는 유예기간을 줘야 하는 거 아닌가. 초등학교 때부터 고등학교 때까지 12년을 그렇게 학교라는 공간에 콕 박혀서 대낮을 보냈는데 1년 정도는 쉬게 해줘야지. 그게 여행이든, 취미생활을 찾는 시간이든 그게 뭐든. 지난 시간의 조그만 억울함을 가려줄 만큼 햇살은 따뜻하고 좋았다.

"넌 뭐가 되고 싶어?"

질문을 들은 소영은 질문을 비웃는다고 오해할 만큼 깔깔거리며 대답했다.

"무슨 질문이 그러냐? 꼭 뭐가 돼야 해? 나중에 뭐가 되면 지금은 뭐가 아니야?"

"아니. 졸업하고 뭐가 되고 싶냐고."

"무슨 직업을 갖고 싶냐는 말이야? 어떻게 살고 싶냐는 거야?"

"그 말이 그 말 아닌가?"

"그 말이 그 말은 아니지."

소영은 잠시 생각했다.

"졸업하면 나이는 스물세 살이 되어있겠지. 졸업하는 계절은 거울이 되어있겠지. 그리고 지금을, 이 순간을, 이 계절을 기억하고 추억하겠지."

그러곤 또 피식 웃었다. 소영의 눈을 부시게 하는 햇살처럼 팔을 주욱 뻗어 손가락 사이로 반짝이는 햇빛을 바라보며 파랑의 하늘을 한눈에 넣었다가 또 그 손바닥으로 햇볕을 살짝 가리면서 계속 말했다.

"잘 모르겠어. 근데 이렇게 김밥처럼 속에 재료를 잔뜩 채우고 복잡하게 살고 싶진 않아. 속이 꽉 찰수록 비싸지는 김밥은 언젠가 옆구리가 터지거든. 바나나우유 정도가 좋겠다. 적당히 달콤하고 가운데는 뚱뚱하고. 하얀색이 아니라 적당히 오염되어서 보기 좋을 만큼 노르스름하게 살 거야. 너무 하얗고 너무 깨끗한 건 별루야."

"김밥 옆구리 같은 소리."

"터지지 않는 김밥처럼 살 거야. 인생에 햄도 넣고 소시지도 넣고 고기도 넣고. 가끔은 단무지만 넣고 오이만 넣으면서."

"이건 또 무슨 소리야? 넌 참 의아하게 사람 속 터지게 한단 말이야."

"그게 내 재능인가. 능력인가. 미래가 어떻게 될지는 몰라도, 아마도 많을 거야. 난 내 미래가 많았으면 좋겠어."

앞으로 다가올 소영의 많은 미래를 응원하듯, 둘은 마주 보고 스무 살의 봄 햇살처럼 웃었다.

"꿈은 이번 생을 망하지 않게 하는 거야. 많으면 많을수록 좋아. 얻어걸릴 확률이 높아지거든."

소영은 두 팔과 두 다리를 뻗으며 온몸에 혈액을 힘차게 순환시켰다. 그 순간만큼은 그 어떤 것도 해낼 수 있을 것 같았다. 시멘트로 가득 칠해진 답답한 강의실에서 책장을 넘기며 중요한 것들을 받아적는, 그러니까 조용히 수업을 듣는 것만 빼고는. 잔디는 연두연두하게 반짝이고 있었고 소영의 눈동자는 더 따스한 대낮의 별처럼 반짝였다. 따뜻한 봄바람에 허벅지가 보일 듯 말 듯, 소영의 치마가 살랑살랑 흩날렸다.

"너희 여기에 있었냐?"

소영은 목소리만 듣고도 늘이라고 알아차렸다. 늘이의 목소리에 치마를 추스르고 얼른 일어나 조심스럽게 앉았다. 소영은 언제부턴가 같은 과 동기인 늘이가 신경이 쓰이기 시작했고 수업 시간에 늘이를 볼 수 있음이 학교 가는 큰 이유가 되었다. 그의 이름이 좋았다. 소영은 늘이 덕분에 사람이 사람에게 이름으로도 반할 수 있다는 것을 처음 알았다.

성은 하, 이름은 늘. 어떻게 하씨의 아빠를 만났을까 궁금하게 만드는 이름. 그 이름의 주인공. 소영은 강의실에서 많은 사람들이 한꺼번에 얘기해도 늘이의 목소리, 늘이의 말투, 늘이기 밀하는 내봉에 귀 기울일 수 있는 능력이 생겼다. 그 넓은 강의실에서도 늘이는 보였고 늘이만 보일 때도 있었다. 뒤통수만 보고도, 머리꼭지만 보고도, 심지어 어깨만 봐도 알 수 있었다. 언제나 쉽게 찾아냈고 너무 빨리 찾아낸 것 같아서 무안할 때는 가끔, 찾아내지 못한 척도 했다.

이름 모를 감정들이 송글송글 생겨나던 스무 살의 봄.

사랑보다 우정이 더 소중하다고 믿었던 스무 살의 봄.

소영은 사랑은 끝나면 말 그대로 끝이지만, 우정은 사랑이 끝났을 때 다시 찾아가는 거라고. 그러니 진짜 끝까지 함께하는 건 친구라 믿었다. 사랑보다 우정이 소중하다는 건 그냥 친구들끼리 믿으면 진실이 될 수 있는 일이었다. 진짜 사랑을 해보지 않으면 사랑의 책임감을 모르면 우정의 크기도 재단해 볼 수 없다. 그런 소영의 눈앞에 늘이가 살아서 움직이고 있다. 아니 정확히는 사랑이 옆에서 눈을 꿈뻑이고, 그 꿈뻑이는 눈으로 사랑이를 바라보고 있다.

"너희 아까 정말 멋있있이!"

늘이는 엄지손가락을 들어 올리고는 사랑이 옆에 앉아서 남아있던 김밥을 입에 넣고 오물거렸다.

"우리 나가고 분위기 어땠어?"

"어떻긴. 교수님이 너희 같은 애들 처음 본대."

"그치. 나도 수업 시간에 나가라는 교수님은 처음 봤어."

"하긴. 우리 다 초면이지 뭐. 난 아직 그 교수님이랑 친해지지 않았어."

"왜 그런데 졸업할 때까지 못 친해질 거 같지?"

소영이 입술을 최대한 옆으로 벌리고 약간의 치를 떨었다. 그리고 늘이는 그 말에 동의하듯이 같이 눈을 맞추고 웃었다. 소영은 초면이라는 말이 재밌어서, 지금 이 상황이 황당해서 평소처럼 최선을 다해서 웃긴 만큼 마음껏 웃었다.

소영이 개그우먼 같았다면 사랑이는 청순가련 로맨스 드라마 여주인공 같았다. 소영이 정신없이 웃다가 가늘어진 눈매 사이로 사랑이가 웃고 있는 모습을 보았다. 사랑이는 입꼬리만 귀엽게 올리고 누가 봐도 여성스럽게 호호호, 소리를 냈고 그마저도 입술과 입꼬리를 손으로 가리고 있었다. 가려진 입 사이로 반달로 눕혀진 눈은 세련된 반달 모양이었다. 그런 사랑이를 늘이는 촉촉한 눈빛으로 바라보고 있었다. 늘이도 스무 살만큼 순수해서 누군가를 사랑스럽게 바라보는 눈빛을 금방, 쉽게 소영에게 들켰다.

"우리 모두 대학교도 처음이고 교수님은 처음이니까. 뭐든 처음은 있는 거잖아?"

"그래. 그래도 처음 쫓겨난 건 용서 해줬으면 좋겠다. 한 번

빌어볼까? 어쨌든 성적 줄 교수님이잖아."

함께 쫓겨났던 한 친구는 낮은 한숨을 쉬었다.

"배고팠어? 아침 안 먹은 거야?"

늘이의 시선은 그윽하게 사랑이에게 머물렀다. 눈빛에 표정이 있었다면 아마도 늘이의 눈빛은 피부 빛을 붉히면서 온화하게 웃고 있었을 거다. 눈앞에 아무리 많은 대상이 있더라도 하나의 대상, 너만 바라보겠다는 결의가 느껴지는 사랑스러운 눈빛으로 늘이는 사랑이만을 바라보면서 물었다.

"아니, 괜찮아."

사랑이는 늘이의 질문을 반사 시키듯 건조하게 대답했다. 늘 대답을 위한 대답처럼 대답했지만, 그래서 어쩌다 가끔 짓는 사랑이의 미소는 더 청초하게 빛났다. 늘이는 그 미소를 보고 싶어 하는 사람처럼 사랑이에게 자꾸 질문했다.

만약에 사랑이가 앉은 자리에 소영이 앉았더라면, 그랬다면 혹시 나에게 말을 걸었을까. 눈에 보이는 것들을 어쩔 수 없이 보는 게 아니라 의지를 남아서, 보이는 것들을 다 빼내고 너만 바라본다는 저 눈빛을 나에게도.

소영은 늘이를 만날 때, 약속하지 않은 사람을 기다리는 기분이 들었다. 언제부턴가 알 수 없지만 그런 기다림에 간절함이 느껴졌다. 묘한 무언가가 자꾸 묘하게 쌓여 마음에서 티를 내기 시작했다. 방구석에 먼지가 하나씩 쌓이는 것처럼, 언젠가 침대 아래에 손을 넣었을 때 뿌옇게 묻어나오는 먼지들처럼 티 나지 않게 쌓이고 쌓였다. 늘이를 기다리는 동안은 가슴이 빠르게 일렁거리며 속이 쓰렸다. 많은 사람들과 함께 할 때도 그랬고 우연히 둘만 있을 때는 더욱 그랬다. 소영은 그럴 때마다 조금 외로웠다. 스무 살 평생 외로움이라는 감정을 처음 느꼈는데 오묘하도록 슬프게 다가온 이 감정이 외로움이라는 건 본능적으로 알아챘다. 소영은 늘이를 볼 때마다 기분이 많아져서 혼란스러웠다. 그래서 아무도 모르게 혼자 울적해져 어떻게도 웃을 수 없었다. 지금도 그랬다.

"우리 술이나 마시자. 인생 뭐 있어?"

소영은 지금의 햇볕, 적당한 바람, 편안한 이 분위기가 좋았다. 날씨가 이렇게 좋은데 굳이 어둡고 공기가 탁한 술집으로 들어가고 싶지 않았지만, 말없이 따랐다. 늘이는 소영을 오묘하도록 외롭게 만들 수 있고 그 외로움을 금방 깰 수도 있는 사람이 되어 갔다.

술집에 들어가서도 늘이는 사랑이 옆자리에 앉았다. 숟가락을 챙겨주고 티슈를 깔아주고 소주잔에 소주를 조금만 따라줬다. 늘이가 잠시 화장실을 간 사이 친구들이 사랑이에게 물었다.

"늘이랑 사귀는 거야?"

사랑이가 정말 사랑스럽게 두 번 눈을 깜빡거렸다. 저렇게 사랑스러운 눈빛을 늘이도 이미 봤을까, 소영은 슬쩍 걱정되었다.

"지금 내 눈에만 보이니? 늘이가 자꾸 너만 챙기잖아."

소영이 발그스름한 얼굴로 앞에 있던 얼음물을 벌컥벌컥 마셨다. 그렇게 차가운 물을 마시는 데도 목이 타들어 갔다.

"아니야. 그런 거."

사랑이는 관심이 없는 듯, 기분이 나쁘다는 듯 정색하고 말했다. 소영은 그런 사랑이 옆에서 조금 작아진 사람처럼 쪼그라든 목소리로 마치 거짓말을 들킨 사람처럼 흠칫 놀라곤 아무도 모르게 마음을 가다듬고 간신히 말했다.

"늘이 다른 학교에 여자친구 있다고 하던데?"

개강 초, 우연히 강의실에서 소영은 늘이 옆에서 수업을 들은 적이 있었다. 전공 책에 적혀 있는 '하늘'이라는 단어를 보고 하늘을 좋아하냐고 물었는데, 씨익 웃으며 자신의 이름이라고 대답하는 늘이에게 설렜다. 스무 살 봄의 첫 설렘이었고 그 설렘은 진하게 심장 어딘가에 콕 박혔다. 소영은 처음 느낀 감정에 걷잡을 수 없이 심장이 뛰었었는데 다시 생각하는 지금도 그때처럼 똑같이 심장은 뛰었다. 두근거림을 들킨 것 같아서, 들키고 싶진 않아서 무슨 말이라도 하려고 여자친구

있냐고 물었고 그때 늘이는 다른 학교에 있다고 말했었다. 덕분에 과 씨씨를 하면 안 좋은 점은 뭘까, 하는 그런 쓸데없는 상상은 안 해도 되면서 아쉬웠는데 반면에 이상하게도 다행이었다.

늘이가 사랑이를 좋아한다면 아니 사랑이와 늘이가 서로 좋아하고 있다면 소영에겐 생각보다 복잡한 것들이 많아진다. 그 복잡한 것들을 상상하면 소영은 앞이 캄캄하고 두려웠다. 지금의 외로움도 오묘하게 버거운데 심장에 콕 박혔던 것들이 모양도 색깔도 바뀌어서 어지럽게 꺼내지는 느낌을 어떻게 감당할 수 있을까.

소영의 혼란을 깨주듯 사랑이 아무렇지도 않게 말했다.

"몰라. 별로 관심 없어. 늘이 편해. 편한 사람이랑 어떻게 연애를 하니? 심심할 때 잘 놀아주고 혼자 밥 먹기 싫을 때 같이 밥 먹어주고. 아, 주말에 한 번 영화 본 적은 있어. 나 친구랑 약속이 갑자기 취소된 적 있는데 늘이가 와줬거든. 그게 다야."

"그랬구나. 그래 뭐, 주말에 밥 먹고 영화 보고 할 수 있지."

"늘이 그냥 착해. 착하더라구."

사랑이 핸드폰을 만지작거리면서 새초롬하게 말했다. 늘이에 대해 물으면 사랑이는 귀찮다는 듯 그런 새초롬한 표정을 지었다.

소영은 늘이랑 같이 놀아 보고 싶었다. 단둘이. 그냥 놀고 싶었다. 영화 보고 밥 먹고 산책하고 커피 마시는 그런 하루를 보내고 싶었는데 사랑이는 이미 해봤다고 말하고 있다. 그것도 저렇게 새초롬한 표정 끝에는 도도한 미소를 지어 보였다. 소영은 그 도도한 미소가 부러웠고 늘이가 사랑이를 좋아할지도 모른다고 생각하니 무엇인지 알 수 없는 미련한 간절함이 생겼다.

"난 동갑은 별로 관심 없어. 그러니까 너희 쓸데없는 상상하지 마. 아니 연애 자체에 별로 관심 없어. 동갑에 같은 과라면 더더욱."

소영은 혼자서 아무도 모르게, 아니 다들 느낄 수 있게 안도의 한숨을 쉬었다. 어쩐지 사랑이의 도도한 미소를 보고 나면 약간의 안도감이 밀려왔는데 그날도 그랬다.

그날 밤 집으로 가서 소영은 거울 앞에 섰다. 깜깜한 방안에서 평소의 웃음대로 웃어 보았나. 화장에 재미를 느끼기 시작하면서 빨간색 립스틱을 바르는 날이 많아졌다. 새빨간 립스틱을 바르면 화장한 티가 완벽하게 나서 화장을 제법 잘한 기분이었다. 연예인들이 베이스 메이크업만 하고 빨간 립스틱을 바른 후 까만 선글라스를 쓴 모습이 어찌나 멋있어 보이던지. 소영도 어떤 날은 슬쩍 따라 하고선 친구들을 만나러 나갔다.

술을 마시면서 아무렇게나 입술 주변에 번져있던 빨간색들을 보며, 마치 처음부터 슬픈 표정으로 태어난 인형 같아 서글퍼졌다. 소영은 두 손으로 거울을 쥐고 얼굴이 다 들어오도록 비추었다. 머리를 두세 번 흔들어 정신을 가다듬고 배에 힘을 주어 오늘 낮에 보았던 사랑이처럼 웃어 보았다. 거울 속에서 아무렇게나 번져있는 빨간색들이 제자리를 찾지 못한 얼룩 같았다. 입술 끝을 살짝 올리고 눈을 살짝 내리깔고 도도하고 최대한 작은 입술로 웃었다. 사랑이와 비슷해지고 있나. 비슷해지고 있는 것 같다는 생각이 들수록 기분은 나빠졌다. 계속 연습해야 사랑이처럼 웃을 수 있을 텐데. 사랑이처럼 웃는 연습은 소영을 눈물나게 했다. 어떠한 부끄러움과 작은 초라함으로 눈물이 입술 주변의 아무렇게나 번져있던 빨간 색을 타고 흘러내렸다.

'사랑이는 이렇게 웃으면서 행복했겠지.'

눈꼬리와 입꼬리를 움직여 보려 해도 표정이 말을 듣지 않았다. 소영에게 대학생이 되고 어른이 되어 사랑을 배운다는 건 눈꼬리와 입꼬리를 억지로 움직이는 일이었다. 혼자서 누군가를 좋아하는 건 혼자서 눈꼬리와 입꼬리를 조작하는 것보다 훨씬 어려울지도 모른다는 생각이 들었다. 그날 소영은 혼란스러워하며 불안함에 잠이 들었다.

사랑과 우정에 대해 골똘히 흔들리던 하루하루가 모여 며칠이 흘러갔다. 소영은 설거지하다가 그릇을 몇 개 깨었고 학교 가기 전에 이불 정리를 몇 번 깜빡했다. 길을 걷다가 갑자기 멍해져 다섯을 세고 다시 걸어가기도 했다. 늘이 생각이 규칙적이지 않게 머릿속에서 뒤섞이는 날이면 한숨을 크게 쉬고 눈을 감기를 반복하면 조금 나아졌다. 야속하게도 봄바람은 따뜻했고 분홍색, 오랜지색, 하얀색 꽃은 피고 흩날렸다. 마음과는 다른 바깥은 따뜻하고 청아하고 꽃잎이 콧등을 스치는 계절이었다. 하늘은 파랑으로 빛나고 햇볕이 노랑으로 반짝여 집에서 혼자 울거나, 도서관에서 공부만 하는 게 죄를 짓는 것만 같은 우리만의 계절은 계속되고 있었다.

○

"오늘 신입생 환영회 한대."

강의실에서 교탁 앞에서 과대가 말했다. 교단에 서서 환영회를 하는 이유와 목적, 취지, 시간과 장소 등에 대해서 설명했다.

"저거 진심일까? 우리 환영한다는 거."

"하긴 맞아. 엄마가 무조건 환대하는 사람은 조심해야 한다고 했는데. 날 속이거나, 뭘 팔거나 둘 중 하나라고."

소영은 과대에게 들킬까 봐 몸을 낮추어 친구와 킥킥대고 웃었다.

"왜 환영해 준다는 거야? 공부는 각자 하는 거지. 저렇게 술 마시는 자리 만들지 말고 제대로 환영할 거라면 학비나 좀 깎아주지."

소영은 신입생 환영회가 영 내키지 않았다. 어떤 모임에 신입이 된다는 건 공평함, 공정함, 동등함을 인정받지 못함처럼 느껴졌다. '너의 부족함을 너그럽게 인정해 주겠다'는 묘한 메시지가 느껴져서 불편했다.

요즘 들어 늘이와 사랑이 생각에 혼란스러워 밥을 먹다가도 갑자기 김치 맛을 잊을 만큼 우울해지곤 했다. 사랑이를 친구로서 좋아하고 늘이는 다른 학교에 여자친구가 있다는 것을 알고 있으면서도 사랑이가 늘이를 어떻게 생각하는지 자꾸 신경이 쏠렸다. 사람의 마음은 언제든 변할 수 있고 늘이와 사랑이가 둘만의 눈빛을 보내고 있는 건 아닌지 혹시 나란히 앉아있을 땐 손이라도 잡고있는 건 아닌지 둘의 눈과 손에 시선이 갔고 이상하고 괴로운 상상을 했다. 괴로운 상상의 끝에서 소영은 자신이 한심하고 부끄러워서 눈물이 왈칵 날 것 같아서 억지로 참아냈다.

"안 갈래. 저런 환영회 관심 없어. 내 인생 내가 사는데 남의 환영은 뭐, 오늘 집이나 좀 꾸미려고. 기분 전환도 할 겸."

"기분 전환? 무슨 일 있어?"

"아니, 그런 건 아니고."

소영은 힘없이 생긋 웃어 보였다. 힘없이 웃는 웃음, 연습해 본 적 없는 웃음이었다. 적당히 괜찮음을 인정받기 위한 표정이 적절히 지어졌다. 소영은 과 사람들 대부분이 참석하는 자리에 빠지는 게 전혀 걱정이 안 됐던 건 아니지만 그래도 교문을 나오면서는 잊기로 했다. 환영받지 못해도 편안하고 천천히 걸을 수 있는 기쁨을 소영은 티끌 하나 놓치지 않고 즐겼다. 그게 소영이 온몸으로 펼칠 수 있는 평범하고도 특별한 능력이었다.

가벼워진 발걸음으로 학교 근처 카페에 들어가 달다구리한 커피에 휘핑을 잔뜩 올려 주문했다. 아이스커피에 올려져 있는 휘핑그림쳐님 나시 기문이 하얗게 몽글몽글거렸다. 소영은 테이블에 자리를 잡고 다이어리를 펼치고 옆에 핸드폰을 똑바로 두었다. 벌써 뭔가 완벽한 독립이 완성된 느낌이었다. 꽤 괜찮은 행복에 새로워지는 시작처럼.

– 감성 원룸 꾸미기, 독립 준비.

소영은 마음이 마음대로 되지 않는다는 걸 알아차리고 깨달아 가는 중이었다. 정확히는 잘 모르지만 인생의 중요한 기둥이 될 것 같았다. 마음은 마음대로 되지 않으니 독립이라도 제대로 해야겠다고, 할 수 없는 건 포기하고 할 수 있는 걸 찾았다. 그게 내 공간을 꾸미는 것이었고 방을 꾸며 사는 환경에 변화를 주고자 했다. 그러면 기분이 나아지지 않을까. 그게 진심으로 나를 환대하는 방법이라고 천천히 스며들 듯 생각했다. 어른이란 한방에 되는 게 아니라 이렇게 조곤조곤, 조금씩 되는 건가 깨닫고는 스스로 대견해서 싱긋 웃었더니 기분이 한결 더 나아졌다.

소영은 카페에 앉아 핸드폰으로 검색하면서 사야 할 것들을 차근차근 적어 내려갔다. 핸드폰을 스스로 마련했고 요금을 스스로 내고 있음에 잔잔하게 웃음이 새어 나왔다. 세상엔 여러 종류의 설렘이 있는데 그중 몇 개를 한꺼번에 경험하는 느낌이었다. 핸드폰으로 주문할 것들을 주문했다. 예쁜 알전구와 조명은 직접 눈으로 보고 사고 싶어졌다. 그와 어울리는 테이블도.

'휴. 이 정도면 됐어.'

쇼핑리스트를 정리하고 휘핑크림이 녹아내린 커피를 한 모금 마시면서 밖을 보는데 늘이가 지나가고 있었다. 소영은 반사운 마음에 늘이를 불렀다. 카페 앞을 지나가던 늘이가 소영을 바라보며 카페로 들어왔다.

"어? 너 오늘 환영회 안 갔어?"

"선약이 있어서. 넌 여기서 뭐 해?"

"보시다시피."

소영이 다 녹아내려서 휘핑크림의 흔적은 남아있지 않는, 반쯤 마신 커피와 다이어리, 그리고 핸드폰을 들어 올리고는 활짝 웃었다. 소영이 늘이에게 예쁘게 웃어 보이는 데 집중하느라 갑자기 손에 힘이 풀려 그 세 가지는 우르르 떨어졌다.

"어, 어, 어, 어."

소영은 다이어리를, 늘이는 핸드폰을 살렸고 커피는 사망했다. 남은 커피와 얼음이 테이블에 우르르 쏟겨서 바닥에 둔탁한 소리를 내며 엎질러졌다. 둘은 카페 사람들 시선의 꼭지점이 되었다. 처참한 상황을 지켜본 알바생이 대걸레를 들고 다가왔다.

"죄송합니다. 죄송합니다. 죄송합니다. 죄송합니다..."

"제가 치울게요."

알바생은 시크하게 말하고는 대걸레를 쓱싹거리며 밀었다. 알바생은 별말 없이 자신의 할 일을 했다. 소영과 늘이는 스무 번 정도 죄송하다고 인사를 하고 귀까지 빨개져 도망치듯이 나왔다. 소영은 정신없이 나오다가 자신도 모르게 늘이의 팔짱을 끼고서는 최대한 빠르게 늘이와 걸음 속도를 맞추어 뒤도 돌아보지 않고 걸어 나갔다.

더 이상 카페가 보이지 않을 것 같을 때쯤 둘은 걸음을 멈췄다. 그리고 서로 마주 보고 웃었다. 소영은 정신이 들자 늘이에게 꼈던 팔짱을 눈치채고는 얼굴을 붉히고선 빠르게 몸을 떨어뜨렸다.

"그런데 말이야. 아, 아, 아니, 그러니까 내가 물론 잘한 건 아니지만 그렇게까지 사과할 일인가?"

"아깐 너무 당황해서."

"너 사과는 참 잘하는구나. 그래, 뭐라도 잘하면 됐지."

"그치?"

둘은 마주 보고 또 웃었다. 소영이 늘이 앞에서 아무런 노력 없이 소영답게 웃었다. 소영은 오랜만에 나다운 웃음에 나답게 행복했다.

"늘이야. 혹시 학교 주변 좀 알아? 여기 근처에 조명 파는 곳 있어?"

소영은 콩닥거리는 마음으로 늘이의 이름을 불러보았다. 단둘이 있으면서 처음으로 불러보는 이름이었다. 한 번쯤 하늘을 닮은 미소를 지으며 편안하게 불러보고 싶었던 그 이름.

"버스 타고 시내로 가면 시장 안에 작은 조명타워 있어. 예전에 몇 번 가봤어. 조명 사야 해?"

"응. 오늘 집 좀 꾸미려고."

소영은 입술을 작고 동그랗게 말아 응,이라고 대답했다. 집 꾸미기보다 늘이의 말에 대답할 수 있음이 더 좋았다.

나만을 위한 질문, 그래서 너만 할 수 있는 대답.

단둘이 있으면서 처음으로 해보는 서로만을 위한 대답이었다. 늘이는 잠시 생각하더니 정식으로 어떤 제안을 하는 것처럼 말했다.

"같이 갈까?"

"그래 주면 나야 고맙지."

소영은 스스로 일한 노력의 대가로 최신 핸드폰으로 바꾸었을 때보다 한 시간 넘게 웨이팅 해야 하는 수제버거집을 바로 들어가 먹은 것처럼 기분이 좋았다.

앗싸!

내 인생의 주인공이 된다는 건 이딴 상황이지 않을까. 소영의 인생에서 남, 여 주인공은 버스를 타고 다섯 정거장 정도 갔다. 대학교를 들어왔는데 이상하게 강의실이 아닌 곳에서 더 많은 것을 배우고 더 많은 것이 채워졌다.

학교의 잔디밭에서처럼. 지금의 버스 안처럼.

둘은 함께 소영의 쇼핑리스트를 점검하며 필요한 것들을 샀다. 늘이는 조명에 대해 꽤 많은 것을 알고 있었고 소영은 늘이의 설명에 따라 구매를 결정했다. 고민이 되면 늘이의 말대로 결정했다. 구매한 물건은 늘이가 들어주어 두 팔이 자유로울 수 있었던 소영은 쇼핑리스트를 꼼꼼히 챙길 수 있었다. 한참 쇼핑몰을 돌아다니다 보니 오후 두 시가 넘어가고 있었다.

"우리 뭐 좀 먹을까?"

분주하게 쇼핑을 리드하던 늘이가 말했다. 소영도 한참 전부터 배가 고팠지만 왜 그렇게 늘이 앞에서는 배고프다는 말이 부끄러울까.

"아니. 난 괜찮은데?"

소영은 얼굴을 붉히면서 순간적으로 거짓 없는 거짓말을 했다. 그사이 따뜻한 바람이 불어 코끝을 스치며 라면 냄새가 났다. 그 순간 소영의 배에서 '꼬르륵 꼬르륵'. 밤 11시에 조용한 부엌에서 '보글보글' 라면 끓이는 소리보다 더 크게 났다. 소영은 뺨은 매운 라면 국물처럼 붉어졌다.

"근처에 맛집 많은 곳 있을 거야."

"맛집이 많으면 뭐 해? 어차피 한 끼 먹을 거잖아."

따뜻한 바람 속 라면 냄새가 한 번 더 둘의 코끝을 눈치 없이 스쳤다. 늘이가 귀엽다는 듯 웃었으며 말했다.

"그래. 너는 배가 안 고프지만 내가 배가 고프니까 우리 라면 먹고 갈까?"

소영은 매운 라면 색 얼굴로 늘이를 따랐다. 분식점은 사람들로 거의 꽉 차 있었다. 중간에 마주 앉아 먹을 수 있는 테이블은 사람들이 이미 자리하고 있었고 구석 가장자리에 두 사람이 나란히 앉는 자리가 비어있었다. 늘이는 그쪽으로 가서 쇼핑했던 봉투를 내려놓았다.

"여기 앉자."

마주 앉아서 라면을 먹으면 배고파서 먹는 밥이 되지만, 나란히 앉아서 먹으면 데이트가 된다. 연인들이 나란히 앉아서 서로를 만지고 고개를 돌려 대화하고 눈을 바라보니까. 늘이의 옆자리가 어쩐지 어색해 소영은 잠시 주저했다.

"뭐해? 앉아. 너 배고프잖아. 아니다. 너 배 안 고프지? 나 배고프잖아!"

늘이가 장난스럽게 웃어 보여서, 그 모습이 너무 귀여워 소영은 또 얼굴이 붉어졌다. 콩닥거리는 심장은 얼굴이 발그스름해졌다는 것을 알게 해주었다. 소영은 늘이에게 다홍빛 볼을 들키지 않으려고 고개를 숙이고는 늘이와 나란히 앉았다. 마음만 먹으면 서로를 만질 수 있는 거리, 그만큼 다정한 거리, 둘 사이는 눈높이가 나란하고 뒷모습의 어깨선이 참 다정한 거리다.

라면 두 개를 주문하고 둘은 기다렸다. 소영은 배고픈 순간에도 함께 같은 냄새를 맡으면서 빨리 나왔으면 좋겠다고 보챌 수 있는 지금이 너무도 행복했다.

– 함께 해서 함께 배가 고픈 순간.

배가 고파도 라면을 끓이는 시간을 행복하게 기다릴 수 있는 마음, 그게 늘이를 향한 마음이라고 생각했다. 소영은 고개를 살짝만 틀어서 늘이의 머리끝부터 어깨까지 천천히 내려다보았다. 지금껏 이렇게 가까이서 마음껏 늘이를 본적이 없었다. 검은 머리카락, 눈썹, 연한 쌍꺼풀과 속눈썹, 그리고 눈동자를 찬찬히 바라보았다. 미세하게 느껴지는 늘이의 가벼운 움직임이 좋아서 자꾸만 손을 대보고 싶었다.

"많이 걸어서 힘들었어? 너 자꾸 얼굴이 빨개지고 있어. 딸기 같아!"

늘이의 놀리는 말에 자꾸 얼굴이 달아올라 소영은 말을 돌렸다.

"이렇게 큰 딸기 봤니?"

얼굴을 살짝 돌린 소영의 볼을 빤하게 바라보며 늘이의 얼굴이 가까이 왔다.

"어? 너 주근깨도 있어?"

"뭐? 나 없어. 그런 깨 같은 거."

소영은 장난하듯 늘이의 검은 머릿결을 그러니까 앞머리를 손으로 흐트렸다. 괜히 그러고 싶었다. 친구면 그 정도는 괜찮을 것 같았다. 소영이 앞머리를 살짝 흐트렸을 때 늘이는 잔잔하게 눈을 감았다. 눈을 내리깔고 있는 늘이의 짙고 동그란 속눈썹이 보였고 그 순간 늘이의 감은 눈이 너무나 사랑스러워서 그 속눈썹을 만지고 싶어졌다. 그런데 그건 안 될 것 같았다. 친구는 그러면 안 되는 것 같았다. 늘이가 다시 눈을 떠서 소영의 눈동자를 바라보았을 때는 정신이 번쩍 들었고 다행히 타이밍이 맞게 라면이 나왔다. 라면을 먹던 늘이가 조용히 말했다.

"손톱을 바짝 깎나 봐?"

둘이서 밥을 먹는 건 나란히 앉은 사람의 손톱에도 관심을 기울이는 일이다.

"응, 나 깔끔한 게 좋이, 손톱노, 사람도."

"나도."

소영은 조용히 동의했고 늘이는 다른 걸 물었다.

"집 나와서 혼자 사는 건 어때?"

"어떻긴. 어른 된 기분이지. 어른이 되니까 왜 이렇게 할 일이 많냐?"

소영이 어깨를 우쭐하면서 계속 말을 이어갔다. 숟가락 위로 국물 조금과 라면 두 가닥을 정성스럽게 올렸다.

"어른이 되기 위해서 독립한다는 건 말이야. 제일 먼저 좋아하는 컵을 만들어야 해."

"컵? 직접 만들려고?"

늘이는 고등학생 바라보듯 소영을 바라보았다. 소영은 노란 단무지를 아작 깨물면서 노랑색처럼 싱긋 웃어 보였다.

"아니. 난 손재주 없어. 일단 세상에서 제일 귀여운 걸로 사서 아껴야지. 어차피 손재주는 없으니까 만드는 건 가뿐히 포기하고 제일 예쁘게 만들어진 걸 사면 되지."

"비싼 거 사면 되는 거 아냐? 샤넬, 에르메스 그런 거."

소영은 비장하게 두 번째 손가락을 들어 좌우로 흔들며 외쳤다.

"놉!! 백화점에 있을 수도 있지만 다이소에 있을 수도 있어. 찾다 보면 딱 꽂히는 게 있어. 설거지할 때도 아껴서 조심히 하고 신경 써야 해. 커피를 마실 때도 차를 마실 때도 한결 기분이 좋아지겠지. 매일매일 좋아하는 컵으로 커피를 마시면 매일매일 기분 좋은 시간이 생기는 거야."

"도저히 무슨 말인지 모르겠다. 역시 여자들은 복잡해."

둘은 약속이나 한 듯 잠시 침묵했다. 늘이가 슬퍼졌다는 걸 소영은 직감적으로 느낄 수 있었다.

"사실 오늘 여자친구 만나러 가는 길이었어. 헤어지자고 말하려고."

소영은 들떠있던 분위기를 바꾸어 잠잠히 들었다. 담담한 늘이의 목소리 톤에 침을 삼켰다. 위로를 해야 하나. 둘이 싸웠냐고 물어야 하나. 아님 다른 사람을 좋아하게 됐냐고 물어야 하나.

— 혹시 그게 사랑이냐고 물어도 되나.

아니, 그렇다고 대답할까 봐 물을 수 없었다. 그 순간 가장 겁나는 대답이었다.

"이렇게 조명 사고 라면 먹으면서 망했네. 헤어지지 못한 거네. 너 덕분인지 너 때문인지는 잘 모르겠지만."

늘이가 약간 슬픈 눈으로 전혀 자연스럽지 않게 웃고 있었다. 그저 테이블 위에 얼마 먹지 못한 라면 두 그릇이 나란히 불어가고 있었다.

"먹자. 맛있게 먹어."

"그래."

늘이는 젓가락으로 면발을 크게 뜨고는 크게 후~ 불고선 입 안으로 가득 넣어 볼을 동그랗게 만들었다. 그러고 보니 옆에 올려져 있던 핸드폰이 자꾸 울리고 있었다. 늘이는 핸드폰을 확인했다가 뒤집었다가 바로 두었다가, 바지 주머니 속에 넣었다가 꺼냈다가를 반복하고 있었다.

"너 누구랑 헤어져 본 적 있어?"

늘이가 크게 동그랬던 볼 속의 면을 꿀꺽, 삼키고선 조금 쓸쓸하게 물었고 소영은 어떻게 대답해야 할지 몰라서 애매하게 대답했다. 그게 예의 같았다.

"있겠지?"

"아니, 그런 거 말고 진짜 헤어지는 거 말이야."

"진짜 헤어지는 건 뭐야? 가짜로 헤어지는 것도 있어?"

둘은 할 말이 없었다. 진짜 헤어지는 게 뭔지 몰랐기에 서로에게 물어볼 말도 해줄 수 있는 위로 같은 것도 없었다.

"세상에 진짜 헤어지는 건 없어. 헤어져도 기분이 풀리면 다시 연락해서 미안하다고 하면 되지. 사과도 하고. 사과받아주면 다시 얘기해 보면 되잖아. 사랑하던 사람이 죽어도 계속 생각할 수 있는데 세상에 완전히 헤어지는 게 어디 있냐? 진짜 헤어지는 거의 반대말은 기억 상실?"

소영은 왜인지 모르게 마음이 아팠지만 애써 밝은 척 말했고 이 마음이 늘이에게 조금은 전해지길 바랐다. 소영은 늘이가 지금도, 오늘 밤에도 힘들지 않았으면 하고 조용히 바랐다.

소영은 집으로 돌아와 늘이와 함께 샀던 물건들을 거실에 깔았다. 테이핑 되어있는 박스를 해체하며 하나하나 꺼내고 집 구석구석 어울리는 자리에 두기 시작했다. 마치 원래부터 그 자리에 있었던 것처럼, 하나씩 방이 채워질 때마다 기분이 좋아 콧노래가 나왔다. 방구석에 깔아 두었던 이불을 털고 바닥의 먼지를 닦아 냈다.

이상하게 늘이에게 마음이 쓰이기 시작하면서부터 집에서 아무것도 하지 않는 날이 많아졌었다. 꼼짝도 하기 싫어서 이불 속에 웅크리고 누워 자꾸 생각만 했다. 늘이의 목소리가 어땠나, 아프진 않나, 점심은 뭘 먹었을까, 하는 그런 시시콜콜한 게 궁금하고 떠올랐다. 몸은 말을 안 들었고 머리가 몸에 지시 내리는 기능이 고장 난 것만 같았다. 사랑이의 귀여운 웃음과 그런 사랑이를 사랑스럽게 바라보던 늘이가 자꾸 곱씹어졌다. 밥을 먹고 싶지도 않았고 꼼짝도 안 하고 싶었다. 돌아 누우면 눈물이 날 것 같다가도 또 돌아 누우면 늘이의 생각에 행복해지기를 반복했다. 그런데 그 행복은 꽤나 쓸쓸한 행복이라 가슴이 찡하고 아려왔다. 누구에게도 말할 수 없는, 말로는 설명할 수 없지만 생각의 끝엔 행복한, 혼자서 만드는 텅 빈 행복이었다. 집에는 텅 빈 행복함이 쌓여가고 있었다.

늘이와 함께 시간을 보낸 오늘은 달랐다. 집에 들어와도 기분이 따뜻한 바람 같았고 오늘의 날씨 같았다. 살랑이는 기분으로 집에서 뭐든 다 할 수 있을 것 같아서 그 마음으로 집의 가구들을 다시 배치하고 하나씩 정리해 나가기 시작했다. 자그마한 화장대였지만 기초화장품, 립스틱, 파운데이션을 바닥에 내려놓고 화장대 위치를 옮기고 다시 정리하려 하니 일이 제법 많았다. 실수로 넘어뜨려 립스틱들이 도미노처럼 쓰러져도 기분이 좋았다.

무엇보다 늘이와 함께 산 전구와 조명이 있었다. 늘이의 헤어짐이 있는, 어쩌면 소영과의 시작이 있을지도 모르는 반짝이는 것들이었다. 스탠드 조명을 방구석에 세우고 크기가 작은 알전구들을 벽에 장식했다. 아껴 두었던 액자를 걸고 침대 커버도 아이보리 체크무늬로 바꾸었다. 소영은 불을 끄고 스탠드 조명과 알전구만 켜보았다. 깜빡, 깜빡, 불이 들어올 때마다 조그마한 나만의 공간이 보였다, 사라졌다를 반복했다. 소영은 이 공간을 만드는데 늘이와 함께 했다는 사실이 너무 행복했다. 설렘이 있고 심장의 짜릿함이 있고 약간의 걱정에 두근거림이 있는 그런 마음을 소영은 처음 느껴봤다. 지금까지 느꼈던 보통을 만족했던 행복과는 또 다른 더 진하고 둔탁한 행복이었다.

내 손끝으로 환하게 밝힐 수 있는 공간이 있다는 건 꽤 근사한 일이었다. 늘이와 함께 만든 나만의 공간, 소영은 지금부터 만들어갈 시간이 궁금해졌다. 뭘 모르는지 잘 모르지만, 얼마나 모르는지도 잘 모르지만, 그래도 잘해나갈 수 있을 것 같은 자신감 같은 게 생겼다.

– 사랑의 시작은 과연 언제일까? 알 수 있다면 참 좋겠다.

확인이 필요한 일, 그런 게 사랑인가 싶었다. 소영은 고등학교 때까지만 해도 손을 잡고 있는 사람을 보면 그들이 연애 중이라는 생각에 설레곤 했는데 이제 대학생이 되었으니 좀 더 성숙하게 입술에 입술을 맞추는 장면을 상상하고는 혼자 부끄러워졌다.

그날 밤 늦게까지 늘이의 연락은 없었다. 소영의 상상 속 늘이는 여자친구와 잘 헤어지고 소영에게 다가올 것 같았다. 늘이의 연락을 기다리다가 잠들기 전 소영은 늘이에게 메시지를 보냈다. 낮에 라면 가게에서 소영을 딸기 같다고 놀리던 늘이이 기억의 포킹이 씨늘라 남은 행복함을 마저 느끼면서 잠들었다.

– 딸기 꿈꿔♥

아침에 눈을 떠보니 새벽 세 시쯤 발송된 답장이 와있었다.

– 그래. 넌 오렌지 꿈꿔.

다음 날, 그다음 날도 늘이의 표정은 좋지 않았고 소영에게 별다른 말을 하지 않았다. 소영은 늘이에게 하고 싶은 말이 많았지만 할 수 있는 말은 별로 없었다. 혹시 여자친구랑 잘 헤어졌니? 우리 내일은 어디 갈까? 하는 그런 것들을 물을 수 없었다. 수업을 듣는 동안 가끔씩 소영은 금방이라도 터질 것 같은 딸기가 되어갔지만 혼자서 참아내야 하는 일이었다. 소영의 봄은 사랑의 뜻도 우정의 뜻도 모르면서 사랑과 우정의 중간에서 흩날렸다.

○

시간은 찬찬히, 적당히 흘러가고 축제 준비가 한창이었다. 신입생들에게 아이디어를 내라고 했으면서도 선배들은 통통 튀는 아이디어는 실행할 수 없는 이유를 찾아냈다. 새로운 아이디어가 나와도 그만큼 싫다는 사람이 생기고 결국은 제일 무난한 심리검사로 적당히 이벤트를 진행하고 술을 먹자로 결론 났다. 소영은 예상되는 결과에 왜 그렇게 자주 만나고 회의를 하나 싶으면서도 하고 싶은 말을 참으면서 시간을 아끼는 법을 배웠다.

축제 이벤트를 끝내놓고 학부 여러 명이 한자리에 앉았다. 소영과 늘이는 가까워지지도 그렇다고 멀어지지도 않은 그대로였다. 어쩌면 멀어졌다는 표현이 더 맞겠지만, 여전히 친구에서 더 이상 가까워지진 않았으니 친구라는 표현이 맞을지도 모르지만.

소영은 사랑이와 가까이 앉았고 늘이는 다른 테이블에 앉아있었다. 소영이 사랑이와 수다를 떠는 도중에 사랑이는 카톡을 했고 핸드폰에서 늘이의 프로필사진이 흘끔흘끔 보였다. 사랑이는 핸드폰으로 메시지를 썼다가 진동이 와도 신경쓰지 않다가, 또 그 진동에 옅은 한숨 쉬기를 반복했다. 소영은 그런 사랑이와, 사랑이의 핸드폰 화면이 자꾸만 신경 쓰여서 계속 핸드폰 액정을 곁눈질로 훔쳐보았다. 사랑이와 자연스럽게 이야기하다가 핸드폰 바로 옆까지 시선을 주고선 자연스럽게 대화의 내용이 보이길 바라는 정도, 소영은 그만큼만 할 수 있었다.

시간이 지나고 술잔은 늘어가고 누구는 자리를 비우고 다시 그 자리를 채웠다. 정신을 차려보니 늘이는 사랑이 옆자리에서 사랑이를 챙기고 있었다. 소영은 늘이의 챙김을 받는 사랑이의 웃음이 너무 예뻐서 자신도 반할 뻔했다.

소영은 고개를 왔다 갔다 하며, 눈동자를 반대 방향으로 왔다 갔다 하면서 애써 울적함을 날려보려 노력하는데 핸드폰 진동이 울렸다. 중학교 때부터 친했던 동네 친구였다.

[나 아버지 돌아가셨어.]

'왜 하필 지금이야. 어떻게 해야 하지.'

소영은 중학교 때쯤, 큰아버지가 돌아가셨을 때가 어렴풋이 기억났다. 엄마와 아빠는 소영에게 집을 지키라고 했다. 이삼일 정도 집에 오지 못할 거라고 말씀하시면서 혼자 집에 있을 수 있냐고 물었다. 소영은 누군가가 죽는 건 혼자서 집에 있는 일, 며칠을 혼자서 집에서 기다리면 잘 지나가는 일쯤으로 생각했다. 그리움이 없는 한 사람의 죽음은 다른 사람에게 큰 의미가 없다. 소영은 아마 동네에서 큰아버지를 우연히 마주쳤더라도 모른 척 지나갔을 거다. 소영은 엄마와 아빠가 짐을 챙겨 나가신 후 혼자서 텔레비전을 보다가 졸려서 잠이 들었고 다음 날은 똑같던 아침, 그저 혼자 눈 뜨는 아침이 왔다. 그 후에 아빠는 혼자서 우는 날이 있었지만 소영에게 별다른 말씀을 하지 않으셨다. 소영은 그 눈물의 이유를, 의미를, 깊이를 알지 못했다.

'지금 친구에게 바로 달려가지 않는 건 우정을 저버리는 일일까.'

지금 눈앞에서 서로의 마음을 알 수 없는 늘이와 사랑이, 그리고 과거 친구와의 우정 사이에서 미친 듯이 다른 심장이 뛰고 있다.

소영은 친구와의 학창 시절을 되새기며 마음을 다잡았다. 알딸딸한 심정으로 장례식장 갈 방법을 검색하고 검색해 봤다. 이미 밤 열 시도 넘은 시간, 차편을 검색하면서도 차라리 방법이 없었으면 하는 마음이 간절했다. 그러면 확실한 가지 못할 이유가 될 테니까. 장례식장까지는 최소한 고속버스를 타고 택시를 두 번 이상 갈아타고 움직여야 한다. 지금 당장 출발하면 겨우 막차를 타고 택시 할증 요금을 부담하면 오늘 안에 도착해서 친구의 얼굴을 볼 수는 있다. 겨우겨우 이어지는 도착지를 떠올릴 때마다 소영은 이마에 땀이 송글 맺히는 것 같았다. 그러면 뭐하나, 하는 생각이 먼저 드는 건 우정이 부족해서였을까. 아니면 지금 눈앞에서 술에 취한 사랑이를 챙기며 안절부절못하는 늘이 때문이었을까.

지금 여기 남아서 사랑이와 늘이와 함께 있어도 그 둘을 지켜볼 뿐 아무것도 할 수 없다. 고속버스를 타고 출발해서 장례식장에 도착해도 낯은 손님 중에 한 사람으로 섞일 뿐이다. 소영은 스무 살이 세상 앞에서 할 수 있는 게 별로 없다는 무기력함을 느꼈다.

－ 상심이 크지. 나 지금 학교에서 과제 중인데, 끝나는 대로 출발할게.

소영은 시간을 벌기 위한 거짓말이 섞인 빈말로 메시지를 보냈다.

대학교를 다니지 않는 친구라 지금이 축제 기간임을 모를 거라 생각했던 건 어떠한 우월감일지도 몰랐다. 하지만 완전히 거짓말은 아니었다. 계속계속 생각해보다가 어느 순간 친구에게 가봐야 한다고 마음먹어질지도 모른다. 소영은 지금 당장 출발해서 장례식장에 오늘 안에 도착해야 우정을 지킬 수 있다는 생각에 답답해졌다.

답답함과 무기력함이 알 수 없이 교차하는 봄날의 밤.

친구 아버지의 장례식장에 가지 않아도 친구와의 우정을 지킬 수 있을까를 고민하면서 소영은 술을 마셨고, 그 자리에서 쓰러진 듯 잠들었다. 어쩌면 그 친구와의 우정은 여기까지일지도 모른다고 생각하면서. 어쩌면 이게 최선일지도 모른다고 생각하면서.

○

신입생 환영회와 중간고사, 축제와 기말고사. 스무 살은 다 같이 신나야 하는 것 하나, 따로 공부해야 하는 시험을 하나씩, 두 번 보내고 나면 적당히 지나가 있는 마치 어딘가에 가둬진 시절인 것만 같다.

전공 수업 시간, 교수님은 과제를 위해 두 사람이 팀을 이루는 수업을 진행했다. 서로의 마음을 알아보는 수업. 상대방의 마음을 확인하고 마음을 움직이는 법을 아는 게 수업의 목적이었다. 정확하게 어디서부터 나온 말인지는 알 수 없지만 두 사람이 실제로 연인이 되면 최소 A를 받을 수 있다는 소문이 도는 수업이었다. 연인들끼리 팀을 이루면 훨씬 유리하고 사이가 더 돈독해진다고도 했다. 그래서 성적을 잘 받기 위해서 진짜 연인이 되는 학생들도 있고 성적을 위해 연인이 된 척 연기하는, 처음부터 교수님을 속일 계획을 짠다는 친구들도 있다고 했다.

수업 시간도 참 잘 지나간단다. 누가 누굴 좋아하고, 누구와 누구는 삼각관계라는 그런 눈치를 보다 보면 수업 시간이 이미 끝나버리기도 한다고 했다. 수업 시간에 시험과 학점을 핑계로 만나고 대화하고 슬쩍 고백하기 참 좋은 매시간이 만우절일 수 있었다.

"두 사람씩 조를 이루어서 서로의 생각과 마음을 확인하고 대화한 후 마음이 어떻게 달라졌는지에 대한 리포트를 제출하세요. 대화 시간에 제한이 있는 건 아닙니다. 대화를 많이 한다고 서로의 마음을 잘 알 수 있는 건 아니죠."

그동안 담아 두었던 소영의 간절함이 다시 튀어나왔다. 그날 옆에 앉아있던 늘이에게 소영은 마지막이라는 생각으로 용기를 냈다. 아무렇지도 않은 듯 할 사람 없으면 같이 하자고 제안했고 늘이는 아리송한 표정으로 알겠다고 했다. 그 짧은 시간 동안 소영의 심장이 한 번 튀어나왔다가 다시 들어간 건 꿈에도 몰랐을 거다.

　과제를 하기 위해 소영과 늘이는 카페에 마주 앉았다. 만나야 할 이유가 있으니 연락 앞에 담담할 수 있었다. 소영은 몇 시에, 어디에서 만날지 정하면서, 늘이의 연락을 기다리며 딸기 꿈과 오렌지 꿈을 꾸길 바라던 그날 밤이 떠올랐다.
　"이 과제, 도대체 뭘 하라는 말인지 잘 모르겠어."
　소영은 새초롬 해졌다.
　"사람의 마음을 확인한다는 게 뭘까. 가능한 일일까?"
　"자기 마음 제대로 알고 사는 사람 몇이나 되겠어? 살면서 마음대로 되는 거 하나도 없던데."
　소영이 세상을 아주 오래 살아본 사람처럼 말했다. 언제나 궁금해서, 언제든 물어봐야지 했던 마음이었는데 막상 소영은 늘이의 마음을 들으려니 식은땀이 나고 걱정이 앞섰다.
　"누군가의 마음을 이렇게 함부로 물어봐도 되는 걸까?"
　"글쎄. 상대가 준비되어 있다면 괜찮은 거 아닐까?"

"준비라... 그거 준비 완료 되었는지 어떻게 아는 거야?"

소영은 잠시 생각했다.

"마음을 말하는 데는 준비가 필요한 거구나."

소영이 지금까지 준비했던 것들, 준비물을 생각해봤다. 머릿속에서 문제집, 형광펜, 친구들과 고등학교 졸업 기념으로 파티할 때 챙겼던 파자마와 슬리퍼 같은 것들이 차근차근 나열되었다. 마지막엔 모르겠어,라는 단어가 회색에서 투명하게 변해가며 결국은 사라졌다.

"당연하지. 말하고 싶은지, 하고 싶지 않은지도 내 마음이잖아. 그 결정은 존중되어야 하는 거고."

소영은 투명한 유리잔 사이로 비쳐 보이는 늘이를 보고는 물어봐야 할 것들을 단숨에 잊었다. 그저 눈앞에서 말하는 늘이가 멋있어 몇 번이고 유리잔을 입술에 부딪히고 이에 부딪혔다. 물론 어떤 말을 하는지는 아무런 상관이 없었다.

"마음을 말한다고 해서 꼭 시원해지는 건 아닌 거 같아. 지기고 싶은 비밀 같은 거도 있잖아."

"너도 있어? 비밀? 그 비밀은 어떻게 해?"

"혼자 알고 있지."

"에이. 그게 뭐야. 혼자 알고 있는 거 다 비밀이니? 그럼, 세상에 비밀 없는 사람은 없겠다. 나도 너에게 비밀이 있는 거겠네? 내가 너에게 전부를 다 말하는 건 아니니까."

소영은 지금 늘이를 좋아하고 있다는, 지금 이 순간이 설레는 순간이라는 비밀을 들키고 싶지 않았다. 그저 이렇게 대화하고 있는 이 시간, 이 계절을 좋아할 것만 같은 기분이 들었다.

'그동안 답답하고 초라했던 마음이 이렇게 쉽게 잊혀 지다니.'

소영의 볼은 벚꽃처럼 발그스름해졌고 목소리는 흩날리는 벚꽃처럼 떨렸는데 이 마음이 이 순간의 비밀이 될 수 있을까. 소영을 아는 사람에게는 이미 다 들킨 마음이다. 하지만 소영은 모르길. 늘이도 모르는 그런 비밀이었으면 했다.

가득 차 있던 둘의 음료 잔은 다 비었다.

"우리 좀 걸을까? 좀 답답하기도 하고 오래 앉아있었더니 몸도 찌뿌둥하다. 걷고 싶어."

"이거 뭐라고 머리를 많이 썼는지 힘드네."

둘은 짐을 챙겨서 카페를 나왔다. 시간이 얼마나 지나갔는지 알 수 없었다. 밖은 이미 어두스름하게 둘에게 별을 보여줄 준비를 하고 있었다. 소영은 마치 데이트 같은 이 과제가 너무 좋았다.

'발걸음에 스프링이 달리면 이렇게 걸을 수 있겠지? 바다

위를 둥둥 떠다니면 이런 기분일 거야.'

소영은 걸음마다 어깨를 움츠리고는 혼자 빙긋 웃었다. 늘이는 볼 수 없게, 늘이는 느끼지 못하도록. 둘은 공원을 걷다가 벤치에 앉았다. 소영이 나란히 앉는 게 어색해 벤치의 끝쯤에 살짝 걸터앉았는데, 늘이가 소영의 허벅지를 베고 누웠다.

"야, 뭐야!"

소영은 깜짝 놀라 크게 소리를 질렀다. 물론 늘이가 싫은 거냐고 오해하지 않을 만큼 조심스럽게.

"나 앉아있는 거 안 좋아한단 말이야."

"아, 무거워. 안 일어나?"

"와. 하늘 좀 봐."

소영은 늘이의 시선을 따라가려 고개를 들어보았다. 밤하늘에 반짝이는 별 하나가 둘을 바라보며 둘만을 비추고 있는 것 같았다.

"예쁘다."

"그래. 정말 예쁘네."

둘은 잠시 동안 아무 말 없이 하늘을 바라보았다.

하늘이란 이름을 가지고 하늘을 보는 기분은 어떨까. 하늘이는 대낮의 하늘을 좋아할까. 밤하늘을 좋아할까. 소영처럼 평범한 이름을 가진 사람은 평생 느낄 수 없는 그런 기분이겠지. 그 순간 하늘이 부러우면서도 사랑스러우면서도 두근거리면서 많은 감정이 스쳐 지나갔지만 그 순간만큼은 별이 예쁘다는 말로 충분했다.

집으로 돌아가서 소영이 먼저 늘이에게 잘 들어갔냐고, 오늘 너무 재미있었다고 메시지를 보냈다. 늘이와 다시는 어색한 시간을 보내고 싶지 않았다. 23분 정도가 지나서 1이 없어졌고 한 시간 정도 지나서 짧은 답장이 왔다. 소영은 잘 자라는 메시지를 보냈고 또 20분 정도 후에 너두.라고 짧게 답장이 왔다. 늘이의 답장을 기다리는 게 힘들었지만 늘이의 스타일이려니 했다.

늘이의 대답을 기다리는 동안, 더 구체적으로 답장이 오지 않는 동안, 늘이가 메시지를 무신경하게 내버려 두고 다른 일을 하는 동안, 소영은 늘이와 하고 싶은 게 자꾸 생각났다. 오늘은 별을 보았으니 내일은 바다를 보러 갈까, 오늘은 걸었으니 내일은 기차 여행을 해보자고 할까, 오늘은 커피를 마셨으니 내일은 밥을 먹을까, 어떤 핑계로 말을 하는 게 가장 자연스러울까.

소영은 늘이를 생각하는 시간이 많아졌고 하루종일 생각

나는 날도 있었다. 강의실에서 늘이를 만나면 늘이의 입술과 손만 바라본다. 가느다라면서도 어떤 날은 하얗고 곱게 보였고 또 어떤 날은 마디가 굵어 확실한 남자 손 같아서 잡고 싶어졌다. 늘이의 손을 보면서 늘이의 눈웃음을 상상하는 날이 많았다. 늘이의 눈웃음이 상세하고 정확하게 상상되는 날에는 제법 행복했다. 이런 마음을 숨기고 있는 건 마치 친구들을 속이고 거짓말을 하는 느낌이었는데, 그렇다고 솔직하게 고백할 수는 없었기에 소영만의 소중한 비밀이 되어 갔다.

○

며칠 후, 소영의 마음을 아는 듯 모르는 듯 하늘은 무심히도 상큼한 파랑이었다. 수업 중간 쉬는 시간 휴게실에서 사랑이를 만났다. 사랑이는 뭔가 마음에 들지 않는 듯 인상을 찡긋하고 있었다.

"사랑아, 너 무슨 일 있어?"

사랑이가 삼시 짜증 섞인 시선으로 핸드폰을 보다가 테이블에 내려놓았다.

"아니, 늘이."

이름을 말하는 목소리에도 짜증이 섞여 있다. 소영은 잠시 늘이의 이름을 저렇게 짜증 섞이게 부를 수도 있구나, 생각하면서 잠시 사랑이 부러웠다.

"늘이가 왜?"

"몰라. 나 좋아한대."

사랑이는 테이블에 있던 오렌지 맛이 나는 음료수를 짜증 섞인 소리를 내면서 한 모금 마셨다. 다른 친구는 사랑이의 태도가 의아하다는 듯이 물었다.

"너 전혀 몰랐어? 우리 다 어느 정도 눈치채고 있었는데. 늘이가 유독 너 많이 챙겼잖아."

"완전히 몰랐던 건 아닌데, 그렇다고 안 것도 아니고. 솔직히 관심 없었어. 날 좋아하든 말든 뭔 상관이야. 그냥 친구라고 생각해야 편하고 부담 없잖아. 내가 다른 사람들 마음까지 어떻게 다 헤아리면서 살아? 내 마음도 잘 모르는데."

사랑이는 오렌지 맛 음료를 벌컥벌컥 마시면서 얘기를 이어 갔다. 정말 아무 일도 아니라는 듯, 정말 진심으로 귀찮다는 듯. 그리고 뭔가 억울하고 화가 난다는 듯.

"아니, 확실한 거절의 시그널을 줬다고. 늘이한테서 연락이 오면 바로 답장 안 보내고 이십 분? 삼십 분 후에 대답만 대충대충 했는데 그게 거절이 아니고 뭐야? 그 정도 했으면 알아들어야 하는 거 아냐? 같은 과에서 계속 얼굴 봐야 하는데 어떻게 딱 너 싫어.라고 말하니? 이 오렌지 맛 음료수는 또 왜 이렇게 맛이 없니?"

"그건 그렇지. 바로바로 연락하는 게 좋아한다는 뜻이지."

연락의 횟수와 관심을 크기가 비례한다는 말에 다들 동의하는 분위기였다. 혼자 하는 사랑은 사랑이 아니라는 것은 참 아프고 자존심 상하게 실감한다. 사랑이의 얘기를 찬찬히 듣고 있는데 소영은 어떤 날 밤, 늘이와 함께하는 여러 상상을 하며 설레었던 자신이 떠올라 슬퍼졌다. 이삼십 분이 넘는 텀의 카톡 대답, 어제 늘이의 짧은 대답에 몇 번이고 심장이 덜컹덜컹거렸던 그 봄밤.

사랑이가 한 말도 틀린 말은 아니었다. 세상에서 가장 중요한 게 내 마음이고 내 마음도 제대로 알지 못할 때가 많은데 어떻게 다른 사람의 마음도 알아줄 수 있을까. 생각해보니 소영은 한 번도 늘이에게 솔직하게 좋아한다고 고백하지 않았다는 걸 깨달았다.

"그래서 어떻게 할 거야?"

소영이 최대한 아무렇지도 않게 물었다. 마른침이 입안을 맴돌았다.

"어쩌긴 뭘 어째. 이제 늘이랑 편하게 못 노는 거지. 뭐."

"그게 끝이야?"

"그럼 더 뭐가 있어야 해?"

사랑은 간단했다.

"생각해 볼 수 있잖아. 그래도 널 좋아한다는데."

"사랑이 생각한다고 생기니? 난 첫눈에 반하는 운명 같은 사랑을 믿어. 늘이는 그냥 처음부터 친구였어. 처음부터 친구는 그냥 친구야. 사람은 변한다던데 사랑은 안 변해."

사랑이의 말에 소영은 온갖 마음이 생겨났다가 없어졌다가를 수없이 반복했다. 그 마음들은 소영의 자존심을 할퀴고 생채기를 남겼다. 늘이에게 마음이 없다는 말에 다행이다 싶었다가도 어떻게 저렇게 냉정할 수 있나 싶다가도, 그 끝에서 초라해지는 자신이 싫었다. 소영은 몸이 부르르 떨렸고 생채기 났던 자존심이 스르르 사라지기도 했다.

'마음을 받지 못하는 사람이 서 있을 자리는 없구나. 어쩌면 내가 두 사람 사이에 어정쩡하게 끼어있는 그림자는 아닐까. 어쩌면 끼어있지도 못하는 건 아닐까.'

다음 날, 늘이는 아무렇지도 않아 보였다. 사랑이도 멀쩡했다. 소영은 힘들었다. 교수님은 여전히 지루했고 강의 시간의 분위기는 침착했다. 모든 것은 다 그대로인데 소영의 마음만 지옥의 정문과 후문을 오가고 있었다. 소영을 둘러싼 세상은 여전히 어제처럼 오늘을 만들어가고 있고 소영만 며칠 밤을 제대로 잠들지 못했다. 소영의 스무 살 봄은 친구인 듯 연인인 듯, 그렇게 흘러갔다. 날이 점점 따뜻해지는 만큼 시간은 잔인하게 흘렀다.

○

어쨌든, 마침내, 기어코, 결국 시간은 그렇게 흘렀고, 한 학기의 마지막, 종강 날이었다. 고작 1학년 1학기가 끝나는 거지만 뭔가 제대로 시작하지 못한 것들의 마지막 자리 같은 아쉬움이 있었다. 어떤 방법으로든 독립만 하면 근사한 사람이 되어있을 줄 알았는데 공부도 사랑도, 취미도 뭐 하나 제대로 시작한 것도 없다.

학교 앞 술집에서 한 학기 동안 함께 공부했던 친구들과 술을 마셨고 적당히 취기가 올라간 늘이가 잠시 바람을 쐰다며 자리에서 일어났다. 소영이 그 뒤를 따랐다. 소영의 인기척을 느낀 늘이가 뒤를 돌아보고 씨익 웃었다. 알듯 말듯 한 웃음에 소영은 마음이 편해졌다. 소영은 여전히 늘이의 하늘 같은 웃음이 좋다. 둘은 잠시 걷다가 편의점에 들러 바나나 우유를 함께 사 마셨다. 서로 마주 보고 빨대로 콕 찍어, 마시니 웃음이 터져 나왔다. 사랑인지 우정인지만 재보지 않으면 둘은 참 괜찮은 사이였다.

소영과 늘이는 까만 하늘 아래 그림자를 나란히 하다가 거리의 끝, 작은 화단에 걸터앉았다. 지금이 따뜻한 시절임을 말해주듯 봄바람이 살랑살랑 둘의 곁을 지나갔다.

"지금이 학생인가, 어른인가 잘 모르겠어."

늘이가 남아있는 바나나 우유를 빙글빙글 돌리면서 말했다.

"우리 이렇게 당당하게 술 마시고 밤 열두 시가 넘어도 집에서 오라고 전화 안 오는데 그럼 어른 아닐까?"

"난 스무 살이 되어도 이렇게 바나나우유를 먹고 있을 줄은 몰랐어. 근사한 와인이나 비싼 위스키 우아하게 마시고 있을 줄 알았는데, 술을 어른들 몰래 눈치 보면서 안 마셔도 되는 거 말고는 별로 달라진 게 없네."

늘이의 시선이 하늘의 별을 향했다. 소영은 늘이의 눈빛을 애써 보려 하지 않아도 알 수 있었다. 저건 사랑이를 생각하는 눈빛이다. 소영은 그런 늘이의 눈빛이 미워져 말을 돌렸다.

– 여전히 정말 미운데 싫어할 순 없어.

"너 여자친구는 어떤 사람이야?"

소영은 돌려서 물었다. 그게 늘이에 대한 예의인 것 같았다. 늘이가 귀엽게 웃었다. 소영이 늘이에게 이름 다음으로 반했던 귀여운 웃음이었다. 사랑이는 어떻게 이렇게 귀여운 웃음을 사랑하지 않을 수 있을까.

"대학생이 돼서 달라진 게 사랑인 것 같아. 고1때 사귀기 시작해서 그래도 햇수로 4년이네. 와, 시간 정말 많이 흘렀다."

소영은 여전히 늘이가 무슨 말만 해도 귀여워 웃음이 난다. 다른 사람을 좋아하고 있다는데 그 입 모양이 너무 귀엽다. 막상 집에 가면 그 웃음 때문에 한없이 외로워지고 차가운 눈물을 흘리면서도 자꾸만 저 미소가 보고 싶고 만지고 싶으면서 얼굴을 마주하면 그렇게 사랑스럽다. 소영이 좋아한다고 말하지 않았던 건 노력이었고 배려였다. 지금 늘이를 웃으면서 볼 수 있는 건 그 노력과 배려가 통해서 인지도 몰랐다.

"대학에 들어와 보니까 고등학교 때 친구랑 사귀었던 건 연애가 아니라 우정인 것 같더라고. 친구 다음에 생기는 사랑이란 마음을 알 것 같...."

늘이가 말끝을 흐렸다. 소영은 심장이 뛰기 시작했지만 담담하게 듣는 척했다.

"그래도 사랑보다 우정이 더 중요하지 않아? 사랑은 끝나면 그만이지만 그래도 우정은 영원하잖아."

"그렇지빈 사닝은 넘술 수 없잖아. 마음은 마음대로 되는 건 아니니까."

소영은 언제나 잘 몰랐고 아직도 헷갈렸다. 혼자 상상하기 좋을 때는 사랑이라 믿고, 또 오래오래 보고 싶어서 우정이라 스스로 다짐처럼 마음을 만들기도 했었다. 그런다고 멈추어지진 않았다. 마음대로 멈출 수 없었기에 사랑이지 않을까, 지금 이 순간도 헷갈리고 있었다. 보고 싶고 애타고 생각나고를 반복했다. 야속하고 기대한 만큼 다가와 주지 않아 속상했지만 잠자기 전에는 늘이를 미워하지 않기로 다짐하고 잠드는 게 최선이었다. 아마 미워하기로 마음먹었다고 해도 다르게 괴로웠을 거다.

늘이는 그 누구와도 함께할 순 없지만, 어쨌든 자신의 마음에 솔직했고 마음을 말했고 고백했고 지금은 정리하는 중이다. 늘이는 자신의 마음을, 사랑을 알아채고 인정하고 어떻게든 시작했기에 어떠한 방식으로든 끝이 나고 정리되고 있었다. 그 점이 소영과 아주 많이 달랐다. 소영은 가벼운 표정의 늘이가 부러운 지금의 마음도, 혹시 사랑인가 착각하고 있다. 고백한 마음은 잊어낼 준비를 하지만 고백하지 못한 마음은 여전히 아무것도 모르고 지키기 위해 발버둥 친다. 소영은 자신의 마음이 조금 더 아프지 않을까 짐작했다.

스무 살 봄, 사랑과 우정의 모호한 경계에서 불안한 계절은 마치도 자연스럽게 흘러갔다. 아닌 건 아니라는 것. 아니라는 확고함의 민낯을 알면 사람은 행복해지기보다 슬퍼진다는 것. 누군가의 마음을 모를 때 약자가 된다는 것도. 스무 살 봄의 끝에서 아프게 얻은 깨달음이었다.

사랑이지 않았다면 차라리 나았을까.

사랑인지도 모를 그 마음이 생기지 않았다면 더 괜찮은 친구가 될 수 있었을까.

소영은 친구도 연인도 아닌 채, 혼자서 사랑일까 봐 걱정하고 있는 지금이 싫었다. 지금의 마음을 어떻게 꺼내 표현해야 할지 어렵고 낯설게 느껴졌다. 스무 살이 가장 먼저 배워야 하는 건 마음을 정하는 법이었다. 아무도 따스하게 알려주지 않던 그런 마음을 혼자 알고 배우고 정해야 했다. 타이밍에 맞춰 나타나 주는 인생 선배도 선생님도 없었다.

사람의 마음을 볼 수 있다면 얼마나 좋을까. 안경이든 거울이든, 아님 핸드폰 메시지라도 좋은데. 혹시 개인정보 때문이라면 나에 대한 정보, 나에 대한 마음만 살짝 볼 건데. 정말 양심을 걸고 소영의 자취방을 걸고 약속할 수 있었다. 세상은 꼭 해야 할 일처럼 절대로 하지 말아야 하는 일도 있는데 남의 일기장을 보지 말아야 하는 것처럼, 비밀을 말하지 않고 지켜줘야 하는 것처럼, 꼭 배워야 하고 또 절대로 하지 말아야 할 일들을 소영은 흐릿하게 배웠다.

따뜻했던 그 계절, 봄바람은 점점 뜨거워졌고 설렘은 끝났다. 옷장에 있던 가디건과 면바지들을 정리하면서 따뜻했던 그 계절을 잘 보내주기로 했다. 옷장에 반팔 티셔츠와 반바지, 짧은 옷들을 손이 닿기 좋은 곳에 정리해 두었고, 정리가 끝날 때 즈음엔 마음이 한결 가벼워졌다. 어차피 확실한 것 없이 시작한 마음은 결국 아무 확신도 주지 못하고 끝났다. 혹시 이런 게 첫사랑일까, 하는 생각에 소영은 마치 마지막인 것처럼 심장이 저릿했다.

소영은 어렸을 때부터 재미있고 기분이 좋을 때마다 자동적으로 반응했던 소영다운 시원한 웃음을 잃어갔다. 사랑이의 웃음을 따라 하다 예전에 어떻게 웃었는지를 잃어버린 사람, 사랑받고 싶은 여자가 되었다. 남들보다 먼저 웃지 못하고, 반박자 늦게 웃게 되었다. 그렇게 튀지 않게 웃는 사람, 평범하게 웃는 사람, 여성스럽게 웃으려고 노력하는 사람이 되었다.

스무 살은 아무것도 이루지 않는 나이라고. 어차피 세상은 상처받고 시작하는 불리한 게임이라고. 이루어진 게 없어도 스무 살은 모두에게 봄날이라고.

스물셋,

여름

대학교 4학년 졸업반. 공기엔 아직 온기가 있지만 앞으로 뜨거워질 여름.

학교 밖의 공간에서 사람들은 소영에게 스물셋은 뭐든 할 수 있는 나이, 한창 좋을 나이라고 했다. 소영에게 스물셋의 공간은 학교 안과 학교 밖으로 경계 되었는데 경계란 때론 흐릿할 때가 더 마음에 들었다. 어디에 서 있는지 잘 모를 때 더 끌리던 것. 진짜 몰라야 모르는 척 할 수 있는 것. 학교 안과 학교 밖이 그랬다. 학과 사무실에서 일하던 직원들은 소영에게 숨만 쉬어도 예쁘다며 소영이 무슨 말을 해도 사랑스럽게 봐주었다. 하고 싶은 건 다 해보고 좋은 것만 보고 먹고 싶은 것 다 먹어보라고 따스한 시선으로 다정하게 말했다. 이 좋은 세상에서 하고 싶은 것 실컷 하고 돈도 벌고 여행도 다녀오고 대학교를 졸업하면 뭐든 시작하라고. 그때가 딱 새로운 시작을 하기 좋을 때라고 했다.

그래, 소영은 진심이라고 믿었다.

하지만 실제로 학교 안의 학생들, 졸업을 앞둔 학생들이 학교 밖에서 할 수 있는 건 최저시급을 보장받는 일 말고는 별로 없다. 귀여워라, 사랑스러워라, 순수함을 강요받으며 준비되지 않은 채 어디론가 나아가야 할, 여전히 학생일 뿐이었다.

'평범한 사람이 되기 위해서는 평범하지 않게 애써야 한다던데.'

유튜브에서 그랬다. 대학교를 막상 다녀보니 별 의미 없고 재미도 없었는데 회사를 다니는 건 학교보다 50배는 더 의미 없고 100배는 더 재미없다고 했다. 소영은 그저 평범하게 살고 싶었다. 물에 넣어서 가볍게 젓기만 해도 녹아내리는 설탕처럼 사회의 어딘가에 섞이고 싶었다. 평범하게 살기 위한 평범한 직장인, 그게 되고 싶었다. 어딘가에 있겠지. 나를 저어 줄 사람이.

평, 범, 한.

소영 입장에서도 암묵적인 양보 같은 거다. 대단하게 잘살길 원하지 않으니 그저 평범한 사람들 속에 잘 섞여 티 나지 않게 해달라고. 평범하게 살고 싶다는 건 착함과 성실함을 담보로 사회의 나락으로 떨어트리지 말아 달라는 소소한 기도이기도 했다. 하지만 그 흔한 보통도 또 그만큼 해야 할 일들이 많았다. 내가 가만히 있어도 세상은 움직이고 무엇을 하는 것보다 아무것도 하지 않으면서 불안을 견디는 것도 꼭 해야 할 중요한 일 중 하나였다.

'보통도 이렇게 힘든데 잘난 사람들은 도대체 어떻게 산다는 말이야.'

4학년이 된 소영의 하루하루는 견딤으로 채워졌다. 무엇보다 졸업 후 평범하게 살려면 전공을 포기해야 했다.

사람의 마음, 심리학으로 뭘 할 수 있겠어.

어떤 시작 앞에서 실제로는 포기가 더 많았다. 학교에서 어느 날 갑자기 보이지 않는 친구들이 생겼다. 졸업보다는 휴학으로 더 애매한 경계선을 선택하듯 누구는 해외로 유학을 떠났다는 소문, 누구는 장사를 시작한다는 소문, 또 누군가는 다른 공부를 한다고 했나. 학교란 경계를 벗어난 후에는 각자의 인생이려니 하고 서로 궁금해하지도 않았다. 학교 친구들은 휴학과 동시에 그저 핸드폰에 저장된 이름이 되었다. 카톡 별명으로 기억돼서 통화 버튼은 누를 일이 없을 그냥 알고 지냈던, 같은 학교에 다녔던 기억날 듯 말 듯 한 이름으로.

소영도 졸업 후를 상상하면 현기증이 났다. 귀엽다는 말에, 귀여운 척이라도 해서 기대에 부응해야 할 것 같은 불편함. 하고 싶은 게 없으니 할 일이 없고 뭐든 할 수 있다고 해도 뭘 해야 할지 모른다는 건 결국 아무것도 할 수 없다는 뜻이기도 하다. 망망한 바다 끝에 의미 없이 떠 있는 태양처럼. 경험 없이 경험을 만들어야 하는 나이에 진짜 아무 경험이 없다는 것은 사회로 나오면 큰 약점이 된다. 뭐든 할 수 있는 나이란 결국 아무것도 제대로 할 줄 아는 것이 없음을 인정해야 하는 나이일 뿐이었다.

소영은 학교를 다니는 동안 취업을 위한 영어 공부와 봉사활동, 남들이 스펙이라 부르는 것에는 흥미가 없었다. 친구들이 보는 시험 족보는 보고 싶지 않았고 여기저기 광고하고 많은 사람들이 재밌다고 하는 베스트셀러는 이미 본 것 같았다. 가끔은 내가 비뚤어진 건가, 혹시 이런 게 반항심인가 싶기도 했는데 흥미가 없는 건 어쩔 수 없는 거라 조금 비뚤어지고 조금 반항심도 생기나 했다. 가끔은 남들이 그런 거라 하면 진짜 그런 거이기도 하니까. 반항이든 뭐든, 소영은 스펙을 쌓기보다 도서관에 박혀서 읽고 싶은 책을 읽었다. 도서관에 박히는 건 다른 사람들의 시선과 관심에서 멀어지는 법이기도 했다. 그렇게 도서관에서 하루에 열 시간도 넘게 집중힐 수 있는 인내심과 새로운 공부를 즐겼다. 소영은 불안한 지금을 소중하게 책임졌다. 소영이 할 수 있는 최선이었다. 성적표로 증명할 수 없는 노력은 쓸데없는 시간으로 만드는 일이었지만.

소영은 도서관에서 소설책을 읽는 게 좋아서 국어국문학과를 복수 전공했다. 선배들은 취업도 안되는 문과 공부를 왜 두 개나 하냐고 그 시간에 자격증을 따고 차라리 봉사활동을 다니라고 했다.

– 나도 불쌍한 거 같은데.

소영은 인생 처음으로 좋아하는 일을 찾았는데 놓치기 싫었다. 세상은 말만 잘해도 반은 먹고 들어가는 일이 많으니까. 앞으로 주어진 내 인생을 반만 채우면서 살아보자 다짐했다.

뭘 해야 할까.

스물셋 소영의 아침은 보통 이런 생각으로 시작했다. 매일 아침이 있는 오늘은 뭘 해야 할까. 4학년이 되고서 수업 시간이 줄어들면서 시간이 많이 생겼다. 살면서 이렇게 여유로운 시절은 또 처음이다.

– 여유로운 거 좋은 거라며.

무작정 놀 수도 없었다. 졸업을 앞두니 노는 것도 달라졌다. 학교 운동장을 뛰어다닌다고, 친구들과 아이스크림을 사 먹는다고 마냥 즐겁지 않았다. 일단 외출 전 착장이 마음에 들어야 했고 준비하고 문을 나서는 데까지 두 시간은 필요했다. 친구들과의 만남은 핫플에서, 음식이 맛있고 예쁘고 사진까지 잘 나오는 곳으로 정했다. 단순히 비싸 보이는 게 선택의 이유가 되기도 했다.

귀여운 가방, 예쁜 신발, 상큼한 원피스.

소영은 친구들에게 다정하게 썼던 형용사들을 물건에도 붙였다. 진짜 있는 것보다 있어 보이는 것들 속에서 가득한 재미를 느꼈다. 그 순간은 진짜 재미있었다. 한 시간짜리 재미, 두 시간짜리 재미, 오래가면 반나절 짜리. 하루를 넘기질 못했다. 그렇게 시간을 보내고 나면 가짜 같은 고단함도 밀려왔다.

그래도 학교를 가는 날은 조금 나았다. 하루에 수업이라도 하나 듣고 나면 뭐라도 한 기분이었다. 학교에서 밥을 먹고 수업을 하고 친구들과 공부가 힘들다, 졸업하고 나서 뭘 해야 하나, 요즘 다들 취업하기 힘드니까, 사회생활은 참 별로라더라, 정도의 대화를 하면 마치 나의 미래에 대한 고민이 사회의 고민인 것처럼 미뤄둘 수 있어서 약간 홀가분했다. 그러다가 아무 일 없는 주말에 혼자 침대에 누워있으면 세상의 단절이 느껴졌다. 어딘가로 연결되고 싶지도 않으면서 또 단절은 겁나는 그런 주말에 혼자 있는 건 단절보다는 그래도 연결이 나은 거 아닌가 하며 하루가 쉽게쉽게 흘러갔다.

 토요일 오전, 하얀색 반팔 티에 연보라색 체크 파자마를 입고 헝클어진 머리로 소영은 침대에서 일어났다. '흠흠흠' 콧노래가 나왔다. 베이지색 여름용 모시이불을 가볍게 걷어차고는 주방으로 가서 냉장고를 열어 버터와 식빵을 꺼냈다. 노란 버터를 네모지게 잘라서 프라이팬에 넣고선 손목에 힘을 주고 한 바퀴 또 한 바퀴 돌렸다. 초록색을 선택할까, 베이지색을 선택할까 고민했다. 좁은 주방에 노란 버터의 향기가 금방 가득 찼다. 혹시 주방이 버터 향으로만 채워질까 봐 좋아하는 발라드 음악을 틀었다. 어제 늘씬하고 눈꼬리를 한껏 치켜세운 아이돌 영상을 보면서 잠들었지만 어쩐지 칙칙하고 느린 멜로디의 노래가 듣고 싶어졌다. 초록색을 선택할까, 베이지색을 선택할까 고민했다. 좋아하는 향과 좋아하는 멜로디로 가득 찬 부엌에서 소영은 고소하게 행복했다. 식빵 하나를 팬에 넣고선 불을 기깅 약하게 조질했나. 선선히, 전전히 버터와 식빵은 함께 바삭해져 갔다.

 아이쿠, 꽈당.

 소영은 침대에서 떨어져 엉덩이와 머리를 바닥에 부딪혔다.

 아야. 아.

 소영은 옅은 잠에서 깨어났다. 어쩐지 토요일 오전이 너무 고소하고 너무 평화롭다고 했다. 무거운 프라이팬을 손목으로 휙, 휙 돌렸는데 팔이 하나도 아프지 않다니. 현실은 역시 그럴 리 없다. 소영은 다시 침대로 기어 올라가 핸드폰으로 배달 어플을 열었다. 가격도 양도 1.5인분 같은 1인 모닝 떡볶이나 먹어야겠다. 아무리 배달을 시켜봐도 1인분의 기준을 모르겠다. 참 세상은 모르는 것들 투성이다.

소영은 청바지를 입고 모자를 푹 눌러 썼다. 초록색 모자를 쓸까, 베이지색 모자를 쓸까 고민하다가 결국 초록색 모자를 선택했다. 거울에 전신을 비추어 보았다. 요즘은 초록이 대세라는데 소영의 머리에서는 튀어 보였다. 아무래도 마음에 안 들었다. 소영은 입을 몇 번 삐죽거리고 고개를 요리, 조리 돌려 가며 비추어 보다가 결국 모자를 벗고 선반에 올려두었다.

역시 한 번 안 어울리는 건 끝까지 안 어울리더라고.

떡볶이를 먹는 동안 모자를 썼던 머리에 눌린 자국이 남았다. 소영은 어떻게든 머리에 남은 자국을 없애려고 오른손으로 머리를 털면서 짐을 챙겼다. 어제 쓰다 만 다이어리와 소설책 한 권과 연습장, 여러 색깔의 펜과 자, 지우개가 들어있는 필통을 에코백에 넣고 어깨에 걸쳤다. 양심상 영어책 한 권도 넣었다. 어쩌면 공부가 하고 싶을지도 모르니까. 갑자기 취업 걱정에 괴로울 수도 있으니.

하늘은 높고 파랬다. 소영은 얼마 전 동네에 새로 생긴 스터디 카페로 걸어갔다. 책이 읽고 싶은데 도서관은 부담스러울 때, 놀고 싶은데 혼자이고 싶을 때, 일기를 쓰고 싶은데 집에서는 잘 집중이 되지 않을 때 가는 곳이었다. 키오스크에서 두 시간 결재를 하고 어디에 앉을까, 고민하며 자리를 둘러보았다. 한참을 두리번 거리는데 그리 친하지는 않았던 같은 과 친구가 책상에 머리를 박고 진지하고 구부정하게 앉아 있는 게 보였다. 친구의 책상에는 네모난 세계지도와 여행에 관련된 책들이 서너 권 펼쳐져 있었고 친구는 영화 속 유럽 촬영지에 대한 책을 보는 중이었다. 벽에는 네모의 색깔 없는 포스트잇에 루브르박물관, 에펠탑, 베니스, 곤돌라 같은 외국 말이 적혀 붙어있었다. 소영은 그쪽으로 조용히 걸어갔다.

"안녕?"

"아휴, 깜짝이야."

어깨에 잔뜩 힘을 주고 책을 보던 친구가 시선을 돌렸다. 친구는 잘못을 하나가 늘킨 사람처럼 두 손바닥으로 책과 지도를 가리려고 분주히 손을 움직이다가 이내 동작을 멈추었다.

"유럽? 엄청 먼 곳 아냐? 먼 곳으로 떠나는 거야?"

소영에게 알 수 없는, 정말로 막연히 색깔 없는 부러움이 퍼졌다. 친구의 바로 옆자리는 비우고 그 옆에 앉으면서 작고 낮게 소근거렸다.

"아니. 가고 싶어서."

친구는 말끝을 흐리면서 반듯한 포스트잇이 붙어있는 벽으로 시선을 두며 금방 시무룩해졌다. 눈동자 주변에 근육과 주름은 미세하게 쪼그라들고 있었고 친구는 아주 천천히 고개를 돌렸다.

"왜 그래. 잘못한 사람처럼."

"유럽을 가려면 아무리 짧게 가도 천만원도 넘게 든대. 엄마가 그거 엄청 큰돈이래. 내가 생각하기도 그래. 가고는 싶은데 겁이 나."

소영은 유럽과 천만 원의 상관관계를 구체적으로 알지 못했지만 어쩐지 슬퍼진 친구의 눈망울을 보며 위로를 해야겠다고 생각했다. 위로하는 소영은 천진난만했다.

"나중에 취업하고 돈을 모아서 가면 되지 않아? 그럼 나중에 할 일, 꿈이 생기는 거잖아."

"나중에는 시간이 없대."

"시간이 왜 없어? 남아도는데 시간."

소영은 쉽게쉽게 흘러갔던 어제와 그제, 그리고 일주일 전을 떠올렸다.

"어른이 되면 여행 갈 시간 없다던데? 엄마가 그랬어."

친구는 안경을 손가락으로 한 곳 올렸다. 지금은 돈이 없고 나중에는 시간이 없다면 유럽은 도대체 언제 가는 게 좋을지 소영은 아리송다리송 했고 안경 속으로 보이는 친구의 눈빛이 어디에 머물러 있는지 알 수 없었다. 소영은 이야기를 이어가지 않았다. 더 이상 아는 것도 없었고 스터디 카페에서 조용해야 하기도 했지만 친구가 굳이 지구의 반대편, 다른 세상으로 가고 싶다는 것도 이해되지 않았다.

　- 말도 안 통하는 사람이랑 어떻게 살아? 정말 그렇게 살고 싶다고?

　문득 다양한 경험을 해보라는 어른들의 말이 떠올랐다. 어떤 경험이든 도움이 되니, 돈으로 부자가 되지 못하더라도 경험 부자가 되어야 한다고 말했다. 주변에 새로운 경험을 좇는 친구들도 많아졌다. 호기심, 설렘으로 표현될 수 있는 경험을 소영 빼고 모두 쌓아가나, 싶었다.

　- 어떤 경험이든지.

　아시반 소영은 농의할 수 없었다. 다양한 경험을 한다는 건 다양한 일이 생긴다는 거고 그러면 당연히 힘든 일도 많아지고 상처에도 노출된다는 뜻인데, 굳이 왜?

　소영은 고개를 돌려 의자 위에 양반다리를 하고선 책장을 넘기며 열정적으로 필기를 하는 친구를 바라보았다. 지구의 반대편으로 날아가고 싶어 하는 친구 옆에서 소영은 소설책을 읽으면서 다이어리에 스티커를 붙였다. 필통이 가득 차서 색연필을 다 가져오지 못했음이 아쉬웠다. 다행히 아끼던 포스트잇은 챙겨왔다. 귀여운 곰돌이가 그려진 포스트잇에 소설책에서 인상 깊었던 문구를 써서 벽에 붙였다.

알록달록한 포스트잇이 붙여진 벽을 보면서 소영은 제법 기분이 좋아졌다. 한참을 책을 읽다가 나올 때 사진을 찍고는 오늘 하루를 증명했다.

소영은 이제 편하게 웃지 않는다. 마구마구 웃는 일은 없다. 분위기 파악하지 않고 크게, 큰소리로 웃지 않는다. 앞으로도 튀는 행동은 하지 않을 예정이다. 그게 웃는 거든, 우는 거든. 대학 생활 내내 제대로 배운 건, 다른 사람들과 다르면 확인하는 물음에 다시 대답 해야 하고 특이하고 이상한 사람이 된다는 것이었다. 튄다는 건 유쾌하지 않으며 나중엔 성가신 일로 돌아온다는 것도 알았다. 소영은 웃는 타이밍으로, 웃음소리로 이상한 사람이 되고 싶지 않아졌다. 순수하다는 말에는 불편함이 생겼고 해맑다는 말이 듣기 싫어졌다.

'나를 바라보는 저 눈들은 무슨 생각을 하고 있을까. 저 입은 어떤 말을 감추고 있을까.'

뭐라도 하자는 심정으로 쌓아가는 스펙, 언제, 어떻게 쓰일 계획이 없더라도 기본값이 되어버린 외국어, 없어도 되지만 있어야 하는 명품, 친구들이랑 수다 떨다 즉흥적으로 떠날지도 모르는 여행, 보고 싶은 뮤지컬과 문화생활을 하려면 꿈보다 돈이 필요했다.

졸업을 하기 전 소영은 제법 현실적인 사람이 되어있었다.

○

"열심히 하겠습니다!"

소영은 학원 강사 아르바이트 면접을 보았다.

친구들과 아르바이트에 대해 이야기하다가 학원 강사 아르바이트가 제일 꿀이라는 얘기를 듣고 솔깃했다. 꿀의 이유는 단순했다. 시간 대비 페이가 좋았다. 학교 홈페이지의 구인광고 한 줄을 보고 전화했더니 면접을 보러 오라고 했다. 소영은 살면서 처음 이력서와 자기소개서를 적어 보았다.

'내 이름이 한자로 어떻게 되었지? 엄마 전화번호가 뭐였지?'

소영은 핸드폰을 꺼내 한자를 검색해 보았다. 그리고 서상되어있던 엄마와 아빠의 전화번호를 외우기로 다짐했다. 이력서를 적으면서 새삼 잊고 지냈던 익숙한 것들을 다시 떠올려 보았다.

소영은 면접 보는 내내 입꼬리를 올리고 적당한 미소를 잘 지어 보였다. 면접 보는 동안 할 수 있는 건 그것뿐이라 입꼬리를 떨어트리지 않기 위해서 부단히 노력했다. 원장 선생님은 이름과 나이, 성격, 부모님에 대해서 몇 가지 물어보시더니 다음 주부터 출근하라고 했다.

– 뭐야. 별거 아니잖아.

면접과 합격은 간단했다. 고등학교를 졸업한 지 4년이 채 되지 않은 시간이 흐르고 곧 고등학생을 가르치게 된다니, 참 세상은 어떤 면에서는 쫄 필요 없이 야릇하다.

"정식 직원은 아니고 선생님이 너무 어리니까 계약으로 시작합시다. 급여는 다른 선생님들의 70%가 지급될 거예요. 불만 없죠? 선생님이 잘하기만 하면 계약이야 얼마든지 연장될 수 있는 거고."

원장 선생님은 근로계약서를 내밀었다.

"네."

소영이 네, 하고 씩씩하게 외쳤다. 70% 앞에서 이렇게 씩씩할 수 있었던 건 그 70%가 무언지 몰랐기 때문이다. 100중에 70. 명확하게 부족함의 정도를 말해주는 %. 소영은 마치 영어를 듣다가 상대가 말을 끝내면 끝을 올렸을 때 예스! 라고 대답하는 것처럼 씩씩하게 대답했다. 아직 그 예스의 무서움을 모르니까.

소영은 근로계약서에 반듯하게 '김소영'이라고 쓰고 '김소영'

이라고 사인했다. 스물세 살의 소영이 솔직하고 진실하게 사는 방법이었다.

면접에서는 적어도 어떤 사람인지, 어떤 능력이 있는지, 학원에서 아이들을 위해서 할 수 있는 것들을 증명해야 한다고 생각했는데 의외로 그건 간단했다. 학생증이면 충분했다. 165cm, 54kg. 소영 몸의 길이와 부피, 무게보다 가로 8.5cm, 세로 5.5cm의 저 카드가 더 나를 잘 표현할 수 있다니. 사회생활을 하고 월급을 받는다는 건 참 납작하고 간단하며 네모지게 허무한 일이다.

학원 출근 첫날, 소영은 한껏 어른처럼 꾸미고 출근했다. 졸업 후 대기업에 취업하면 입으려 장만해 두었던 정장 바지와 블라우스를 개시했다. 인터넷에서 샀던 바지가 몸에 맞지 않았다. 허리에서는 흘러내리고 허벅지는 나풀거렸다. 블라우스의 어깨선은 소영의 어깨선 한참 아래에 있어 엄마 옷을 빌려 입은 느낌이었지만 당장 어쩔 수 없어서 그냥 입었다. 학생들에게 나이 들어 보이려 아이라인을 두껍게 그리고, 가지고 있는 립스틱 중 가장 어두운 계열의 색깔로 발랐다. 다행히도, 거울 속의 소영은 다섯 살은 더 나이 들어 보이는 것 같았다. 그렇지만 소영의 미소는 뽀송했다.

학원 교무실에는 열 개 정도의 책상이 있었다. 국어 선생님용 책상은 소영을 위한 사각형으로 우두커니 비어 있었다.

'힝, 남이 쓰던 거잖아. 볼펜도, 자도, 방석도, 책상도.'

이전 선생님이 쓰다 만 연필꽂이와 색색의 볼펜, 형광펜, 세월의 흔적이 느껴지는 책상은 적당히 닦여져 있었다. 소영은 다른 사람이 쓰던 물건을 그대로 써야 하는 게 속상했다. 지금 수업이 문제냐고, 이럴 줄 알았다면 곰돌이가 그려진 내 볼펜을 가져올걸 그랬다. 아니다, 첫 출근이니까 예쁜 볼펜은 사 올걸 그랬다고, 폭신한 방석이라도 사 올걸, 생각하며 첫 월급을 받으면 그 팬시점에서 가장 귀여운 볼펜과 가장 폭신한 방석을 사러 가겠다고 다짐했다.

교무실에서는 스물세 살이라고 솔직하게 소개했다. 학원에서 교무실이 스물세 살의 소영으로 살아도 되는 유일한 공간이었다. 소영은 교무실 문을 나가면 스물여덟 살이 되어야 한다. 진짜 어른 선생님들 사이에 소영은 너무 뽀송했다. 소영은 이런 교무실에 앉아있는 게 뿌듯하고 신기해서 천진난만하게 웃었다.

"김소영입니다. 잘 부탁드립니다."

소영은 짧은 소개를 끝내고 자리에 앉았다. 책을 펼쳐 수업할 내용을 한 번 훑어보려 하는데 옆자리 수학 선생님, 민이 인사했다. 훤칠한 키에 세련된 얼굴과 말투, 가지런히 잘 정리

뛴 머릿결과 검은 뿔테 안경. 아무런 단점이 보이지 않는 모습으로 불쑥 들어오는 인사에 소영은 깜짝 놀라고 잠깐 설렜다.

"반가워요. 저는 수학을 가르치고 있어요. 일한 지는 1년 정도 된 거 같네요. 하하. 앞으로 잘 지내봐요. 우리. 불편한 일 있으면 언제든지 저한테 말하구요."

"아, 네. 고맙습니다. 잘 부탁드립니다."

민은 오른손을 내밀었다. 소영은 인생 최초의 비즈니스적 악수를 하면서 첫 월급을 받은 것처럼 뿌듯했다. 사회생활의 벅참을 안고 민의 손을 잡고 최대한 자연스럽게 흔들었다. 민의 손은 참 따뜻했다. 마치 이렇게 맞잡은 손을 흔드는 게 여대생이 국어 선생님으로 변신할 수 있는 주문인 양, 민과 악수는 긴장되었던 소영의 마음을 놓이게 해주었다. 소영이 악수를 끝내려 손을 놓으려는데, 민은 손에 힘을 주고 자신 쪽으로 당겼다가 놓았다. 잠깐이었지만 분명히 힘이 느껴졌고 소영은 깜짝 놀라 다시 긴장했다.

"한여름인데 손이 차네요. 에어컨을 너무 세게 틀었나. 온도 좀 올려 드릴까요?"

"아니. 괜찮습니다."

'아. 내 손이 차서 수학 선생님의 손이 따뜻하게 느껴졌구나.'

역시 늘 상대적이다. 그게 무엇이든지. 민은 악수했던 자신의 손을 허벅지 옆에 떨어뜨리면서 자연스럽게 웃었다.

"네. 제가 손이 좀 찬 편이라서."

소영은 차가운 손으로 시선을 떨구고는 어색하게 웃어 보이면서 말했다. 차가움과 따뜻함 중 어떤 온도로 바라봐야 할지 판단할 수 없는 불안함에 소영은 '우리'라는 말이 자꾸 머릿속에 맴돌았다.

'수학 선생님과 국어 선생님이 우리가 되어서 잘할 일이 뭐가 있을까. 첫날이라 긴장해서 예민한 건가. 그래. 가끔 난 쓸데없이 예민하니까.'

조금 이상한 것 같다는 느낌이 스쳐 지나가고 있는 찰나, 민이 계속 말을 이어갔다.

"소영씨. 우리 동네에 살더라구요. 혼자 밥 먹기 싫을 때 없어요?"

민이 소영의 귀 쪽으로 시선을 돌리며 말했다. 그리고 소영의 대답을 듣지 않고 다시 질문을 이어갔다.

"동네 맛집 아는 곳 있어요? 혼자 밥 먹기 싫을 때 우리 같이 밥 먹어요. 이웃 좋잖아요. 친구도 가까이 살아서 자주 보는 게 좋고."

'우리 동네가 어디였더라. 그런데 내가 소개하면서 어디에 산다고 말했던가?'

소영은 갑자기 살고 있던 동네 이름이 생각나지 않았다. 소영 몸보다 한참은 큰 블라우스와 바지가 몸에 아무런 밀착감을 주지 않아, 마치 처음 만난 사람 앞에서 갑자기 벌거벗겨진 기분이었다. 가끔 어떤 단어가 미치도록 생각나지 않아서 정말 미칠 때가 있는데 오늘이 그런 날 중 하루인가 싶었다.

아. 첫 수업. 양치질.

소영은 번뜻 정신을 가다듬었다. 지금 이럴 때가 아니다. 가방에서 재빠르게 칫솔 케이스를 꺼내 화장실로 보이는 곳으로 들어갔다. 세면대 앞에 서서 다시 한 번 마음을 가다듬고 칫솔 케이스를 열었는데 치약이 없었다.

'아, 그때 다 써서 사야지, 했었지.'

소영은 잠시 망설이다 칫솔을 두 번 털고는 다시 교무실로 돌아와 두리번거렸다. 그나마 자신에게 친절하게 다가와 주었던 민이 눈에 들어왔다. 소영은 민에게 스스로 걸어가 약간은 올라간 입꼬리로 혹시 치약이 있냐고 수줍게 물었다. 어색한과 약간의 민망함에 몸이 베베 꼬였다. 누가 봤다면 칫솔을 들고 민 앞에서 뭘 저렇게 부끄러워하나, 했을 거다.

"네. 있어요. 저."

민은 반갑게 답했다. 소영은 고맙습니다. 라고 낮게 속삭이고는 치약을 받으려 수줍게 칫솔을 들이밀었다. 민은 오른손으로 서랍을 힘차게 열어젖히더니 자신의 칫솔과 치약을 들고 자리에서 일어섰다.

"가요."

민이 싱긋 웃었다. 잠시 놀란 소영은 앞서는 민을 얌전히 따라갔다. 민과 소영은 세면대 앞에 나란히 섰다. 민은 자신의 칫솔에 치약을 듬뿍 짜고는 소영을 바라보았다. 소영도 어떠한 분위기에 휩쓸려 자신의 칫솔을 들이밀었다. 민은 역시 칫솔의 모보다 훨씬 많은 양의 치약을 짜주었다.

"흐를 것 같아요."

"요즘 물가가 너무 비싸서 허리띠 졸라매야 하잖아요. 이런 거라도 마음껏 쓰고 싶어서요. 세상에서 내 마음대로 되는 것도 있어야죠. 하하하."

민은 호탕했다. 소영은 살짝 동의하는 듯 고개를 숙이고는 양치질을 시작했다. 그런데 아무리 생각해도 이상한 조합이다. 세면대 위 거울 속 민과 소영은 기막히게 어울리지 않는 나란한 모습으로 각자의 방식으로 입안에서 칫솔을 움직이고 있었다. 소영은 거울 속에서 민과 눈이라도 마주칠까 봐 차라리 눈을 감았다.

'도대체 왜, 지금 이러고 있는 거야.'

소영의 머릿속에 이상한 물음표가 깔리고 겹쳐지기 시작했다. 그러곤 자신이 첫인사 할 때 내뱉었던 말들을 다시 되짚어 보았다. 물음표만큼 까만 불편함이 곳곳에 끼어있었다. 소영은 이상하고도 민망한 칫솔질을 멈추고 세면대 물을 틀어 손으로 받아 입 안을 헹궜다.

오글오글 촤악, 퉤. 오글오글 촤악. 퉤.

불편한 헹굼과 뱉음을 두 번씩 반복하고선 입 근처에 맺힌 물방울들을 손으로 대충 닦고 손바닥을 성의 없이 바지에 문질렀다. 바지에 물기를 얼룩처럼 묻히고는 서둘러 자리로 돌아왔다.

– 새 옷인데, 엉망이 되었잖아. 됐어. 물은 금방 마르니까.

잠시 후 민은 좀 더 깔끔해진 각도로 교무실로 돌아와 자신의 자리에 반듯하게 앉았다. 칫솔과 치약을 원래의 서랍에 넣으며 소영을 귀엽다는 듯 지긋이 바라보았다. 소영은 민을 애써 외면하며 양치질 할 때에 느꼈던 물음표들 사이에 끼어있던 불편함을 빼내려 애썼다. 물음표가 어떠한 마침의 의미인지 찾지 못한 채, 종이 울렸고 소영은 수업하러 들어가기 위해 교재를 챙겼다.

"첫 수업 잘해요."

민은 소영에게 아까와 같은 사람 좋은 웃음을 보였다. 양손 주먹을 쥐고 파이팅! 제스처를 보였고 소영은 민보다 한참이

나 작은 주먹을 살짝 쥐고는 파이팅에 응답했다. 그 파이팅에 갸웃한 부담스러움을 느끼면서 힘을 얻은 것도 사실이었다.

"아. 아. 네. 고맙습니다."

소영은 마음에 없는 고마움의 인사를 했다. 사회생활을 잘하려면 이런 걸 잘해야 한다고 인터넷 검색을 하다가 꼭 필요한 것 같아서 외웠다. 외운 대로 인사하고선 서둘러 수업을 들어갔다.

첫 수업에는 학생들과 간단하게 소개하는 시간을 가졌다. 소영은 자신의 이름을 칠판에 크게 적었다.

"반가워요. 오늘부터 국어 수업을 하게 되었어요. 선생님이랑 앞으로 열심히 공부해보자. 혹시 질문 있어요?"

"선생님은 왜 선생님 됐어요?"

두 번째 줄에 교복을 입고 깡마른 학생이 당당하게 손을 들고 억양을 올렸다가 내리며 질문했다. 학생들은 소영을 아무 의심 없이 선생님이라 불렀다.

왜...

"선생님 되면 좋아요? 어른 되면 좋아요?"

"..."

'용돈 벌러 왔는데. 놀려니 돈이 너무 많이 들어. 명품백도 필요하고, 여행도 가고 뮤지컬이 너무 비싸서. 넌 요즘 핫플

스테이크 하나에 얼마인 줄 알기나 하니.'

　– 사회생활이라는 건 첫 질문부터 이렇게나 많은 거짓말을
쏟아내야 하는 일인가.

　학교 다닐 때 소영이 가장 싫어하는 건 거짓말이었다. 사소
한 거짓말을 알게 되면 그 사람과 진짜 친구가 되지 못했다.
같이 과자를 나눠 먹기 싫었다. 지금 하는 말이 진짜일까, 자
꾸 생각하도록 말하는 사람. 의심되는 사람과는 자연스럽게
멀어졌었다. 평생 거짓말을 하지 않으면서 살겠노라 그렇게 다
짐했는데, 그런 다짐은 용돈을 벌기 위해 가장 먼저 흩어지고
있었다.

　소영은 급하게 얼굴빛을 가다듬고 아이들을 좋아하고, 너
희들을 만나기 위해서라고 대충 얼버무렸다. 아이들은 순진
무구한 얼굴로 믿는 둥 마는 둥 했다. 몇 살이냐는 질문에는
원장 선생님이 시킨 대로 스물여덟이라고 했다. 스물셋이라고
사실대로 말하면 아이들이 만만하게 볼 것이기에, 다 소영을
위한 일이라고 했다. 스물세 살의 아직 졸업도 하지 않은 대
학생이 고등학생을 가르치는 게 말이 되냐고. 곰곰이 생각해
본 소영도 말이 안 되는 것 같아 아이들에게는 거짓말을 하기
로 원장 선생님과 손가락을 걸고 약속했다.

　– 소영이 원하지는 않지만 결국 소영을 위한 거짓말. 소영

을 위할 거짓말. 다 너를 위한 일.

소영도 충분히 고민해 보고 동의한 바였다.

아이들을 속이는 것은 그렇게 어렵지 않았다. 하지만 소영은 미안한 마음이 한구석에 남아 수업 시간 내내 아이들과 눈을 똑바로 맞출 수 없었다. 어쩌다 눈이 마주치면 나이를 고백해야 하지 않나 괴로웠다. 그래도 함께하는 시간, 그러니까 거짓말을 한 시간이 길어질수록 잊어 졌고 시간이 갈수록 편해졌다. 생각보다 훨씬 쉽게 편해지고 익숙해졌다.

○

첫날은, 보통처럼 흘러갔다. 돈을 버는 일도 이렇게 자연스러운데 그렇게 두렵게 느껴지던 경계란 건 어쩌면 세상에 없는데 자꾸 겁을 주니까 두려웠나 보다. 수업을 끝내고 소영은 내일 수업을 준비하기 위해 참고할 만한 책을 가방 가득 챙겨 나왔다. 참고서 세 권을 넣었더니 가방이 제법 묵직해졌다. 소영은 한 손으로 들기를 포기하고 참고서의 무게를 가슴에 안고서 퇴근했다. 퇴근길에 학원 건물 앞에서 민이 소영을 기다리고 있었다.

"같은 동네인데 같이 가요. 밤길에 이쁜 아가씨 혼자 돌아다니면 위험해요."

민은 소영과 눈높이를 맞추고 느끼하게 웃었다. 그의 눈, 코, 입, 그 표정과 얼굴 주름은 그대로였지만 분명 그대로였는데 지금의 웃음은 느끼했다. 어떻게 거절해야 할까 생각하고 있는 찰나에 민은 소영의 옆에 섰다. 순간 소영이 품에 안고 있던 가방으로 민이 손을 뻗어내고 있는 게 보여 소영은 깜짝 놀라 반사적으로 몸을 빠르게 도망치듯 돌렸다.

"아, 무거워 보여서 제가 들어드리려고 했는데 실례였다면 죄송해요."

민이 세상 착한 표정, 착한 눈빛으로 눈꼬리를 살짝 늘어트리고는 머리를 긁적였다.

"아니에요. 그렇다기보다는... 갑자기 손이 가까이 와서 좀 놀랐어요. 제가 죄송합니다."

민은 아무렇지않는 듯 상관없다는 표정을 지었다.

"수업은 어때요? 아이들 말 안 듣죠? 소영씨 힘들게 하는 학생 없어요?"

소영은 민의 질문에 갸우뚱했다. 나이를 속이고 있음을 학생들에게 미안해하고 있던 참이었다. 무엇보다 소영은 학생들이 무조건 말을 잘 들어야 한다고 생각한 적이 없었다. 엉뚱한 질문을 몇 개 해대긴 했어도 수업을 잘 들어주었다. 쌩뚱맞은 질문을 했지만 학생답고 귀여워 소영은 기분 좋게 웃고 넘어갔었다.

둘은 어설프게 끼워 맞춘 듯 어깨를 나란히 하고 아주 부자
연스럽게 버스 정류장을 향해 걸었다. 걸음은 정확하게 엇박자
였다. 소영은 최대한 자연스럽게 떨어져 걸으려 노력했다. 묵직
한 가방을 안고 있는 팔에서 땀이 진득하게 미끄러졌다. 한여
름 밤의 무더움을 머금고 있는 공기가 소영의 목을 조르는 것
같았다. 소영의 두꺼운 파운데이션 사이로 식은땀이 흘렀다.

"어떤 숫자 좋아해요?"

"갑자기? 숫자요?"

민은 예상할 수 없는 불편한 질문을 쏟아내는 랜덤 질문
자판기처럼 물었다.

"제가 수학 선생이라서 그런가 좋아하는 숫자를 알면 사람
이 좀 보이거든요."

"아 그러시구나."

소영은 민이 듣고 싶어 할 톤으로 대꾸했다. 민은 숫자 얘기
가 나오자 한껏 들뜬 사람처럼 말했다.

"사람들이 좋아하는 숫자로 비밀번호를 만들기도 하고 의미
를 두잖아요. 기념일도 챙기고."

소영은 민의 질문이 자꾸 불편해졌고 불편한 만큼, 한여름
의 더위는 강력하게 온몸을 감싸 계속 식은땀이 났다. 무더웠

다. 학원에 별다른 복장 규정이 없었지만 소영은 목까지 가려 주는 블라우스와 검정색 긴 정장 바지를 고집했다. 소영은 식은땀을 아무리 애써도 숨길 수 없어서 불편함 마음이라도 숨기기 위해 말을 이어갔다.

"숫자를, 그러니까 수학을 좋아하시나 봐요."

"네, 수학은 공식이 있고 답이 정해져 있잖아요. 수학 공식에 대입해서 최선을 다하고 빨리 풀면 시원하게 정답을 내주는 게 저는 좋더라구요. 열심히 풀려는 노력을 배신하지 않는다고 해야 하나. 전 꼭 끝까지 풀어요. 아무리 어려운 문제도 계속 도전하면 언젠가는 풀리니까요. 그래서 사람에게는 조금 서툴러요. 하하."

언젠가는 풀리는 수학 공식처럼 지금의 이 불편함도 언젠가는 풀리겠지.

숫자를 좋아한다는 민의 말을 듣고 소영은, 민이 자신이 하는 공부에 믿음이 있고 하고 있는 일을 좋아한다는 말에 경계심을 조금 풀었다. 하고 싶은 일도, 꿈도 없던 소영은 확실한 목표가 있는 민이 새삼 다시 보였다. 누군가의 꿈 얘기를 들으며 하루의 긴장을 푸는 일은 썩 기분 좋은 편안함이었으니까. 의심을 풀고 소영이 말했다.

"저는 비밀번호 같은 것들 생일로 정해놓은 편이에요. 단순하죠? 그냥 생일로만 하면 너무 쉬울까 봐, 월이나 날짜나 둘 중 하나랑 나머지 자리는 다른 숫자로. 나름 머리 써서."

소영이 얇게 웃었다. 솔직한 대답이었다. 긴장을 풀고 열린 마음으로 찬찬히 생각해보니 민이 소영에게 다가온 건 챙겨 줌이었고 친절이라고 믿을 수도 있었다. 노력하고 애쓰면 억지로 끼워 맞추면 그럴듯했다. 차라리 그쪽이 더 마음 편하기도 했다.

'그래. 역시 내가 예민했어.'

소영은 사회생활을 잘하고 싶었는데 그중에 동료들과 잘 지내는 것도 포함되어 있었다.

둘은 나란히 버스 정류장에 섰다.

"이 시간에 집에 가면 뭐해요?"

민이 또 불편한 질문 자판기 버튼을 눌렀다.

"아. 별거 안 해요."

소영은 본능적으로 손사레를 쳤고 어색한 웃음이 자신도 모르게 튀어나왔다.

"오늘도 다이어리 쓰시고 모자 정리도 하시는 줄 알았네요. 샤워는 너무 오래 하지 마세요."

"…"

어색한 웃음을 짓던 표정의 모든 것이 순식간에 소영의 동그란 눈동자로 쏠렸다. 소영은 하루를 정리하면서 일기를 쓰는 습관이 있었다. 중학교 때부터 꾸준히 다이어리를 쓰고 꾸미는 것을 좋아했다. 일기를 쓰면서 외로움을 느끼는 게 좋아 밤에 잠이 오지 않을 때의 습관이다. 모자가 잘 어울리지 않아서 잘 쓰지 않지만 길을 가다가 예쁜 모자가 보이면 항상 산다. 어울리지 않아서 제대로 써보지 못하고 그래서 늘 아쉬워 자꾸 사다 모으는지도 모르겠지만. 소영이 모자를 모으는 취미를 아는 사람은 그리 많지 않았다. 과에서 진짜 친했던 두세 명 정도. 익명으로 글을 올릴 수 있는 동호회 카페에 마음이 울적할 때 모자와 관련한 글을 쓴 적이 몇 번 있었다. 그게 언제, 어디인지 정확히 기억나지 않았다. 소영은 깜짝 놀라 눈을 최대한 동그랗게 뜨고 이마에 주름을 진하게 만들었다. 소영을 동그란 눈을 공격하듯 민은 또 질문을 쏟아냈다.

"심리학과 공부는 어때요? 재밌어요? 국문과는 왜 복수 전공한 거예요? 힘들지 않았어요?"

소영은 미세하게 불편하고 이상하다는 느낌이 드는 이유를 알아챘다. 민은 대답을 듣지 않고도 질문을 한다. 마치 너의 대답은 들을 필요는 없다는 듯, 질문만 쏟아낸다. 민의 질문은 소영을 옆에 꽂아두고 쏟아내는 민의 혼잣말 같았다. 민의 느끼했던 웃음은 더 이상 웃음도 아니게 느껴지면서 소영은 이 남자가 무서워지기 시작했다. 지금 이 상황은 뭔가 잘못되었고 틀렸다. 소영은 눈을 질끈 감고 떨리는 목소리로 겨우 말했다.

"어떻게 알았어요?"

"뭘요?"

"제가 사는 동네랑 다이어리, 모자 정리."

샤워라는 단어가 생각나서 입술이 부르르 떨렸다. 소영은 자신의 샤워하는 장면과 민의 느끼했던 웃음이 교차 되면서 소름 끼쳤다. 샤워기에서 민의 웃음소리가 새어 나오는 것만 같았다. 민은 잠시 머리를 굴리듯 눈동자를 굴렸다.

"사는 동네는 원장님이랑 새로 오시는 선생님 얘기하다가 들었고, 다이어리랑 모자는 여대생들 다들 좋아하는 거 아닌가요? 요즘 취미로 다이어리 꾸미고 모자 같은 악세사리 모으고 인증하는 게 유행이라고 하던데. 물론 저는 그런 건 잘 모르지만요."

민은 다시 세상 순진한 얼굴로 별거 아니라는 듯이 웃으며 말하면서 쑥스러운 듯 어깨를 으쓱했다. 소영은 앞으로도 일주일에 네 번씩은 민의 얼굴을 계속 봐야 한다. 계속 볼 사람과 불편해지고 싶지 않다는 생각이 자꾸 끼어들어 두려움을 방해하고 있었다.

버스가 도착했다. 자리에 앉는 민을 확인하고는 소영은 멀찍이 떨어져 앉았다. 그제서야 겨우 잠시의 평온함을 느꼈다.

소영은 집에 도착해서 블라우스 단추 몇 개를 풀고는 방바닥에 주저앉았다. 땀과 뒤범벅되어 다리에 거머리처럼 달라붙어 불편하게 했던 정장 바지를 벗었다. 소영은 가방끈을 꼭 쥐고 있었던 손으로 시선을 떨구었다. 손에 힘을 얼마나 줬는지 가방끈은 쭈글쭈글해져 있었고 땀으로 범벅되어 있었다. 이렇게 방구석에서 겨우 느끼는 안도감이라니. 소영은 어두운 방 한구석 차가운 벽에 기대었다.

'이제 살겠다.'

순간 핸드폰이 울렸다. 모르는 이름으로 카톡 선물이 도착했다. 민이 보낸 선물이었다.

– 뭔지 잘 모르겠지만 오늘 기분 나빴다면 미안해요. 커피 마시고 마음 풀어요.

소영은 아무리 머릿속을 헤집어 보아도 민에게 핸드폰 번호를 알려준 적이 없었다. 민이 전화번호를 물어본 적도 없었다. 불도 켜지 못한 컴컴한 텅 빈 방 안에서 소름이 온몸을 훑었다. 소영은 끊임없이 지금까지 민과 했던 대화를 되짚어 보았다.

'내가 여지를 줬을까. 수학 선생님에게 번호를 준 적이 있었던가.'

없었다. 단연코 단 한 번도 없었다.

　다음 날 눈을 떴을 때 소영은 모든 것이 무거웠다. 눈꺼풀도, 누워있던 허리와 엉덩이도, 손가락도 무거웠다. 마네킹처럼 눕혀져 천장이 보이는 순간부터 어떻게 거절해야 할까, 하는 생각이었다. 눈만 껌뻑이면서 원하지 않는 호의를 예상하고 거절하는 시나리오를 생각했다. 상상만으로도 온몸의 땀구멍에 땀이 흥건하게 맺혔다. 스물셋 소영이 아는 구체적인 거절 방법은 몇 없었다. 갑자기 거절도 웃긴 일이었다. 민의 앞에 서서 갑자기 '저에게 말 걸지 마세요.'라고 차갑고 냉정하게 말할 수는 없는 노릇이었다. 그렇게 말한다 해도 느끼하게 웃고 있을 민의 입꼬리가 떠올랐다. 민의 말대로 우연히 소영에 대해서 알게 되었고 새로 온 어린 선생님을 챙겨주고 싶은 마음일지도 모른다는 긍정적인 가능성도 열어 두었다. 차라리 그렇게 믿는 게 마음 편했으니까. 차라리 그게 덜 두려운 최대한의 차선이었다. 소영은 마음을 다잡기 위해서 모든 것을 이해하려 애썼다.

　소영은 최대한 정신을 차리고 출근했다. 유튜브로 잘 거절하는 방법을 검색하고 몇몇 상황과 적절한 대응을 외웠다. 머리를 묶고 아이라인을 더 길게 그렸다. 평소보다 더 진한 립스틱을 선택했다.

- 만만하게 보이지 말자.

소영이 교무실 문을 열고 들어가 꾸벅, 모두를 향해 꾸벅, 고개를 숙이고 자연스럽게 들어와 자리에 앉으려는데 책상에 커피와 메모가 올려 있었다.

- 스타벅스 돌체라떼에 연유 한 번 반만 펌핑한 거예요. 오늘도 힘내요. -민

소영의 뒤통수에서 다른 선생님들이 이 메모를 미리 봤다며, 한참 좋을 때라며 웃음 소리가 들렸다. 다 알지만 모른 척해줄 테니, 잘 만나보라는 말을 뒤에서 소영이 잘 들리게 했다. 이 커피는 소영이 불과 일주일 전에 제일 좋아하게 된 커피였다. 소소하지만 확실한 소영의 취향이라 정말 미칠 노릇이었다.

소영은 커피를 들고 일어나 민 앞에 섰다. 숨을 크게 들이쉬고 크게 내 쉬고는 커피를 들고 있는 손을 파르르 떨면서 책상 위로 내려다 놓았다. 앉아있던 민은 귀엽다는 듯 소영을 올려다보고 있었다. 손서럼 파르르 떨리는 목소리로 말을 꺼냈다.

"수학 선생님, 앞으로 저만 이렇게 챙기지 마세요. 너무 부담스럽습니다. 이런 거 받지 않을 거예요."

민은 눈만 반달로 만들어 여전히 웃고 있었다. 마치 눈과

입을 따로 조절할 수 있는 사람처럼 그렇게 소영을 올려다보면서 웃었다.

"소영씨 왜 이래요? 저한테 서운한 일 있어요?"

서운한?

예상하지 못한 민의 말에 소영은 말문이 막혔다. 이렇게 말하면 미안하다, 앞으로 그러지 않겠다, 조심하겠다는 다짐을 받고 적당히 이해해 주려 했다. 그런데 서운하냐고? 예상에 없던 대답이라 소영은 머리가 두 쪽으로 갈라지는 것 같았다.

– 이게 아닌가? 내가 뭘 잘못했나?

그런데 또 헷갈린다. 그저 불편했는데 이런 불편한 마음이 서운한 마음인가?

소영이 어떤 말도, 행동도 이어가지 못하고 있자 주변에서 다른 선생님들의 웃음소리가 들리기 시작했다. 새어 나오듯 키득거리는 웃음소리는 공포영화 주인공 뒷모습의 서늘함처럼 다가왔다. 정신을 차리고 주변을 돌아보니 선생님들의 책상에는 모두 스타벅스 커피가 올려져 있었다. 사회 선생님이 커피를 들어 흔들며 소영을 보고 웃으면서 말했다.

"수학 선생님이 좀 섬세하지? 이렇게 취향도 다 맞춘다니까."

"…"

소영은 너무 당황한 나머지 목에서 상한 공기를 머금은 목소리가 흘러나왔다.

"죄, 죄, 죄송합니다."

"아니에요. 괜찮아요."

"그, 그게 아니라."

"저는 괜찮아요. 걱정마세요. 기분 나쁘게 생각하지 않을게요."

민은 소영을 올려보지 않고 몸을 돌려 책을 볼 자세로 고쳐 앉았다. 소영과 대화하지 않겠다는 뜻이었다. 소영은 민의 뒤통수를 잠시 바라보다 자신의 자리로 돌아왔다.

'내가 무슨 짓을 한 거야.'

태어나서 처음으로 느낀 강력하게 무안하고 말문이 막히는 경험이었다. 가까스로 자리에 앉은 소영에게 사회 선생님이 의자를 밀면서 다가왔다. 재밌다는 듯, 놀리는 말투였다.

"수학 선생님 엄청 다정하고 섬세하지?"

사회 선생님이 아까 들고 흔들었던 커피를 한 모금 마시면서 말했다.

"그린가요."

"소영 쌤. 어때요? 학원 수업."

소영은 우물쭈물하다가 적당한 단어를 골랐다.

"재밌어요."

"어머머머, 역시 선생님은 아직 순수해. 어떻게 일이 재밌어?"

소영은 주먹을 살짝 쥐고 손톱 끝을 마주치면서 흐릿하게 말했다.

"재미는 다 다르잖아요. 누군 공포영화가 재밌고, 누군 멜로영화가 재밌고, 누군 코미디영화가 재밌고. 그런데 전 스릴러영화는 재미없어요. 무서워요. 진짜. 그래서 안 봐요. 절대로."

"응? 갑자기 무슨 영화 얘기야?"

소영이 민이 준 커피를 들고 자리를 박차고 일어나자 사회 선생님은 고개를 도리도리 거리며 다시 의자를 밀고 본인의 자리로 돌아갔다. 소영은 학원을 나와 비상계단의 문을 열고 계단 몇 개를 걸어 내려갔고 몇 번의 턴을 했다. 몇 층을 얼마나 걸어 내려갔을까. 금방 무릎이 아려왔다. 소영은 비상계단을 빠져나와 처음 보이는 쓰레기통에 있는 힘껏 커피를 던져버렸다.

— 미쳤어. 정말 미치겠어.

학원에는 수학 선생님이 소영을 좋아한다는 소문이 돌았다. 소영이 너무 어리고 아직 철부지라 가르칠 게 많다는 말도 함께 돌았다. 소영은 아니면 그만이라고, 가볍게 흘려넘기고 싶다가도 가끔은 억울해서 눈물 나 미칠 것만 같았다. 원장 선생님에게라도 말해야 할까, 고민했지만 혼자서 모두와 싸워야 할 듯한, 민에게 받은 고통과는 또 다른 두려움이 밀려왔다. 두 사람이 같은 공간에 있기만 해도 선생들은 보기 좋다며 웃었다. 오늘은 데이트하지 않냐며 개봉한 영화나 공연 같은 걸 알려주었다.

– 안 본다고 영화. 싫다고.

소영은 민을 피해 다녔다. 소영이 실천할 수 있는 유일한 대책이었다. 학원을 일찍 나가지 않고 교무실에 앉아있는 시간도 최소화했다. 화장실이 가고 싶어도 민이 움직인다 싶으면 참았다. 쉬는 시간에도 최대한 교실에서 학생들과 시간을 보냈고 마지막 시간에는 5분 정도 수업을 일찍 마치고 도망치듯이 학원을 빠져나왔다. 소영에게 그게 최선이었다. 학원 수업보다 민을 피하는 일이 훨씬 고되고 불편했다. 그래도 피하는 게 나았다. 언제부턴가 자신을 믿고 따르는 학생들을 두고 학원을 그만둘 순 없었다. 소영은 어떻게든 이 불편함을 얇게 나누어서 견뎌야 했다.

○

"선생님, 이번에 국어 시험 다 맞춰올게요. 맛있는 거 사주세요."

건은 공부는 못하지만 유독 말을 잘 듣는 학생이었다. 소영이 모든 학생을 똑같이 아끼고 사랑해야 한다고 마음먹어도 건에게 유독 마음이 갔다. 소영은 티 나지 않게 건을 아끼며 마음을 줬다. 전해지지 않아도 얼마든지 괜찮은 그런 내리사랑. 건은 자신에게만 숙제를 많이 내주어도, 수업이 어려워도, 소영이 가끔 멀뚱해도 전혀 불평이 없었다. 수업 시간에 다른 학생들이 떠들면 조용히 시키고 선생님 말씀 잘 들으라고 소리쳐 줬다. 건이 있어서 소영은 수업이 편했고 듬직했다. 민의 불편한 관심에 마음을 다잡을 수 있는 숨구멍이 되어주었다.

"자, 보자. 건이 지난 시험 국어 점수가 몇 점이었더라."

고2였던 건은 소영보다 키가 크고 덩치가 컸는데 소영이 건과 대화하기 위해서는 한참 올려다봐야 했다.

"무슨 선생님이 그래요? 학생에게 할 수 있다는 용기를 줘야지. 지난 시험 점수가 중요합니까?"

건은 서운하다는 듯이 입을 삐죽거리면서 소영을 노려봤다. 건의 허스키한 목소리가 소영의 귓가에 아스라이 내려앉았다.

"그래. 이번 국어 시험 다 맞으면 선생님이 맛있는 거 사줄게. 혹시 알아? 이번 시험은 퍼펙트 할지?"

이렇게 말하면서도 소영은 큭큭 거렸다. 건은 성적이 아닌 방법으로 소영을 웃게 하는 학생이었다. 건은 정말이냐고 몇 번이나 소영에게 대답을 받아내고서는 큰 덩치를 옮겨 뒤돌아 뛰었다. 그 후로 시험 기간까지 몇 번의 카톡 연락이 왔다. 건은 궁금한 게 있으면 '선생님 뭐해요? 여쭤볼 게 있는데요.'

라며 예의 바르게 카톡을 보냈다. 소영은 열심히 시험 준비를 하는 걸을 떠올리면 기분이 좋았고 기특했고 행복하기도 했다. 소영이 학원을 그만둘 수 없는 이유였다. 누군가를 가르친다는 건 지식을 잘 전달하는 것보다 사랑하고 아끼면 그렇게 어렵지 않게 할 수 있는 일이었다. 소영은 간단한 질문은 카톡으로 대답해주거나 유튜브에서 참고할 만한 자료를 찾아 링크를 보내주었다.

시험 일주일 전, 건은 어떤 문제가 도무지 이해되지 않는다면서 소영에게 연락해 왔다. 카톡으로는 해결되지 않을 것 같으니 만나서 설명을 해달라 했다. 늘 알아서 잘하는 건이었지만 그날따라 유난히 말꼬리를 늘어트렸다. 소영은 건의 말이 길어질수록 혹시 무슨 일이 있는가, 공부하느라 힘들고 답답한 건가, 걱정되었다.

소영은 마침 근처에서 친구들과 술을 마시고 있었다. 몸에 맞지 않는 블라우스와 정장 바지를 벗고 청바지에 하얀 티셔츠를 입고 운동화를 신은, 있는 그대로 스물셋의 소영이었다. 술자리에서 친구들은 소영에 대해 묻고 다니는 사람이 있다고 했다. 어떤 사람에게는 소영의 사촌 오빠라고 했고 어떤 사람에게는 아는 동생이라고 했단다. 보통 소영의 키와 몸무게, 집 주소 중 번지, 아침에 일어나는 시간, 밤에 잠드는 시간 등을 물었다고 했다. 목소리와 말투는 비슷한 듯해서 어쩌면 한 사람일지도 모른다는 얘기도 있었다. 소영에게 사촌 오빠는 없었고 소영을 묻고 다닐만한 아는 동생도 없었다. 싱거운 사람이라고 가볍게 말하는 사람도 있었지만 미친놈이라고 언성을 높이면서 조심하라는 사람도 있었다. 또 어떤 사람은 소영이 사기를 치고 다니는 줄 알았다거나 혹시 보이스 피싱인가 싶었다고.

소영은 그게 민이지 않을까 짐작했지만 아무 말 하지 못했다. 굳이 지금 사람들에게 말을 보태는 건 일을 크게 만드는 일이라 생각했다.

'아무 말도 하지 말아줘, 제발.'

친구들은 술이 들어갈수록 소영을 묻고 다니는 사람에 대해 집요하게 토론했고 그 사람 절대 가만히 둘 수 없다며 언성을 높였다. 안주가 줄지 않아도 친구들의 입으로 술은 들어갔다. 다들 입을 모아 민을 더 나쁘고 더 미친 사람으로 만들어 사건을 만들었다. 술잔이 비어갈수록 밤은 깊어갔고 소영은 친구들이 술 취해서 만든 사건 속에서 나약하게 또 다른 피해자가 되어 그 자리를 피할 궁리만 했다. 술자리가 점점 버거워져 어떻게든 빠져나갈 생각을 하고 있었는데 마침 연락 온 건에게 고마웠다. 소영은 맥주 딱 한 잔 마신 상태였다. 아니, 딱 두 잔. 혹시 세 잔이었나.

친구들에게 가르치는 학생에게 가 본다고 하고 먼저 나왔다. 여전히 미친놈에 대해 토론하던 친구들은 소영이 가는 거에도 별 관심이 없었다. 소영은 맥주를 마신 볼에 발그레하게 술이 올라있을까 봐 거울을 보고 팩트로 볼을 서너 번 두드렸다. 화장을 고친 김에 입술에 붉으스름한 틴트도 덧발랐다.

맞은편 공원 입구에 건이 서 있었다. 소영은 지긋지긋했던 술자리에서 자신을 구해준 고마움과 반가움을 더해서 건을 보며 눈꼬리와 입꼬리가 만날 수 있는 표정으로 손을 흔들었다. 소영의 웃음보다 더 활짝 웃으면서 건이 소영에게 뛰어왔다. 건의 미소에 지금까지 가졌던 불편한 마음이 한여름의 아이스크림 녹듯이 녹았다. 건을 만나면 소영은 마음이 아이스크림처럼 변했다. 학원에서는 냉동실처럼 꽝꽝 얼어있어야 하지만 밖에서는 사르르 녹아도 될 것 같은 한여름의 밤. 지금 이렇게 건과 마주 보고 있으면 녹아버린 아이스크림을 나눠 먹는대도 분명 달콤할 거다.

누군가 활짝 웃으면서 나에게 뛰어오는 모습을 바라보는 건 꽤 오랜만이었다. 소영과 건은 활짝 웃으면서 서로 눈을 맞추고 마주 보고 섰다. 건은 키가 작은 소영을 그윽하게 내려다

보았다.

"시험이 코앞인데 모르는 게 있으면 어떻게 하냐?"

소영이 폴짝 뛰어서 건의 이마를 콩 쥐어박았다.

"아야!"

건의 목소리는 묵직했고 코와 입술 사이, 턱은 거뭇거뭇했다. 소영이 고개를 들지 않고 바로 바라보았을 때 건의 턱선이 보이는 키 차이였다. 서로 눈을 바라보기 위해서는 약간 고개를 꺾어 들어야 했다. 소영이 언젠가 처음 하늘을 바라보던 그 시절의 기분으로 시선을 올려다보았다. 건이 아프다는 듯이 이마를 매만졌다.

"넌 그 덩치에 그게 아프니?"

둘은 서로가, 서로를 귀여워하고 있다는 것을 느끼고 있었다.

"오늘 선생님 학생 같네요."

건의 말에 소영은 흠칫 놀랐다.

"선생님한테 학생이라니?"

"대학생 같다고요. 왜 청바지 입고 젊은 척해요?"

한여름 밤의 뜨거움이 따뜻하고 다정하게 둘 사이를 스몄다. 어차피 시험에 대해서 이야기할 마음은 없었다. 둘에게는 시험 치는 일주일 후보다, 건이가 교복을 입고 등교를 해야 하는 내일보다 오늘 이 순간 지금이 훨씬 더 중요했다. 둘은 자연스럽게 나란히 걸었다. 어디로 갈지, 무엇을 할지 생각하지 못한 채로 그냥 걸었다.

"선생님, 우리 손 잡고 걸을래요?"

소영의 심장이 눈치 없이, 미친 듯이 뛰었다. 지금부터 드는 생각들과 두근거림은 건에게 들키면 안 되는 것들이었다. 하지만 소영이 조절할 수 없게, 심장은 잘게잘게 멋대로였다. 소영의 눈빛과 발끝이 자기 자리를 잃어가고 있었다.

"왜요. 싫어요?"

"아니, 누가 싫대?"

소영은 놀랐다. 그리고 두 팔을 뒤로 뻗어 마치 숨기기라도 하는 듯 엉덩이 위로 올리고 맞잡았다.

"손잡는 게 어때서요? 선생님 생각보다 순진하네요. 여사친들이랑도 심심하면 손도 잡고 다니고 팔짱도 끼고 다니는데."

"어?"

소영은 엉덩이 뒤로 맞잡은 두 손의 손가락에 힘을 주고선 힐끗 고개를 숙였다. 건은 움직임이 없는 소영을 묵직하게 바라보았다. 뼈마디가 굵은 손이 소영의 작은 손을 부드럽게 감쌌다. 건은 투박한 거칠함으로 잔잔한 부드러움을 만들 수 있는 손을 가진 남자였다. 소영이 건의 손을 잡고 잠시 당황하고, 잠시 설레고, 잠시 걱정했던 건 절대로 들켜선 안 되는 비밀이었다. 건은 깍지낀 소영의 손을 조심스럽게 자신의 주머니에 넣었다. 소영은 붉어진 볼을 들키지 않는 데만 집중하느라 아무 생각도 할 수 없었다. 오늘 밤이 지나면 소영은 다시 스물여덟 살 건의 국어 선생님이니까.

둘은 건이 이끄는 대로 천천히 걸었다. 예쁜 주황색 불빛 아래 가로등 불빛의 반짝임 사이에서 건이 고백처럼 말했다.

"시험 잘 쳐서 꼭 데이트 신청할게요. 할 수 있을 것 같아요. 뭐든. 뭐든 다 할 수 있을 것 같아요. 뛰고 싶어요. 이렇게 선생님 손 잡고."

건은 무릎을 살짝 굽히고는 소영의 손등에 살짝 입을 맞췄다.

"그, 그래. 시험 잘 치고, 공부 열심히 하고, 엄마 말씀 잘 듣고 아니 아빠 말씀도. 그러니까."

건의 입술에 소영은 정신이 혼미해졌다. 멀리서 두 사람을 보면 누가 보아도 가로등 아래에서 사랑을 시작하는 연인이었다.

"전 선생님 걱정 안 시켜요. 제가 지켜 드릴게요."

– 정말?

기대가 생긴 건 소영이 아직 어려서일까. 지금의 이 혼란은 갖지 말아야 할 감정일까.

소영은 학원 일을 시작하고서는 자신을 지켜줄 사람이 있었으면 좋겠다고 생각했다. 부모님처럼, 선생님처럼 민을 혼내줄 수 있는 사람이 있었으면 좋겠다고 생각했다. 앞, 뒤 상황 따지지 않고, 민의 말은 하나도 듣지 않고 원장 선생님 모르게 혼내주길 바랐다. 건과 손을 잡은 이 잠시의 온기가 충분히 전해져 꽤 위로가 되었다.

그래. 오늘 하루만.

소영은 오늘만큼은 한 여자로 행복했다. 그리고 오늘 밤이 지나면 아무에게도 말하지 않을 비밀로 묻어두고자 다짐했다.

○

몇 층인지 모를 곳에 있던 쓰레기통에 커피를 던진 날 이후부터 소영은 학원으로 출근할 때와 퇴근할 때 건물의 비상계단으로 다녔다. 그곳은 언제 문을 열어 보아도 사람들이 지나다녔는지 알 수 없었다. 그저 아무 변화가 없었다. 사람들의 발길이 닿지 않는 곳, 한여름 37도가 넘는 더위에도 실내이지만 에어컨 비김이 닿지 않는 그곳, 어떤 의미로 아무것도 닿지 않는 그곳은 아무런 변화도 없었기에 그대로 편안했다.

녹색으로 비상계단이라고 적힌 은색의 문을 열어젖히고 들어선 후, 서른 개 정도의 계단을 올라가면 직사각형의 텅 빈 공간이 나오고 몸을 틀어 또 스무 개 정도의 계단을 오르는 일을 열한 번 반복하면 학원에 도착할 수 있었다. 그 건물의 비상계단은 한 층에는 창문이 없고 또 한 층에는 창문이 있는 식이었는데, 창문이 있다 해도 직사각형 두 개는 늘 닫혀 있어서 소영은 창문을 바라보며 답답한 안정감을 느꼈다. 한여름이라 창문을 열어도 또 닫아도 바깥과 안은 비슷한 공기로 연결되었다. 어떤 방향으로든 뜨거움은 밀려 들어오지도, 밀려 나가지도 않았다.

소영은 엘리베이터를 탈 때마다 민과 마주칠까 불안해하는 것보다 계단으로 다니는 쪽이 편했다. 시간은 더 필요했다. 몸도 힘들었다. 하지만 마음이 힘든 것을 쌓아가는 셈법으로 생각해보면 확실히 편했다. 학원은 그 건물의 11층에 있었는데, 한여름의 에어컨이 없는 공간을 통과해 시원하다 못해 추운 학원에 도착했을 때는 그 공간에서 오직 소영만 온몸이 땀으로 흠뻑 젖어 있었다.

"선생님. 찜질방 다녀왔어요?"

강의실이 춥다며 가디건을 껴입은 학생들이 물을 때면 소영은 무엇을 어떻게 설명해야 할지 몰라 우물쭈물했다. 1층이 지나면 2층, 3층... 7층, 절대로 변하지 않는 순서. 그리고 언젠가는 11층. 언젠가는 도착한다. 끝이 있다. 이렇게 몇 번을 오르고 내리다 보니 처음엔 지하실 같던 비상구도 제법 아늑하게 느껴졌다.

'아무도 나를 쳐다보지 않았으면 좋겠어.'

소영은 배가 고픈 날에는 비상계단에서 끼니를 때웠다. 쪼그려 앉아 무엇을 먹을 때는 창문이 없는 직사각형을 선택했다. 어떤 날은 처량하게 느껴졌고 또 어떤 날은 콧노래가 나오기도 했고 또 어떤 날은 정말 아무 생각도 나지 않았다. 그래서 기억하지 않기로 했다.

오늘은 오는 길에 베이커리에 들러 샌드위치를 사 왔다. 계단을 오르는 내내 가방에서 샌드위치 냄새에 소영은 코끝을 킁킁거렸다. 4층쯤 도착했을 때 소영은 계단의 벽면에 기대어 계단의 가장자리에 자리 잡고 쪼그려 앉았다. 또각또각, 걸음, 걸음을 확인시켜주며 소리 내던 구두를 벗고 발가락을 겨우 꼼지락거렸다.

'아.'

구두 속에서 뭉그러져 서로 붙어있던 발가락들이 숨을 쉬었나. 발가락늘은 참 불쌍했다. 구두를 신고 계단을 오르는 일은 아무리 해도 적응되지 않는 듯하다. 그래도 몇 번 발가락을 꼼지락거리고 나니 발바닥뼈에서부터 편안함이 몰려왔다.

소영은 가방에서 샌드위치를 꺼내고 두툼하고 보드라운 빵 안에 상추가 놓이고 머스터드소스가 잔뜩 뿌려진 사이로 통통한 소시지가 담긴 빵을 입 안에 가득 넣었다. 한 입 베어먹는 순간 머스터드소스가 삐직, 하고 빠져나와 바닥에 떨어졌다. 소영은 순간 고개와 눈을 굴려 CCTV를 찾았다. 고개를 쳐들어 보니, 시커먼 기계가 사각의 모퉁이에서 붉은 점을 흩날리듯 반짝이고 있었다.

– 참, 나 CCTV 눈치도 보고 있는 거야? 피곤하다. 정말.

소영은 천천히였다. 그러곤 가방에서 연습장을 꺼내 부욱 찢어서 난도질하듯 바닥을 닦았다. 종이로 머스터드소스가 깨끗이 닦일 리 없었다. 소영은 손가락에 힘을 주고 얼룩이 남도록 닦아 내고 남은 빵을 입으로 억지로 욱여넣었다. 헤어라인에 땀방울이 송글송글 맺혔고 바닥을 닦아 냈던 종이도 흥건했다. 어차피 다 찍혔을 테지만 도망은 가겠다. 옷 속 몸의 곡선으로 투명한 땀방울이 타 내려갔다.

"다시 올라가자."

다짐하듯 소영은 읊조렸다. 벗어두었던 구두에 두 발을 급하게 욱여넣고 몸을 일으켰다. 마치 아무 일도 없었다는 듯 다시 계단을 오르려는 찰나,

"요즘 운동해요?"

민이었다.

" …"

"구두 신고 이렇게 계단으로 다니면 위험해요."

민은 인자하게 웃고 있었고 소영은 다시 구두가 발볼을 옥 죄는 저릿함을 느꼈다. 온 신경이 발끝을 꼿꼿이 세웠다.

"아, 그게."

"요즘 출퇴근길에 안 보이시더니. 여기로 다니셨구나. 휴, 드 디어 찾았다."

민은 손을 허리에 두고 헥헥 거렸다.

"찾으셨다구요? 저를요?"

좁은 공간에 두 사람이 내뿜는 이산화탄소로 공기는 둔탁 해져 갔다. 목소리가 울려 언성이 높아지면 벽을 타고 다시 돌아와 괴롭게 귀에 꽂혔는데, 그럴수록 더 낮은 목소리로 더 작게 말해야 해서 서로에게 집중해야 했다. 민의 낮은 목소리 에 집중할수록 소영은 이 세상에 둔탁한 공기와 함께 옥죄이 는 신발을 신고 직사각형에 갇힌 기분이었다.

"운동하려구요. 저는 힘들어서 천천히 올라갈 테니 먼저 올 라가세요."

민은 소영보다 세 계단을 먼저 올라서고는 멀끔하게 말했다.

"저 피하지만 말아주세요."

"…"

"사실 첫눈에 반했어요."

"…"

"처음이에요. 누군가에게 첫눈에 반해본 적."

"…"

민은 소영에게 등을 보이고는 긴 다리로 계단 두 개씩, 세 개씩을 듬성듬성 먼저 올라갔다. 민은 하얀색 셔츠와 베이지색 면바지를 입고 있었는데 등이 땀으로 흠뻑 젖어 있었다. 그렇게 땀을 흘려도 어딘가 신나 보이는 뒷모습이었다. 마치 놀이공원에 온 발걸음 같았다.

소영은 계단 하나도 겨우 다리를 옮기며 멀어지는 민의 뒷모습을 끝까지 응시했다. 비로소 민의 뒷모습과 발소리가 들리지 않았을 때, 샌드위치가 몸속에 걸려서 심장의 어딘가가 꺼지는 느낌이 들었다. 내쉬는 숨으로 '그랬구나.' 생각했는데, 다시 계단을 오를수록 숨이 가쁘고 목이 타들어 갔다.

소영이 고등학교 시절 영화에서 보았던 고백 장면이 떠올랐다. 예상하지 못한 순간에 남자주인공이 여자 주인공에게 갑자기 고백하는 장면들. 그땐 정말 로맨틱하다고, 소영도 언젠가 첫눈에 반하는 사랑을 꿈꾸었다.

– 그때 주인공이 이런 기분이었다고?

소영은 한 계단씩 오를 때마다 구두 속의 발바닥이 터질 것처럼 아려왔고 숨이 가빠와 헐떡였다. 그리고 처음으로 의문이 늘었다.

오늘은 11층까지 올라갈 수 있을까.

○

건은 다 맞은 국어 시험지를 들고 돌아왔다. 소영은 기뻐서 건을 향해 두 팔을 벌렸는데, 덩치가 더 큰 건이 한 손으로 소영의 어깨를 거뜬히 안았다. 소영은 자신도 모르게 건의 품에 폭 안겨, 그렇게 시간은 잠시 멈췄다. 포근했다. 그래서 눈을 감고 싶었다. 건은 소영을 품에 안고 꼭 하고 싶은 게 있다고 주말에 만나자고 했다.

그 주 토요일. 둘은 만났다. 소영은 짧은 캐주얼 원피스를 입고 크로스 가방에 운동화를 신었다. 굳이 화장이 필요 없었다. 썬크림만 살짝 바르고 입술을 반짝였다. 소영다운 스물세 살의 소영 그대로의 모습이었다. 학원 밖에서 건은 제법 어른스러웠고 남자다웠다. 둘은 정류장에서 함께 기다리고 버스를 탔다. 소영은 걱정하면서 설렜다. 그런 걱정과 설렘을 아는지 모르는지 건은 소영과 눈을 마주칠 때마다 웃었다. 건은 소영을 시내의 중심가에 있는 교복을 빌려주는 가게로 데리고 들어갔다.

"선생님. 우리 교복 데이트해요."

"뭐?"

"약속했잖아요."

소영이 어떻게 해야 할지 몰라 우물쭈물하고 있는데 가게 점원은 소영에게 키를 묻고 교복 몇 개를 권했다. 난감하게 서 있는 소영에게 건이 교복 한 벌을 손에 쥐어주고 탈의실로 밀어 넣었다. 며칠 전 고등학교 때 친구들과 옛날 생각난다며 교복을 입고 한 번 만나자고 얘기를 했던 참이었다. 교복은 소영에게 딱 맞았다. 교복을 입은 거울 속 소영은 그동안 학원에서 했던 짙은 화장이 어울리지 않았다고, 학원에서 입었던 정장은 너의 옷이 아니라고 말해주고 있었다. 아마 학생들의 눈은 적당히 속일 수 있었겠지만, 다른 사람의 눈을 속인다고 해서 나 자신이 속는 건 아니다. 무엇보다 소영에게는 맞지 않는 옷과 화장이었음을 소영이 제일 잘 알고 있었다. 소영은 거울 속에 서 있는 고등학생 소영을 잠시 추억했다. 그렇게 무언가를 추억하는 법을 배웠다.

'그래. 약속했으니까. 난 약속을 지키는 선생님이야.'

소영이 교복으로 갈아입고 탈의실 밖으로 나가니 건이 환하게 웃으며 서 있었다. 소영은 건의 웃음을 보면, 건이 만든 순수함이 하얀색인 듯해서 마음도 녹아버리고 만다. 마치 열여덟 살의 소영과 건이 데이트를 하는 것만 같았다. 둘은 손을 잡고 서리를 걷고 아이스크림을 사 먹었다. 누가 보아도 학생들의 평범한 데이트였다.

"선생님, 우리 사진 찍어요."

– 안돼.

소영은 이 순간의 증거는 최대한 남기지 않는 것이 좋다는 생각이 들었다. 마치 누군가에게 숨기기 위해 어떠한 죄를 짓는 것처럼.

"사진은 좀. 다음에 옷 다시 갈아입고 핸드폰으로 찍자."

"소영 누나. 한 번만."

건이 두 번째 손가락을 들어 올리고는 살랑거리는 눈빛으로 바라봤다. 이런 해맑은 미소에 어떻게 거절할 수 있을까.

"뭐? 누나?"

어이없어서 웃고 있다가 잠깐 정신을 놓은 사이 건이 소영을 데리고 사진 찍는 기계로 들어갔다. 막상 기계의 카메라 앞에 서니 또 소영의 고등학교 시절이 생각났다. 카메라에서 나는 '찰칵' 소리를 듣고 소영은 지금 왜 이렇게 행복한지가 떠올랐다. 건은 막 사회생활을 시작해서 힘든 소영을 철없는 고등학생으로 되돌려 준다. 사진 찍는 기계 안에 들어가 있는 지금, 이 공간에서는 어른인 척, 선생님인 척하지 않아도 된다. 고등학교 때 친구들과 아무 걱정 없던 소영이어도 된다. 건이 추억으로의 통로가 되어주고 있었다. 돈을 벌며 살다 보니 지난 시절을 그리워하고 추억할 일이 잘 없다. 그러면서도 아쉬우면 지난 시절을 그리워하면서 산다. 추억을 되새기기에 꽤 고단한 대학 생활의 연속이었고 지금은 아무 경험 없이 앞으로 돈을 벌고 살아가는 데 꼭 필요할 경험을 만들고 있다. 소영은 마치 고단함을 보상이라도 받듯 신나게 사진을 찍었다.

마지막 컷은 소영의 볼에 뽀뽀하는 건과 소영의 토끼 같은 동그란 눈.

사진을 찍고 나서 둘은 더 가까워졌다. 건은 소영의 낮은 어깨에 손을 올렸고 소영은 건의 허리를 감쌌다.

― 어쩌면 서로를 만지는 게 사랑일지도 몰라.

건이 소영의 어깨를 당길 때마다 소영은 건에게 안겼다. 잠시였지만 건의 등 뒤에 있는 세상이 가려져 보이지 않았다. 건의 품에서 둘만의 세상이 만들어졌다. 별다른 얘기를 하지 않아도 웃음이 나왔다. 같은 발걸음에 같은 마음이란 건 확인할 필요 없이 행복했다. 건의 손길에 볼이 발그레해지는 걸 느껴졌지만 소영은 더 이상 신경 쓰지 않기로 했다. 건은 소영에게 앞으로 공부도 더 열심히 하고 얼른 어른이 돼서 멋진 남자가 되어주겠다고 약속했다.

'그래. 오늘 하루만. 진짜 마지막으로 오늘 딱 하루만 이렇게 마음 편하고 싶다.'

소영은 진심으로 건이 열심히 공부하고 원하는 대학에 들어가길 바랐다. 그리고 세상에, 얼른 어른이 되는 법 따윈 없다.

"선생님. 나 좀 봅시다."

출근길, 소영이 학원 문을 열고 들어오는데 원장 선생님이 단단히 화가 난 목소리로 소영을 불렀다. 소영은 미처 내리지 못한 가방을 작은 품에 그러안고 원장실로 불려 들어가 원장 선생님과 마주 앉았다. 원장 선생님의 눈에는 독기가 품어 있었다. 콧구멍이 작게 발름거렸다.

"이게 뭔가요?"

원장 선생님은 테이블에 소영과 건이 함께 찍은 사진을 던지며 말했다. 테이블 위의 네모진 사진 속에서 소영과 건이 천진난만한 웃음을 지으며 동그랗게 눈을 뜨고 있었다. 언젠가 빳빳한 지갑 속에서 세상으로 니오턴 구민등록증의 증명 사진, 그 웃음처럼.

"아, 이게."

정말 일상은 할 말 없음, 할 수 있는 말 없음의 연속이다.

"선생님 어쩌자고. 정말 아무리 어리다고 해도 생각이 있습니까. 없습니까."

소영은 그날의 심장과는 다르게 숨을 멎을 듯이 뛰었다. 어디서부터 어떻게, 정확히 뭐를 잘못했다고 말해야 할지 몰랐지만 어쨌든 죄송합니다, 죄송합니다. 하고 말해야 할 순간임은 분명했다. 이 분위기에선 분명 한 번으론 부족할 듯했다. 죄송하다는 말을 몇 번 한 소영이 다시 입술을 열었다.

"건이가 이번에 시험을 잘 쳤구요. 약속을 지켰구요. 그래서 저도 약속을 지키려..."

도무지 말의 마무리를 지을 수가 없다.

"선생님은 정말, 선생인지, 학생인지."

원장 선생님 앞에서 소영은 세상 물정 모르고 말까지 안 통하는 쓸데없이 순진하다는 눈빛을 보냈다. 소영은 용기를 끌어모아 물었다.

"원장 선생님. 정확하게 뭐가 문제라는 건가요?"

"뒷말이 나온 게 문제죠. 선생님. 생각 좀 해보세요. 이렇게 뒷말이 나오면 아무리 다 잘해도 아무 소용이 없어요. 제가 힘들게 건이 성적 올려놓으면 뭐 합니까. 학원 선생이 애들이랑 이렇게 놀아난다고 소문 돌면 어떡합니까?"

"상황이 이렇게 된 건 죄송한데요."

"죄송하면 다음부터는 이런 말 절대 나오지 않게 해주세요."

원장은 학생을 데리고 데이트를 하든 뭘 하든 상관없으니 어떤 방법으로든 성적은 올려놓되, 그 방법을 들키거나 증거를 남기지 말라고 했다. 성적을 올린 건 자신이고 학원이며 소영이 좋은 결과물을 망치고 있다고. 수단과 방법을 가리지 말고 학생들 성적을 올리되 사진을 찍힐 짓을 하지 말라가 아니라 사진을 찍든 뭘 하든 어쨌든 욕먹을 만한 일은 들키지 말라고. 이래서 세상 물정 모르는 사람은 안 된다고 했다. 소영은 머리가 지끈거렸다. 그 어떤 판단보다 건이와의 데이트에서 설레었던 건 사실이라 소영은 더 이상 말을 잇지 못했다. 그때의 설렘과 행복함은 책임감과 죄책감으로 변질되어 소영을 괴롭혔다.

그날 학원 수업을 마치고 퇴근길에 건이 기다리고 있었다.

"선생님. 죄송해요."

"아니야. 이번에 공부하느라 고생 많았어. 지금처럼 공부하면 좋은 대학 갈 수 있을 거야."

"네."

"건아. 세상에는 쳐도 되는 장난이 있고, 치면 안 되는 장난이 있어. 더군다나 어른들에게는 말이야."

"선생님. 그런데 저 장난친 적은 없는데요? 선생님이랑 데이트 하고 싶어서 진짜 열심히 공부했고 선생님이랑 데이트 할 때도 다 진심이었다구요."

건의 목소리는 격양되어 있었다. 자신의 마음은 진심이라고 강조하고 또 강조했다. 소영은 강조된 진심을 믿으려 애썼고 받아들이려 눈을 질끈 감았다. 그래서 오해했던 방금을 사과했다.

"장난이라고 해서 미안해."

"저 솔직히 공부를 잘하는 것도 아니고 좋아하는 것도 아닌데 선생님한테 잘 보일 수 있는 방법이 공부라서 한 거란 말이에요. 선생님 아니면 저 안 했어요."

"그래. 알아."

"왜 학생들은 다 공부로 표현해야 하는지 잘 모르겠어요."

막무가내로 감정을 쏟아내는 건 앞에서 소영은 한 뼘 무기력해졌다. 사랑의 책임감을 모르고 사랑을 말하는 사람은 어떨 때는 잔인하게 다가온다. 며칠 전까지만 해도 소영의 예쁜 추억 통로가 되어주던 교복 입은 순진했던 학생은 그저 그만 얘기하자는 말이 통하지 않는 남자가 되어 원장 선생님처럼 소영을 코너로 몰아갔다. 소영은 원장 선생님에게 혼났던 마음을 미처 추스르기도 전에 건이를 달래야 했다. 건이를 잘 달래서 사진을 보며 놀란 원장 선생님과 진지하게 건이의 미래를 걱정했을 부모님께 안전하게 돌려보내야 한다. 그게 소영이 선생으로서의 책임감이었다. 소영에게 지금 건이를 달래는 일은 건이와 함께 했던 시간 동안 설레었던 마음을 더 버겁고 무겁게 덮쳤다.

"일단 집으로 돌아가."

"빨리 어른이 되고 싶어요. 선생님한테 공부 말고 남자로 잘하고 싶어요."

"제발."

소영은 자꾸 죄책감이 쌓였다. 소영도 아직 꺼내도 되는 마음과 안 되는 마음을 몰랐다. 보내줘야 하는 사람과 붙잡아도 되는 사람을 몰랐다.

어떻게 보내줘야 하는지도.

○

소영은 주말에 혼자 집에 있었다. 혼자 있고 싶어졌다. 몸이 특별히 힘들지 않아도 집으로 가고 싶고 숨고 싶었다. 콧물, 기침이 나지 않는 그런 감기. 한여름에 감기 걸릴 리 없는데 몸이 아닌 다른 어떤 곳에도 감기는 걸리나 보다.

학원 일은 학생들을 가르치는 일이었고 더 구체적으로는 학생들을 아끼고 사랑해야 할 수 있는 일, 그러니까 마음을 주는 일이었다. 아니, 일이 아니었다는 말이 더 정확할 거다. 학생들이 시험 기간일 때는 수업과 보충수업까지 다 끝나면 보통 새벽 2시를 넘기기도 했는데 회식은 그때 했다. 학원에서 학생들을 가르치고부터 쉬고 싶은 날이 생겼고 매일매일 바깥에서 활동한다는 건 불가능했다. 분명히, 아이들을 가르치는 일은 소영에게 잘 맞았고 재밌었다. 아이들을 사랑했고 아이들이랑 보내는 시간이 즐겁고 행복했지만 그와 별개로 또 그만큼 쉬고 싶은 날이 많아졌다. 소영은 돈을 벌어서 여행을 가고자 했는데 정작 돈이 모여도 여행 갈 엄두를 내지 못했다. 가끔 쇼핑으로 아무렇게나 그 돈을 썼다. 그러고 나면 잠시 기뻤다. 소영은 잠시의 기쁨에 쉽게 중독되어 갔다.

무료하길 바라는 토요일. 소영은 늦잠을 질끈하게 자고 머리를 하나로 질끈 묶었다. 모처럼 모자 정리를 시작했다. 언제, 어디서, 어떤 브랜드의 모자를 샀는지 기억도 나지 않는, 박스를 뜯지도 않은 모자도 많았다. 택배 박스를 정리하며 생각보다 훨씬 더 모자가 많이 쌓여있어서 소영도 놀랐다.

– 어울리지 않는 것을 몸에 걸치면 밖을 나가지 못하는 건 습관일까.

소영은 여전히 모자를 쓰고 저 현관문을 나가지 못하고 있다. 모자는 한 번 쓰면 쉽게 벗지 못한다. 머리가 짓눌려 미운 모습을 보이지 않기 위해서는 하루종일 쓰고 다녀야 한다. 그런 날은 머리도, 마음도 다른 사람들의 시선에 구겨지는 기분이었다. 그런데 또 우스운 건 그 와중에도 가장 좋아하는 모자, 싫어하는 모자가 있다. 가장 좋아하는 모자가 가장 잘 보이게 정리되어 있는 게 좋다. 뜯지 않은 택배 박스가 줄어갈수록 좋아하는 모자가 앞에서 잘 보이게 정리될수록 소영은 마음의 안정을 찾아갔다.

"띠띠띠띠"

갑자기 현관 비밀번호를 누르는 소리가 복도로 울려 퍼졌다.

올 사람은 없었다. 소영의 집 현관 비밀번호를 아는 사람도 없다. 소영의 부모님은 연락 없이 찾아오지 않고 오시기 전에 꼭 전화를 한다. 소영이 집 안에 있는 한 현관 비밀번호를 누를 사람은 없다. 그럼 지금 이 사람은 누구일까.

"띠띠띠띠"

"띠띠띠띠"

복도의 어둠 속으로 전자음이 나지막하게 퍼졌고, 음높이가 같았다가 달랐다가 했다. 소영의 심장은 띠띠띠띠, 음높이에 맞춰서 요동쳤다.

'우연일 거야. 잘못 찾아왔겠지.'

소영은 일단 손에 핸드폰을 꼬옥 쥐었다. 땀에 젖은 손과 닿은 핸드폰에 물기가 흘러내렸다. 언젠가 온 힘을 다해 가방 끈을 쥐었던 기억이 스쳤다. 전자음은 똑같은 리듬으로 반복되었다.

'친구에게 전화를 해야 하나, 경찰서에 신고를 해도 되나.'

소영은 문득, 한 번도 경찰들과 대화나 통화를 해본 적이 없고 112 신고는 처음이라는 거에 한 번 더 숨통이 막혔다. 손톱자국으로 움푹 패인 손에 통증이 느껴져 핸드폰을 바라보려 고개를 떨구었는데 그때 톡이 떴다.

– 소영씨, 집 비번 두 자리는 알겠는데 뒤에 두 자리는 못 맞추겠네요. 앞에 두 자리는 생일이라고 했죠? 뒤는 뭐에요? 아니면 내가 계속 맞춰 볼까요?

민이었다. 소영은 너무 놀라 뒤로 넘어지면서 핸드폰을 손에서 떨어뜨렸다. 핸드폰을 다시 주우려다 다리에 힘이 풀려 뒤로 또 넘어지고 말았다. 온몸의 피부 껍질과 신경세포에서 식은땀이 흘렀다. 소영은 정신을 가다듬고 터질듯한 심장으로 현관문 앞에 섰다.

– 띠띠띠띠

음계가 다른 전자음이 소영의 방안 천장을 뚫고 건물 꼭대기까지 퍼져나가는 듯했다. 소영이 겨우 마음을 다잡고 현관문에 붙어서, 입술에 굳게 힘을 주고 최대한 아무렇지도 않은 척 말했다. 그 노력이 얼마나 통했는지는 알 수 없지만.

"수학 선생님이세요? 혹시 무슨 일이세요?"

"소영씨 몸이 안 좋다고 해서 죽 사 왔어요."

소영은 민에게 몸이 안 좋다고 말한 적이 없었다.

"아니요. 괜찮아요. 저 죽 안 먹어요."

"문 좀 열어주세요. 얼굴 보고 얘기해요. 우리."

민에게 듣는 말 중에 가장 끔찍한 단어. 우리. 소영은 다리에 힘이 풀려 스르르 바닥에 주저앉고 말았다.

"저한테 도대체 왜 이러세요. 가세요. 가주세요. 제발."

그동안 참아왔던 인정하지 않았던 두려움까지 한꺼번에 몰려왔다. 불안했던 두려움이 확실한 두려움으로 변하는 건 한 순간이었다. 지금 당장 할 수 있는 게 주저앉는 것뿐이라니. 민은 주저앉아있는 소영의 등 뒤, 현관문을 주먹으로 치기 시작했다. 소영의 등으로 민의 주먹 힘이 전해졌다.

"저 지금 소영씨 정말 많이 보고 싶거든요."

"제발. 제발 돌아가 주세요."

한 시간도 넘는 실랑이 끝에 갑자기 조용해졌다. 현관 밖에서 디벅디벅 걸어가는 발소리가 서서히 멀어졌고 소영은 그대로 쓰러져 눈을 감았다. 숨 쉴 힘이 남아있지 않았는데도 사람이 죽지 않는 건 소영에게 잔인하게 작용했다. 방금의 기억을 그대로 간직한 채 소영은 다시 혼자, 스스로, 힘없이 잠들고 다음 날 아침이면 그 잠에서 혼자 깨어나야 했다.

다음 날, 학원을 그만두겠다고 말하기 위해서 학원을 갔다. 부모님께 알려야 할까, 신고를 해야 할까, 친구들에게 말해야 할까 고민하다가 신중하게 내린 결론이었다. 그러면서도 자신을 선생님이라 의지하던 학생들을 생각하면 마음이 흔들렸다.

— 쓸데없이 생겨버린 마음. 너무도 이미.

당장 도망가고 싶다가도 학생들을 보면 또 그럴 수 없어 눈물이 났다. 소영은 자신이 아니면 안 될 거라고 착각할 만큼 학생들을 사랑하고 있었다. 그게 더 소영을 미치게 했다.

민은 학원에서 멀쩡했다. 아무 일 없다는 듯 평소처럼 행동했다. 언제나처럼 소영을 챙기고 사람 좋은 웃음을 지었다. 다른 선생님들에게 소영을 잘 챙겨달라고 당부하고 멀쩡히 수업도 진행했다. 멀쩡히, 정말 멀쩡히, 너무도 멀쩡하게.

그리곤 주말에 소영이 집에 있을 때 찾아와서 현관 비밀번호를 맞춘다며 띠띠띠띠— 전자음 소리를 울려 퍼트렸다. 그러다가 답답하다 싶으면 현관문을 주먹으로 세게 두드렸고, 어쩌면 언젠가 열릴지도 모를 현관문 앞에서 소영과 민은 대치했다.

"도대체 저에게 왜 이러세요?"

"모르겠어요? 저 소영씨 좋아한다구요. 피하지 않기로 했잖아요. 소영씨도 저한테 마음 있으신 거 아니었어요? 사랑하면 같이 있고 싶고 손잡고 싶고 안고 싶은 거 당연한 거 아니에요? 소영씨 아직 어려서 그런 거 몰라요? 다들 그렇게 연애해요. 처음이라서 소영씨가 잘 몰라서 그래요."

지치다, 마르다를 반복했던 눈물이 힘없이 폭발했다. 소영은 결국 핸드폰을 꺼내 112를 눌렀다. 그리고 통화 버튼에 손가락을 올렸을 땐 한 번 더 멍청해졌다.

─ 지금 이 통화 버튼을 누르면 수학 선생님을 범죄자 만드는 거야? 내 손으로?

핸드폰을 움켜진 손과 통화 버튼에 간신히 닿을락말락 하는 엄지 손가락이 부르르 떨렸다.

─ 그럼 수학 선생님의 인생은 어떻게 되는 거야?

이 생각도 소영을 미치게 만들었다.

"소영씨, 처음은 맞죠?"

쾅쾅쾅, 주먹으로 문을 두드리는 소리가 다시 둔탁하게 퍼졌다. 현관문 너머로 민의 세상 꺼림직한 웃음소리가 들렸다. 소영은 음흉하게 올라가 있을 민의 입소리와 얼굴 아랫부분이 상상되었다.

"처음이어야 하는데. 소영씨 처음 아니면 저 실망할 겁니다."

처음이라는 말이, 사랑한다는 말이 이렇게 징그럽고 혐오스러운 말이었나.

소영이 신고를 하고 상황은 끝이 났다. 경찰은 끔찍했던 순간들을 최대한 자세히 구체적으로 묻고 또 물었다. 혹시 소영이 거짓말을 하는 건 아닌가, 확인하듯 여러 방향으로 다르게 질문하며 또다시 소영을 지옥으로 밀어 넣었다. 소영의 주장대로라면 삼 개월도 넘게 스토킹이 계속되었는데 왜 이제야 신고했냐고. 둘은 연인 사이이지 않았냐고, 혹시 수학 선생님을 좋아하지 않았냐고, 그러니까 관심을 즐기고 있었던 건 아니냐고 물었다. 학원에서 다른 선생님들이 두 사람의 사이를 놀리던 것도 문제가 되었다. 어느 정도 여지를 주었기 때문에 일어난 사랑싸움 아니냐고. 혹시 불편할지 모르지만 어쩔 수 없는 질문이라고 양해 부탁한다는 말도 덧붙였다.

  – 지금 이 상황에 부탁

다행히 민이 소영의 집 현관문을 주먹으로 두드린 장면이 찍혀서 사건은 일단락될 수 있었다. 민이 소영의 집 현관문을 주먹으로 두드린 건 참, 다행한 일이었다. 참.

"혐의는 다 인정했어요. 처음엔 순수하게 좋아하는 마음이 었는데 어느 순간부터 집착이라고 느꼈답니다. 완전히 나쁜 사람은 아닌 것 같네요. 반성도 하고 있고. 자기도 지나치다고 느끼고 있었는데 이제라도 그만하게 돼서 후련하답니다. 정말 잘못했다고, 미안하다고 전해달라고도 말씀하셨어요.

아, 벌 받겠냐고노 했습니다."

경찰은 소영에게 민을 구속하고 벌을 주길 원하냐고 물었다.

"... 모르겠어요."

소영은 또 한 번 한숨을 쉬었다. 거기까지 생각할 힘이 없었다. 의자에 앉아있을 힘도 없었고 아무런 생각할 힘이 없었다. 그냥, 쉬고 싶었다. 그냥.

– 아무 일도 일어나지 않은 그때로 되돌려 주세요.

소영은 지금 당장 이 상황에서 사라질 방법이 없다면 그저 경찰이 자신을 불쌍하고 가엽게 여겨 얼른 집에 보내주길 바랐다. 소영은 경찰이 묻는 말에 대충 '네'와 '아니오'로 대답했다. 그 대답에 일관성이 있었는지도 모르겠다. 이 순간이 빨리 끝날 수 있을 대답을 골라서 했다.

그러는 도중 핸드폰이 진동했다. 건이었다. 소영의 작은 손에서 핸드폰은 경찰서의 모든 공간을 채울 것처럼 울렸다. 요란하게 진동 소리를 내며 움직이고 있는 핸드폰 액정 화면 속 건의 이름을 보는 순간, 에서 다음에 저리해야 할 일이 기다리고 있는 짓누름이 느껴져 거절을 위한 손가락을 밀었다.

○

경찰서를 나와 보니 평소 친하게 지내던 학원 선생님이 기다리고 있었다. 선생님은 소영에게 고생 많았다며 커피 한 잔 하고 가자고 했다.

— 소영씨 커피 좋아하잖아.

— 지금 제가 커피를 좋아할 거라고요?

소영은 쉬고 싶다고 말했지만 선생님은 그동안 미안했다고 기어코 차 한 잔 사주고 싶다며 소영을 데리고 근처 카페로 갔다.

"미안해요. 소영씨. 난 아무것도 몰랐네."

"아니에요. 선생님이 왜 미안해요."

소영은 아무말도 하고 싶지 않아서 괜찮다고 했다.

"우리가 미리 알았으면 혹시 도와줄 수 있었는지도 몰랐는데. 무서웠지?"

손에 온기가 오르고 따뜻한 커피가 목구멍으로 넘어가자 눈물이 날 것만 같았다. 안도감에 나오는 눈물은 아닌 것 같았다.

"진정해. 바로 신고하지. 이럴 때 보면 소영씨 어린 거 티 난단 말이야."

왜 바로 신고를 안 했냐는 말이 소영을 찔렀다.

"더러운 경험했다고 생각해. 이게 정말 무슨 일이야."

선생님은 점잖은 듯, 호들갑스러웠다. 가만히 기다리며 소영이 자세히 얘기해 주길 바라는 사람처럼 세상에 별일이 다 있다며 궁금해하는 눈치였다.

세상엔 혼자의 힘으로 할 수 없는 일이 무궁무진하게 많다. 그중 하나가 어떤 범죄의 표적이 되었을 때 바로 신고하지 못하는 것도 포함되어 있다. 신고만 했다면 금방 끝날 일인데, 신고도 하지 않고 뭐 했냐는 듯 질문을 던져놓고 선생님은 눈을 내리깔고 커피를 한 모금 마셨다.

ㅡ 신고를 했어야지. 우리한테 말을 하지. 도움을 청했어야지.

소영은 신고하지 못했을 뿐이지, 아니 신고하지 않고도 잘 지나가길 바랐을 뿐이지, 신고를 바로 하지 않은 명확한 이유 같은 건 없었다. 가끔 사람들은 결과에 끼워 맞출 수 있는 이유를 궁금해하는데 그게 더 미치게 했다.

"수학 선생님이랑 얘기할 때 웃고 있길래 소영씨도 수학 선생님 좋아하는지 알았지. 썸 타는줄 알았어. 이제 걱정하지 마 우리 전부 소영씨 편이니까. 근데 수학 선생님이 뭘 어찌한 건 아니지 않아? 사실 이제 제일 궁금했는데, 혹시 소영씨 맞았어?"

소영은 숨이 막히다 못해 숨이 끊어지는 것만 같았다. 겨우겨우 호흡을 끊어내며 천천히 말했다. 아니 말을 더듬었다.

"몰랐어요. 언제부터인지는 모르겠어요. 그냥 호의인 줄 알았고 그저 심하게 친절한 사람이라고 착각했던 것도 사실이에요. 아는 사람을 신고한다는 거. 어쩌면 호의를 베푸는 걸지도 모르는 사람을 신고하는 거 말처럼 쉽지 않아요. 누군가를 범죄자 만드는 일이 그렇게 간단한 일은 아니라구요."

"소영씨를 제일 먼저 생각했었어야지. 이제 내 몸은 스스로 지킬 나이잖아."

선생님은 진심으로 걱정하는 말투로, 무언갈 이해받길 바라는 듯, 그리고 모든 걸 이해한다는 듯 소영의 머리를 쓰다듬었다. 정말 이런 일이 또 생기면 안 되겠지만, 혹시 또 이런 일이 생긴다면 꼭 주변에 바로 알리고 바로 경찰에 신고하라고 가르쳤다. 혹시, 다음번을 말하며 그렇게 쓰다듬어주는 선생님에게 소영은 끔찍하도록 억울한 마음이 들었다.

"극한 상황에서 최대한 이성을 차리고 냉정하게 나의 안전을 제일 먼저 생각할 수 있는 사람 얼마나 될까요?"

결국 소영은 참고 참았던 눈물이 심장의 깊은 곳에서부터 터졌다. 경찰서를 나왔지만 소영의 억울함은 다시 시작되고 있었다. 지금 이 순간 가장 괴로운 건 왜 소영일까.

소영은 기가 막혀서 웃었다.

스물여섯,

가을

소영은 삼 개월 정도 썸 타던 남자와 좋냈다. 처음부터 MBTI가 맞지 않았다. 자꾸 마음 한편에 꺼림직함이 있었지만 붙들고 있었던 건 인정한다. 그 남자는 사랑에 빠질 운명적인 느낌은 없어도 특출나게 빠지는 단점은 없다. 보통이고 적당했다.

– 보통, 적당함으로 표현될 수 있는 사람

소영은 출식알 때마다 사람들의 이름과 표정을 매치시켜 보았다. 이름도, 표정도 하나같이 다 달랐다. 각각의 다름 속에서 보통, 적당하다 싶은 사람이 생겼고 무난하면 그 사람이 궁금했다. 몇 번의 일상적인 연락을 하다가 친구들이 탄다던 썸을 탔다. 트집 잡을 단점이 없는 사람을 놓치고 싶진 않앉다. 특별히 반할 이유도 없지만, 헤어질 이유도 없는 무던한 사람. 그 단점이 나에게 어떤 해를 끼칠지 계산하지 않아도 되는 사람. 그 남자는 항상 소영이 주는 만큼 주거나 덜 줬다. 예를 들어 소영이 향수를 선물하면 밥을 사고, 약속 시간에 맞춰서 오면 자신도 맞춰서 오고, 소영이 늦으면 자신도 늦는 그런 식이었다. 늘 아주 조금, 섭섭하게만 했다. 그만해야겠다는 결단을 내리지 않을 만큼 화나게 했다. 먼저 도착해서 설레는 마음으로 기다리는 모습을 본 적은 없다.

– 설레지 않아야 멀쩡하게 살 수 있어.

만날 때마다 계산하진 않지만 묘하게 불편한 마음이 들어서 막상 계산해보면 밑지는 만남. 잘 생각해보면 손해 보는 만남. 어느 날 문득, 아무렇지 않을 때 자꾸 의심되는 그런 만남이었다. 대기업에 다니고 아파트가 있는 남자가 어쩌면 잘난 사람의 충분조건일까. 충분조건은 가끔 필요조건을 잊게 만든다. 소영은 그럴 때마다 어딘가로 처박히는 기분이었다. 처음에 이 남자를 만날 때는 한없이 나를 끌어올려 노력해야 했다. 만남이 계속될수록 굳이 했던 노력이 아까워졌다.

– 노력하는 사랑이 노력조차 하지 않는 사랑보다 낫잖아.

미래가 막연할 때는 그렇게 애쓰는 것도 현실을 회피하는 좋은 방법이 되어주었다. 몇 개월 만나다 보니 익숙해져 이제는 편안함을 느낀다.

　– 어차피 사람은 언젠가 까먹고 어떻게든 익숙해지니까.

　간절하지 않은 것은 주저하게 되고 주저하면서 결정한 건 끝, 그 앞에도 끝인지 모르고 주저하게 된다. 스물여섯, 소영에게 썸과 사랑, 연애 그리고 결혼이 그랬다. 소영은 현실이 두려워 결혼이 두렵고, 사랑이 두려워 썸을 타고 있지만 사실 썸도 두렵다. 가장 두려운 것들 중에서 가장 만만한 두려움을 선택하는데, 그게 썸이었다. 나이가 들어갈수록 주변에는 잘난 친구들이 생겼고 우정으로만 붙들 수 있는 사람이 없어져 갔다. 그럴수록 사람과 함께 만들었던 시간의 뒷면에 남아 있는 어떤 것들의 확인을 피하고 싶어졌다. 소영의 인생에서 속상하고 슬프다고 마음대로 울 수 있는 시간도, 공간도, 사람도 점점 없어지고 있었다. 그 남자의 앞에서는 마음대로 울 수 없다는 확신이 들면서, 소영은 마음을 다잡고 끝내야겠다고 다짐했다. 소영의 그만하자는 메시지에 그 남자는 바로 쿨하게 알겠다고 했다. 너 정도면 잘 봐주려고 했는데 감히 싫다고 말하냐는 말투로, 그만하자는 건 너라고 강조했다.

　– 그래. 그만하자는 건 나.

　썸을 끝내는 것도 소영의 의견을 존중하는 자신의 마지막 배려라는 듯.

– 패스. 다음 사람.

소영은 정해진 시간에 다시 오는 버스가 된 기분이었다. 이별의 시간이 너무 짧아서, 아무리 썸이라지만 그만하는데 필요한 말이 너무 없어서 허무했다. 그 남자와의 쿨한 이별에 마음이 뒤숭숭한 건 어쩌면 위로가 되었다. 적어도 조건 때문에만 그 남자를 만난 건 아니라는, 그러니까 어쨌든 사람이 좋아서 만났고 마음을 주었다는, 흔히들 말하는 속물은 아니라는 자위적 위로쯤은 되었다.

가을밤의 어느 날. 소영은 친구와 둘이서 크림 같은 거품이 반 이상을 채우고 있는 맥주잔을 두고 마주 앉았다. 오늘따라 유난히 맥주는 금빛으로 빛났다.

"넌 무슨 썸을 삼 개월씩이나 타냐? 그게 썸이냐?"

"신중한 거거든?"

친구는 긁었고 소영은 긁혔다. 소영이 눈을 치켜뜨고 친구를 노려보았다.

"왜? 백일을 채우지 그래? 연애로 백일이나, 썸으로 백일이나?"

"와, 대박. 썸으로 백일 챙길 생각을 왜 못했지? 나 기념일 챙기고 싶은데. 역시 넌!"

소영이 친구를 향해 엄지손가락을 올려다보였다. 그리곤 스르륵 슬픈 눈빛으로 고개를 떨구었다.

"먼 놈의 사람 하나 만나는데 이렇게 어렵냐? 썸 탔을 뿐인데 이렇게 허전하기 있냐고."

소영은 그 슬픈 눈빛으로 허무한 목소리를 냈다.

"겨우 사람 하나라니. 사람이 사람에게 얼마나 대단한 존재인데."

"내가 한 게 연애인가, 썸인가. 연애랑 썸의 차이점은 도대체 뭘까?"

"연애나 썸이나 도긴개긴. 백일 챙기고 싶으면 그 썸은 연애다. 인정?"

친구는 뭔가 신난 표정으로 말했고 소영은 한숨을 내쉬었다.

"누군가를 만난다는 건 어쩌면 너의 하루가, 한 달이, 계절이 그리고 일 년이, 인생이 통째로 바뀔지도 모를 일이야."

그러면서도 세상에 하루아침에 인생이 바뀌는 일은 없다고 소영은 단호히게 밀했나. 소영은 최소한 진지했다.

"너의 시간이 어제와 다르게 흐르고 너의 공간에 너 말고 다른 사람으로 채워지는 거야. 너희 집에 그 사람이 숨 쉰 공기가 흐르는 거라고. 어떤 사람과 함께 한다는 건."

소영은 턱을 손으로 괴고 외롭도록 슬프게 말했다.

"어디 삼 년 정도 나랑 연애했던 남자 없나?"

"이건 또 무슨 멍멍이 소리?"

"나를 잘 알고 편하고 친구 같고 아빠 같고 자상하고, 내 얘기 잘 들어주는 사람 만나고 싶다. 아, 좀 귀여웠으면 좋겠고 정리 정돈은 잘했으면 좋겠고 가끔 이벤트도 해주고 샤워는 하루에 한 번 이상. 이는 잘 닦아야 하고 여행 좋아하고. 또. 또..."

"그게 그거다. 니가 썸을 쫑낸 이유. 너 솔직히 말해봐. 쫑낸 게 아니라 까인 거지? 세상엔 이유 없는 일들은 일어나지 않는단다. 그래서 우리가 원인과 결과를 함께 배우는 거야."

소주병과 맥주병은 사이좋게 두 병씩 테이블에 올라있었다. 둘은 마시고 또 마셨다. 소영은 한참을 끓어 국물이 진득해지고 어묵탕 속에서 불어 터져가는 어묵 꼬치를 하나 들어 올리고는 고개를 쳐들어 물끄러미 쳐다보았다.

"참 웃기지? 이상하게 서른이면 결혼해 있고 애도 있을 것 같단 말이야. 저녁이 되면 남편이 퇴근해서 돌아오고 아이가 장난감 입에 넣고 아빠빠빠빠 하는 그런 상상이 돼."

소영이 소리 없이 입으로 아빠빠빠를 입술 모양으로 말했다.

"우리 나이가 몇인데 벌써 결혼이고 애야? 요즘 비혼이 대세자너. 내 몸 하나도 건사하기 힘든데 누가 미래에 결혼을 넣어두냐? 결혼은 어쩌다 보니 선택한 과거의 잘못한 선택일 뿐이다! 몰라? 결혼도 출산도 선택인 이 판국에 넌 유행도 안 따라가냐?"

친구는 지극히 당돌했다. 맨정신으로 소영이 배웠다면 참 좋을 텐데.

"난 지금이 중요하고 혼자가 좋아."

그런데 친구는 이내 목소리를 떨어트리고 생각에 잠겼다. 친구는 아까 전보다 약간은 가슴 깊은 곳에서 올라오는 목소리 톤을 낮게 깔고 계속 말했다.

"편해. 혼자인 거. 편한 건 맞아. 편한데, 분명 좋거든? 그런데 항상 좋은 건지 모르겠어. 어른이 돼서, 아니 할머니가 돼서는 솔직히 겁나. 그래서 나중까진 생각 안 해."

그럴 줄 알았다는 듯이 소영은 친구를 가르치려 들었다.

"결혼은 고속도로야. 앞만 보잖아. 후진이 안 되잖아. 그런데 또 유행 따라가다가 가랑이 찢어져. 썸이 유행이라 썸타다기 피 보는 듯."

소영은 어묵을 삼키느라 엉뚱한 발음으로 말을 뱉으며 고개를 좌우로 흔들었다. 불어 터진 어묵은 굳이 씹을 필요도 없이 소영의 목구멍을 부드럽게 넘어갔다. 뜨끈하게 불어터진 어묵이 텅 빈 것 같은 심장을 조금이라도 채워주길 바랐다.

그 짧은 이별에도 소영은 마음이 허전해졌고 가슴에서 뭔가 빠져나가고 있는 것 같았다. 누가 그 남자를 물을 때는 썸일 뿐이라고 아무 사이 아니라고 말했지만 썸은 연애의 끝과 비슷하게 소영을 아프게 했다.

여전히 친구는 소영을 설득이라도 하는 듯 지극히 당돌하게 말한다.

"퇴근하는 남편, 장난감 든 아기. 무슨 교과서 한 장면 같네. 엄마 이름은 영희고 아빠 이름은 철수냐? 요즘 드라마에서도 그런 장면은 잘 안 써. 이 남녀평등 시대에 맞벌이 안 하고 어떻게 먹고 사냐? 요리랑 살림 잘하는 남자들도 많고."

소영은 약간의 체념과 약간의 인정, 그렇지만 하고 싶은 말은 따로 있는 듯.

"그런가? 그래도 살림하고 요리하고 주부로 살고 싶은 게 죄는 아니잖아. 난 가끔 그렇게 살고 싶던데. 그렇다고 옛날에, 평생 주부로 살아온 사람이 잘못 산 건 아니잖아. 살림하고 집에서 아이들 키우면서 보람을 느끼고 행복한 사람도 있어. 집에서 아이 키우는 사람들이 제일 대단해 보이던데. 우리 엄마를 존경하거든."

소영은 뜨끈한 어묵탕을 한 숟가락 떠먹고 땀을 한 방울 흘렸다.

"그게 그만큼 힘들다는 거야. 너희 엄마를 존경한다는 건 엄마가 얼마나 힘들게 살았는지를 알아서 아닐까? 존경이 아니라 연민일지도 몰라. 그런데 니가 뭔데 엄마를 연민해? 그건 엄마의 선택이었어."

국물이 졸아들 대로 졸아들고 불어 터진 어묵탕 한 냄비를 소영이 혼자 다 먹은 것 같은 건 기분 탓이겠지.

○

어쩌면 엄마의 세상에서 배운 연출된 행복일지도 몰라.

상상 속의 소영은 하나로 묶은 머리와 가지런한 앞치마를 하고 아무런 표정 없이 요리하고 있었다. 하루 중 저녁일 거다. 아마도. 찌개는 보글보글 끓고 테이블에는 따뜻한 저녁 밥상이 차려져 있다. 소영이 차렸을 거다. 아마도. 퇴근한 남편은 온화한 표정으로 문을 열고 들어오고 아이는 통통한 볼에 사탕을 머금은 듯 싱긋 웃는다. 그 아이를 하루 동안 스무 번은 넘게 안아 들어 올렸을 거다. 아마도. 어제도, 그제도 오늘과 똑같은 일이 일어난 일상. 그래서 내일의 평온함을 보장해 줄 수 있는 당연한 일상. 이렇게 편안한 장면에 소영은 요리가 잘 되어 가는지, 아이가 잘 놀고 있는지, 남편이 회사 일로 힘들지 않았는지 걱정만 하고 있다. 어쩌면 엄마가 가르쳐놓은 행복의 굴레에 어떻게든 끼워 맞춘 듯한 장면, 그래도 소영은 그게 행복이라고 믿으면 마음이 편안해졌다. 그게 정답이라면 굳이 정답을 찾아 헤맬 필요 없으니까.

– 나의 미래에 나의 표정이 없다.

소영은 가끔 이런 장면을 상상하면서 당연한 미래를 그렸는데 당연하고 평범한 행복이라 믿었던 상상은 평범하지 않으면 어쩌지, 하는 걱정을 하게 했다. 다들 혼자서 멋지게 산다는데. 그럴 땐 앞치마를 입은 무표정인 소영의 미래는 텅 비어 있을지도 몰랐다. 표정 없는 소영과 편안하고 인자하게 웃으면서 집 안으로 들어오는 남편의 표정. 아빠를 보면서 천진난만하게 웃는 아이. 그래. 소영도 한 박자 늦게는 웃을 수도 있다. 혹은 주방 쪽으로 돌아서면서 웃을지도 모른다. 상상 속의 장면은 늘 저녁이었다. 소영의 상상 속 미래에는 시간의 흐름이 없었다. 정상적인 가족이 만드는 장면은 짧게, 짧게 끊어져 소영의 오전과 오후는 없었다. 오후로 온전히 변하지 못하는 오전을 보내도 오전과 오후가 없어도 그날의 저녁 장면은 만들어졌다. 남들이 말하는 평범한 장면을, 그러니까 평범하다고 믿는 그 장면을 연출하기 위한 오전과 오후는 어떤 시간이었을까. 소영은 눈동자를 굴려 물끄러미 머릿속을 더듬었다. 착하다고 칭찬받았던 몇 개의 장면이 스쳐 지나갔다.

─ 부모님 말씀 잘 듣고, 선생님 말씀 잘 듣는 착한 아이가 되어야지.

─ 요리를 잘하는구나. 시집가도 되겠어.

막상 착한 아이가, 착한 어른이 되어보니 사는 게 힘이 들어갔다. 착한 어른은 착한 여자가 되려고 불리한 위치에서 자주 흔들렸다. 착한 아이가 되고자 했던 그 시절, 그 시간을 떠올리면 숨이 턱 막혀서 목구멍으로 술을 한 모금 넘겼다. 진하고 쎄한 액체가 목구멍을 통해 식도를 타 내려가니 살아 있음이 느껴졌다.

"난 누군가에게 도움 될 때 행복해. 주는 사랑 있잖아. 받는 사랑보다 주는 사랑이 더 좋더라구. 그게 가족이라면 더더욱. 가족은 평생 믿을 수 있는 사람이잖아. 내가 한 요리 먹으면서 맛있다고 해주면 그렇게 행복하더라고."

─ 평생. 언제쯤이면 평생이라는 단어의 무게를 알 수 있을까.

"ㅣ 기 그대? 주는 사랑도 사랑이라고? 그거 아무나 할 수 있을 것 같냐? 기브 앤 테이크. 엔빵! 몰라?"

소영은 친구의 질문에 한 번 더 박치기 당한 머릿속이 잠시 어지러워졌다. 자꾸 변명을 하면서 말을 지어내고 있는 이 기분은 뭘까.

"넌 안정적일 때 행복하다고 착각하더라. 힘들게 요리하고 그걸 맛있다면서 평생 먹어줄 사람이 있는 게 행복이라고? 그거 가스라이팅 아냐? 요리시키려고 자꾸 맛있다고 세뇌시키는 거?"

친구는 큭큭, 거렸다. 장난이라고는 했다.

"요리 잘하긴 개뿔. 배고플 때 먹는 게 제일 맛있지."

친구는 말을 해놓고 잠시 뜸을 들였다. 소영은 알 수 없는 불편함에 속이 상했는데 또 친구의 말에 틀린 말이 없어서 할 말도 없었다.

"그건 단순히 불안을 피하고 싶다는 뜻이야."

사회생활을 시작하고 번번이 회사의 면접에서 떨어질 때마다 엄마가 그랬다. 세상을 살다 보면 정말 별의 별 일이 다 생기는데 면접에 떨어지는 건 아무 일도 안 일어난 거라고. 그 회사와 소영이 맞지 않을 뿐인데 왜 실망하냐고 위로해 줬던 적이 있었다. 서로 맞지 않는 회사에 입사해서 무슨 일이 생기는 것보다 아무 일도 일어나지 않는 게 낫지 않냐고, 그러니 나와 맞는 다른 회사를 알아보면 되지 않냐는 말에 큰 위안을 받았었다. 착하고 성실하게 살면 언젠가는 아빠처럼 좋은 사람 만나서 행복하게 살 수 있다고 했다. 남자가 더 많이 사랑해야 여자로서 행복하고 사랑받는 여자가 되려면 잘 참고 인내해야 한다고. 소영은 사는 게 힘들 때마다 엄마의 위로를 찾았고 엄마 방식대로의 위로에 길들여졌다. 자신도 모르게 엄마의 위로에, 엄마의 그 시절에 갇힌 것도 사실이었다. 요즘 사람들이라면 어떤 방식으로든 참지 않을 불편함을 그 시절의 엄마는 인내하면서 어른이 된 사람이었으니까. 엄마는 딸을 진심으로 사랑하는 마음으로 자신도 모르게 소영을 그 시절로 가두었는지도 모른다.

솔직히 소영은 이번 썸이 아쉬웠다. 그 사람 앞에서 마음껏 울 수 없는 게 헤어질 이유가 될 수 있나, 너무 어린애 같은 발상 아닌가. 오랜 시간 고민해서 그만하겠다는 결론을 냈지만 아마 그 남자가 잡았다면 다시 생각해봤을 것이다. 왜 그러냐고 타일러 주길 바랐는지도 모르겠다. 지금부터 삼사 년을 만나면 적당히 결혼하지 않을까. 혹시, 연애와 결혼으로 도피하려 한다고 말하면 귀를 막고 사람들의 손가락질을 견디려 했다. 그것도 소영이 낼 수 있는 용기와 노력의 일부분이었다. 그 남자가 싫어서가 아니라, 확신 없는 불안함을 피하고 싶어서 그만하자고 했다. 그만하자고 하면 결론이 어떻게 되든 어쨌든 확실해지는 거니까. 확실하지 않은 관계에 질질 끌려다니는 것보다 헤어지고 힘든 게 차라리 낫다고 스스로를 타일렀다. 가끔은 진짜 이로운 것보다 확실함이 더 간절할 때도 있으니까.

소영은 계산하지 않는 듯하면서도 다 계산하고 있었고, 가볍게 썸만 탄다고 수없이 되뇌었지만 마음을 주고 있었다. 사랑을 위해 사람을 알아간다는 건, 그런 불편한 것들이 왔다 가는 걸 견디는 일이다. 어떤 일을 반복하게 되면 익숙해지거나 비교적 잘하게 되지만 불안은 반복될수록 더욱 불안해질 뿐이다. 지금은 직업도, 돈도, 꿈도 없고 그래서 미래도 없지만, 막연히 서른이 넘으면 평범하게나마 행복하고 싶은데 그러기 위해선 지금 무엇을 해야 할까.

소영은 일을 쉬고 있는 상태로 소개팅을 하고 썸을 타면 상대가 나를 무시하지 않을까부터 걱정했다. 직업을 묻는 질문 앞에서 이상하리만치 작아졌다. 쉬고 있다는 말이 잘 나오지 않아서 취업을 준비하고 있다거나 몇 개월 전까지 회사를 다녔다는 말을 꼭 했다. 소개팅에 최대치로 예쁘게 꾸미고 나가는 건 첫 만남을 위한 예의이기도 하지만 직업 없음을 감추기 위함이기도 했다. 명함이 없는 대신 부수적으로 증명해야 할 것들을 말로 하는 일이 많아지고. 그 말들이 얼마나 증명의 힘이 있는지 듣는 사람이 다 믿는지는 잘 모르겠다. 모아놓은 돈이 있고 계획적으로 일을 쉰다고 해서 미래에 대한 자신

간시 생기는 선 아니고 어떤 사람이 소영을 볼 땐, 스물여섯 한참 일할 나이에 쉬고 있는, 사회생활을 제대로 적응하지 못한 여성으로 볼 뿐이라는 걸 잘 알고 있었다.

그러면서 소영도 깐깐해지기 시작했다. 백화점에서 명품을 따지고 서비스를 원하듯 사람도 따지고 대접받길 바랐다. 확실한 이상형과 주관이 생기면서 상대가 재고 있다는 것이 느껴지면 바로 불편해지는 그런 스물여섯이 썸타고 좋냐고를 반복하고 있었다.

이십 대 중반이 넘으면서 친구들이 하나둘씩 결혼하기 시작했다. 대학교 동창이 결혼한다고 했을 때는 그저 신기해서 동창들이 거의 다 모였다. 결혼식장의 아름답고 우아한 신부를 부러워했다. 아니, 신혼여행까지, 집들이까지 부러워했다. 그 다음의 결혼생활은 몰랐다. 소영은 일과 연애를 다 쉬고 있는 상태로 그 결혼식에 참석했는데 소영의 눈에는 새하얀 웨딩드레스를 입고 귀 끝도, 목 선도, 네 번째 손가락도 반짝반짝 빛나는 친구가 마치 해야 할 숙제를 먼저 해내고 집으로 가는 우등생 같았다. 결혼식의 화려한 드레스와 반짝이는 보석들은 결혼의 환상을 심어주려 너무 반짝거린다. 결혼식과 결혼의 차이점을, 결혼식이 끝나고 나서 펼쳐지는 결혼생활의 현실이 어떤지는 상상도 하지 말라고.

　시간은 밤 열두시가 되어갔고 소주와 맥주는 섞여서 소영의 몸속으로 들어가 눈으로 볼로 술 마신 티를 냈다. 소영은 혀가 꼬부러져 말도 제대로 하지 못하게 되었다. 둘의 대화는 둘만 알아들을 수 있는 수준이었다. 아니, 어쩌면 둘도 서로 알아듣지 못했을지도.

　한 달 후 또 다른 친구가 결혼식을 한다고 했다. 소영은 마음도 뒤숭숭하고 그날 매우 바쁘거나 매우 아플 예정이라 친구에게 축의금 전달을 부탁했다. 현금으로 달라는 친구의 말에 현금을 출금하기 위해서 바람도 쐴 겸 혼자 편의점을 향했다. 술집을 나서자 선선한 밤공기가 코로 들어오며 온몸을 정화시켜주는 듯했다. 소영은 답답함으로 응어리져있던 머리와 심장 곳곳에 선선한 가을바람을 넣어주고자 가볍게 몇 번 숨을 쉬었다.

　소영도 한때는 뜨겁게 연애하고 뜨겁게 미래를 계획하고, 뜨겁게 살고 싶었다. 그런데 뜨거운 건 그저 지난 계절일 뿐. 살다보니 뜨거운 것과 사랑이 연결되지 않았다. 지금은 소주와 맥주로 달아오른 볼이 혹시 터질까 봐 겁나고 비틀거리는 다리가 조절되지 않고 어지러워 죽을 것만 같다. 누군가 썸을 쫑내도 누군가는 결혼을 한다.

'친구의 인생은 친구의 인생이고, 내 인생은 내 인생이라고. 결혼? 남의 인생에 내가 왜 이렇게 텅 빈 느낌인지 모르겠어.'

소영은 약간의 서글픔을 머금고 취기인지 슬픔인지 모를 눈물이 눈에 살짝 맺히면서 하품이 나왔다. 편의점 현금지급기 앞에 서니 화면 모니터가 뿌옇게 보였다.

'외로워서 그런 건 아닐 거야. 외로운 찰나에 하품이 나와서 다행이다. 하마터면 울뻔했잖아.'

앞으로 술을 잘 먹기 위해서라도 더 많이, 더 자주 마셔야 겠다고 편의점 ATM 앞에서 다짐하고 또 다짐했다. 소영은 술에 잔뜩 취한 날이면 콤플렉스처럼 숫자 앞에서 긴장하게 된다. 유독 비밀번호를 눌러야 할 때마다 6과 8이 헷갈린다. 대학교 졸업 반의 여름을 보내며 6과 8이 헷갈리는 게 소영의 주사가 되었다. 이 숫자들은 왜 이렇게 비슷하게 생겨서 머리를 아프게 할까. 그래서 6과 8이 없는 비밀번호로 바꿀까도 했지만 사수 잊어버려서 차라리 상처를 안고 살기로 했다. 언젠가는 무뎌지겠지. 평소에는 그럭저럭 살만한데 술이 문제야. 술이 문제인가 보다.

편의점 ATM기 앞에서 허공에 터치하는지 화면에 터치하는지 알 수 없는, 의미 없는 터치를 하는 소영의 뒤에서 10

분 넘게 기다린 한 남자가 소영의 어깨를 터치했다. 이목구비가 뚜렷하고 잘생긴 얼굴, 날카로워 보이는 인상과 눈빛인데, 살짝 웃어 보이니 또 귀여워 보였다. 눈꼬리와 입꼬리를 조금만 움직여도 완전히 상반되는 인상의 한 남자가 소영은 마치 두 사람으로 보였다. 아니, 두 사람이 아니라 두 명의 남자로. 술을 마시면 사람이 자꾸 남자로 보여서 쉽게 반해 버리니 참 큰일이다.

가을밤의 선선함과 어둑어둑함. 새벽같은 밤. 소영에게 이 날 밤의 온도와 색깔은 사랑이라는 감정을 통과하면서 뜻이 아주 많이 달라졌다. 낯설고 어두운 공간에서는 두려움이 생기지만 사랑하는 사람과 함께이면 그 사람의 마음을 확인하고 싶어진다.

– 미쳤어. 멋있어. 첫, 눈, 에, 반, 했, 어.

혁의 따뜻한 미소용 잔주름으로 바꾼 표정을 봤을 땐 첫눈에 반하기 충분했다. 게다가 소영은 지금 눈에는 세상을 뿌옇게 보여주는 눈물이 맺혀있고 소주와 맥주에 끝까지 취해있다. 혁이 얼굴의 모든 다정한 주름을 이용해서 자상하게 말했다.

"제가 도와드릴까요?"

소영은 눈을 찌푸리면서 꼬부라지는 혀로 최대한 멀쩡하게 밀쟀나. 아부 소용 없었지만.

"제 가 지그ㅁ6이랑 8이 헷괄려셔요."

여전히 이 남자 세상 다정한 말투로 말한다.

"헷갈릴 수 있죠. 그럴 수 있죠. 제가 보려고 본 건 아닌데요. 너무 오래 기다려서요. 자꾸 6만 누르시던데. 그럼 6 대신 8을 눌러 보시겠어요?"

여전히 이 남자 세상 매너 터지는 말투로 말한다. 둘의 심장은 같은 속도로 두근거렸고 둘은 같은 기대를 하며, 소영이 비밀번호 끝자리로 8을 눌렀다.

[인출되었습니다. 영수증 받으시겠습니까?]

소영과 혁은 나라를 구한 듯이 웃으면서 마주 보고 하이파이브를 외쳤다.

"왕, 촘 뚱뚱(똑똑)하시내효. 쥉마 체쿄! 최쿄!"

소영이 신이 나서 두 팔을 벌려 혁이 턱을 잡고 입술을 삐죽 내밀어 뽀뽀할 듯이 달려들었다. 세상을 흐릿하게 보기 위한 눈을 게슴츠레하게 혁을 째려보며 사랑에 빠질 준비를 하는 여자가 되어 혁의 품에 슬라이딩했다. 소영은 온몸이 종이 되어 울렸다. 몸속에서 느껴지는 종소리가 복숭아즙처럼 터졌다. 술에 끝까지 취해있는 게 문제이긴 했지만 그것 말고는 아무 문제 될 게 없었다. 어차피 사랑은 반쯤 영혼이 나가고 반쯤 미친 짓인데 뭐. 지금까지 맨정신에 했던 연애도 별반 제대로 되지 않았는데 술에 취한 거나 사랑에 취한 거나 뭣이 중요하단 말인가. 술에 취한 게 사랑에 취한 것보다 깨는 데 훨씬 시간과 노력이 덜 드니까 사랑보다 술이 가성비는 더 좋다.

여전히 이 남자 신사적이다. 혁이 매너 손으로 소영의 팔뚝을 두 개의 엄지손가락과 집게손가락으로 최소한 잡았다. 소영은 혁이 손가락 두 개의 힘으로 어깨를 멀찍이 밀어내고 있음이 느껴졌다.

혁의 안전거리 확보 완료.

"저.. 저... 저기. 전 아직 아무런 준비가...."

"뮤슌 쥰뷔가 필요합니꽈. 가마뉘 이써 봐뇨. 그게 쥰뷔에효."

소영이 눈을 부라리며 몸을 위, 아래로 흔들흔들거렸다. 혁은 소영과 몸을 떨어트리고는 눈을 바라봤다. 눈물 맺힌 소영의 눈빛이 가로등 불빛에 투명한 오렌지 빛깔로 반짝이고 있었다. 혁은 선선한 가을바람에 윤기 나는 머리카락을 날리며 그윽하게 웃었다. 두 번 걷어 올린 하얀 셔츠와 혁의 근육질 팔뚝이 제법 언밸런스해서 잘 어울렸다. 혁과 눈을 마주치며 두 손을 공손하게 모은 소영이 지금 당신에게 반했다고 말하고 있는 듯했다. 거리의 가로등이 둘을 위해서 반짝이는 듯 둘의 그림자를 길쭉하고 다정하게 만들어 내고 있었다. 장난스러움과 무표정을 묘하게 오가던 혁은, 소영의 얼굴 앞에 얼굴을 들이밀며 고개를 낮추면서 말했다.

"괜찮으세요? 술을 많이 드신 것 같은데 술 좀 깨고 가실래요? 이 시간에 커피는 좀 그렇고 시원한 거 한 잔 어때요?"

"죠아!"

소영은 두 손을 세상 가지런히 모으고 몸을 베베 꼬으며 눈동자를 하트가 뿅뿅 튀어나올 눈빛으로 변신시켰다. 취기인지 부끄러움인지 정확히 알 수 없지만 발그스름한 볼로 귀엽게 웃어 보였다. 혁은 한 손을 바지 주머니에 넣고서 다른 한 손을 자연스럽게 흔들면서 걸었고 순간순간 피식피식 웃었다.

둘은 사이다 두 개를 두고 편의점 앞 테이블에 앉았다. 혁이 경쾌하게 '똑' 소리를 내면서 캔 사이다를 따고 소영에게 내밀었다.

"저는 혁이라고 해요."

"제가요. 안 치해써어요."

소영이 두 번째 손가락을 세워 오른쪽, 왼쪽으로 몇 번 흔들면서 말했다. 소영은 사이다를 마시면서 혁에게 취하지 않았다고 우기느라 함께 술을 마셨던 친구를 잊었다. 마치 처음부터 이 편의점에 현금을 찾으러 왔고 이 테이블에서, 이 남자와 술을 마시던 사람이 되었다. 현금인출기에서 찾은 현금은 몇 장인지도 모른 채 소영의 가방에 구겨지고 버려졌다. 소영은 몸을 흔들흔들 거리면서 다리를 꼬고 혁에게 최대한 예쁘게 보일 만한 자세와 표정을 지으며 말했다. 굳이 술 냄새를 맡지 않아도 눈은 풀리고 발끝은 흐리멍덩해서 얼핏 봐도 취했다는 건 한눈에 알 수 있었지만.

"알아요. 알아요. 혼자 왔어요? 집은 어디에요?"

혁은 동생 대하듯 말했고 소영이 의심의 눈초리로 혁을 바라보았다. 한참 사랑에 빠진 여자가 되려고 준비하던 소영은 갑자기 정색하고는 가슴을 엑스자로 가렸다. 온몸에서 열이 나는지 소영의 머리카락이 땀에 젖어 목에 마구마구 들러붙어 있었다. 지나가던 사람이 봤으면 찜질방에서 맥주 마시다가 바로 튀어나왔다고 해도 이상하지 않을 정도였다. 소영의 눈동자는 자기주장을 하듯 이상한 방향으로 굴러다녔으니까.

"우니 집 헐, 와이? 지금 저 챘다고 쉽꽤 보쉬는 거에요? 저 깅요. 우디 집에 라몬 엄똥. 몽으면 오널 지쀄 몬가!"

여전히 이 남자 신중하고 차분하다.

"실례였다면 죄송합니다. 지금 이 말이 통할지는 잘 모르겠지만 저 이상한 사람 아니에요. 그래도 택시 태워드려야 할 것 같아서요. 시간도 많이 늦었고 술은 더 드시지 마세요. 요즘 세상이 너무 험해서."

혁은 소영에게 명함을 내밀었다. 명함을 두 손으로 공손하게 받아들고 소영은 뚫어지게 쳐다봤다. 왜냐면 술에 너무 취해서 글씨가 제대로 안 보였으므로.

— 프리랜서 혁

혁은 소영이 원하면 더 증명한다며 주민등록증도 꺼냈다.

"내일 돌려주세요. 내일 아침에 일어나시면 명함에 제 전화번호로 전화 주세요. 맨정신으로요."

혁은 끝까지 젠틀했다. 십 분 정도 아무 의미 없는 얘기를 하고 소영이 하품으로 입이 찢어지기 바로 직전에 택시를 불렀다. 혁은 소영이 타고 가는 택시의 번호를 찰칵, 찍었고 살짝 웃고는 몸을 돌려 원래 가야 했던 방향으로 걸어갔다.

○

소영은 다음 날 오전, 친구에게 버리고 갔다고 삼십 분이 넘게 욕을 먹었다. 그래도 기분은 좋았다. 욕을 먹는 동안에도 스물스물 웃음이 나왔다. 욕하는 전화기를 귀에 대고 혁의 주민등록번호와 주소와 핸드폰 번호를 외우고 있었다. 신기하게도 혁의 주민등록번호와 전화번호에는 6과 8이 없었다. 이런 게 운명인가.

친구에게 미안하긴 했지만 운명의 남자를 만났다. 운명은 어떤 희생을 요구하기도 하니까.

'미안하다. 친구야.'

소영은 사랑은 이렇게 우연히, 어느 날 갑자기 시작하는 거라고 로맨스 소설에서 본 적이 있었다. 소설은 마구잡이로 지어낸 이야기는 아닌가 보다. 소영은 첫눈에 반하는 사랑이 내게도 왔다는 환상에 세상이 다르게 보였다. 친구에게는 앞으로 7박 8일 정도 욕을 먹을 예정인데, 그마저도 제주도 패키지여행처럼 느껴졌다. 세상 살면서 얼마나 힘든 일이 많이 일어나는데 7박 8일 정도의 욕 패키지 정도야 뭐, 그리 어렵지 않았다. 욕먹는 거 정도야 얼마든지. 소영은 머리는 어제 마신 술 때문에 깨질 듯이 아픈 상태에서 한참 욕을 먹고 흘려버리기를 반복하다가 불현듯 그날 밤의 한 장면이 떠올랐다. 갑자기 그리고 아주아주 또렷하게 혁에게 뽀뽀하려고 들이댄 장면. 병아리처럼 입술을 삐죽삐죽 거리던 장면. 분명 내가 한 짓이다. 소영은 두 손으로 머리카락을 괴롭게 움켜쥐었다.

"미친. 진짜 미쳤어."

왜 운명의 남자는 최고치 드렁큰 상태에서 오나. 그렇게 술 취하는 일이 일 년에 한두 번인데 이 남자 타이밍 더럽게 못 맞추는 눈치 없는 남자인가 보다. 술 먹었으니까 이해해 주겠지, 하면서도 아무리 술을 먹어도 그 정도를 어떻게 이해해, 가 무의미하게 반복되었다.

'외로워서 그런가.'

소영은 처음 본 남자에게 입술을 갖다 대던 그때의 내가 어이없어 웃음이 나왔다. 새삼 나에게도 이런 면이 있나, 나도 가끔은 미치는구나, 하고 인정하니까 잠시 마음은 편했다. 그게 분명 나이긴 하지만 내가 모르던, 내가 몰랐던 나일 뿐이다. 기억이란 가끔 쓸데없는 순간에 갑자기 생각나서 사람을 미치게 한다.

'술에 취해서 실수했다 쳐. 그럼 기억이나 나지 말던가.'

참 희한하게도 기억이라는 건 말하지 않으면 그뿐인데. 나만 알 뿐인데도 기억이 나는데 기억나지 않는 듯 행동할 자신이 없다. 아무렇지 않은 척을 한다는 건, 어쩌면 불가능할지도 모르겠다. 아무렇지 않은 척할 수 있는 건 곧 아무렇지도 않다는 뜻이다. 그렇지만 지금은 아무렇지 않은 척할 수 없다. 기억나지 않아야 그 기억이 없는 것처럼 행동할 수 있다. 소영은 기억 앞에서 쓸데없이 너무 투명해서 세상 사는 게 참 힘들고 피곤했다. 정말 미치겠다.

소영은 마음을 가다듬었다. 어쨌든 주민등록증이 나에게 있는 한 혁을 만나야 한다. 친구와의 전화를 급하게 끊고 명함과 주민등록증을 째려봤다. 한 시간 넘게 째려보고 손톱을 물어뜯어도 어떤 방법도 떠오르지 않았다.

'그래. 계속 째려보진 말자. 명함과 주민등록증은 아무런 죄가 없다.'

삼십 분을 넘게 머리와 눈동자를 굴려봐도 그럴듯한 문장이 떠오르지 않았다. 어제 한 실수에 대한 기억을 안고 그 실수 대상자와 만나는 장면은 그리 아름답지 못하다. 그런데 기억 속 그 남자 참 잘 생겼다. 첫눈에 반한 순간도 생각이 났다. 잠시 흐뭇했다. 나지막하고 허스키한 목소리, 하얀 셔츠와 팔뚝의 힘줄이 자꾸 머릿속에서 울린다. 그래서 더 괴롭다.

'지금 심장이 뛰는 건 괴로워서일 거야. 그래. 괴로움 때문이야. 벌써 설렌다거나, 사랑에 빠졌다거나 그런 건 분명, 절대로, 네버, 확실히 아니야.'

소영은 절대 이 남자와 썸을 탈 생각은 없다. 세상에 누가 운명의 남자와 썸을 탄단 말인가. 아무리 시대가 변해도 운명의 남자와 썸이라니. 말도 안 된다. 소영은 오만가지 생각이 오 갔지만 일단 사과부터 하기로 했다. 톡을 열고 '미안하다'고 썼더니 죄를 지은 기분에다 거리감이 생겨서 지우고, 다시 쓰고, 또 지우고를 반복했다. 미안하다는 말은 고맙다는 말로 대신해야겠다는 생각이 수없이 반복되다가 오후를 훌쩍 넘겼다.

[어제는 고마웠어요. 커피 한 잔 살게요.]

소영을 배려해서 혁이 굳이 소영의 집 근처로 가겠다고 했다. 소영은 그런 혁에게 창피함을 뛰어넘을 만큼 설렜고, 소소하고 다정한 배려가 좋았다. 혁과 톡을 주고받으면서 소영은 다정함과 섬세함을 느낄 수 있었다. 혁과 연락하면서 소영은 지난 썸과 비교했고 몇 번의 대화만으로도 썸에서 느낄 수 없었던 부재했던 감정이 채워졌다. 소영은 용건 없이 집 앞에서 나를 기다리고 아무 생각 없이 나를 보고 싶단 이유로 만나러 오면서 계산 따윈 하지 않을 것 같은 만남에 들떴다.

소영의 일상은 불안한 썸과 면접에 익숙해져 있었다. 취업 준비를 한다는 건 데이트 약속을 정하느 일보다 면접 일정에 응하는 일이 더 익숙해지는 일이다. 사회에서 업무적으로 만난 사람들은 만나다 보면 밥을 먹는 것도 마치 면접을 보는 기분이었다. 면접은 조율과 배려가 없는 약속, 그 순간 컨디션이 좋지 않으면 바로 마이너스가 되는 약속, 그들이 이미 정해놓은 시간과 장소에서 최상의 상품이 되어 정해진 시간 전에 도착해야 하는 택배가 되는 약속, 나에게 원하는 것이 있는 사람들에게 잘 보이기 위한 약속. 더 잘하는 건 허용되지만 덜 잘하는 건 용서되지 않는 약속. 그런 약속에 지쳐가고 있었던 때라 혁의 매너가 더욱 다정하게 느껴졌다.

다음 날, 소영의 집 근처 작은 카페에서 둘은 만났다.

"잘 잤어요?"

혁의 살짝 올라간 입꼬리에서 나오는 허스키한 목소리가 소영을 미소 짓게 했다. 둘은 따뜻한 커피를 두고 마주 앉았다. 소영은 나란히 앉아서 얘기하는 것을 좋아하지만 아직 그렇게까지 친해지진 않았으니 거리를 두어야 한다.

"매너가 좋으시네요."

"하하, 그래 보였나요. 나와줘서 고마워요. 소영씨가 마음에 들었나 봐요."

혁의 직진 멘트에 소영이 깜짝 놀라 커피를 뿜을 뻔했다.

"네?"

"그게 그렇게 놀랄 일인가요. 맘에 없는 여자한테 어떻게 신분증을 맡겨요?"

"그러게요. 그것도 처음 보는 여자한테요. 능숙하시던데요. 많이 해본 사람처럼."

소영은 마음과 다르게 비꼬는 말투가 뾰족하게 나왔다. 말의 뾰족함으로 마음을 숨기고 싶어 부끄러움을 담아 힐끗 바라보았다. 그런 소영의 표정과 말투는 사랑을 처음 시작하는 여자의 마음처럼 사랑스럽고 예뻤다.

"예뻤어요. 그때. 예뻐요. 지금도."

혁은 천천히 말했다. 다정한 말을 내뱉은 입술을 따뜻한 커피잔에 대며 그윽한 시선으로 커피잔을 바라보았다. 소영은 그런 혁의 입술에 시선이 가서 가슴이 뭉클했다.

"그. 그. 그럴 리가요."

소영은 그날 밤 했던 행동이 다 생각나서 한참 괴로워하고 있던 찰나였다. 쿨하게 인정하고 사과를 해야 할까, 모르는 척을 해야 할까 수없이 고민했지만 마땅한 정답을 찾지 못하고 혁과 마주 앉았다. 혁은 자꾸만 피식피식 웃으면서 말을 이어갔다. 피식거리는 웃음이 커질 것 같으면 한숨을 얕게 쉬고 자세를 살짝 고쳐 앉아 커피를 마셨다.

"그만 놀려요. 저도 다 알거든요?"

"게기 놀리는 거 같아요?"

"다들 저 취하면 눈 풀리고 얼굴 빨개져서 못생겨진다고."

혁의 피식거림에 소영은 그날 밤 기억이 점점 또렷해져 갔다. 술 취해서 했던 행동들이 모두 기억나는데 지금 눈앞에 있는 이 남자가 너무 멋있어서 돌아버릴 것 같았다.

"그럼 더 다행이네요. 제 눈에만 예쁘게 보이는 거겠죠."

혁은 여전히 피식피식 웃고 있었지만 제법 점잖게 말했다. 소영은 카페인이 심장의 중심에서 온몸으로 퍼지는 걸 느꼈고 심장은 자제력을 잃어 눈치 없이 또 뛰기 시작했다.

"어떤 남자 좋아해요? 난 어때요?"

혁이 눈을 한 번 껌뻑이고는 진지하게 말했다. 고개를 들고 어떤 결심을 한 듯 자신감 있는 목소리로 묵직하게 질문을 했다. 소영의 심장은 브레이크 없이 질주 중이었다. 자꾸 피식피식 웃는 혁이 얄미우면서도 그의 점잖음에 또 한 번 진지하게 반했다. 혁은 소영을 놀릴 때는 어린아이 같았다가도 진지한 순간에는 어른스럽고 다정한 눈빛으로 소영을 바라보았다. 소영은 어린아이의 망치질 같은 혁의 질문에, 혁의 마음을 확인해 보고 싶어졌다.

"별 따주는 남자요. 전 하늘에 별 따주는 남자가 좋더라구요."

어디서 그런 용기가 생겼는지 소영은 언젠가 머릿속을 스쳐 갔던 이상형을 말하며 혁을 약하게 쏘아보았다.

소영은 마음이 괜스레 울적했던 어떤 날, 그때도 가을이었다. 혼자 갔던 카페에서 사랑하는 사람에게 하늘의 별과 달도 따준다는 유치한 노래 가사를 들은 적이 있었다. 하늘의 별과 달을 따줄 수 있는 사람은 없다고, 더 많이 사랑하는 사람이 별을 따주는 척하면서 그 사랑을 받을 사람을 어차피 속이는 거라고, 그래서 사람들은 적당히 속고 속이면서 살고 연인들은 그 속고 속임을 사랑이라는 이유로 받아들인다고. 최소한 난 다른 사람을 속이지 않으려 애쓰고 살고 있어서 힘든 거라고. 소영은 그런 이상한 생각의 고리들이 위로가 되었던 어느 가을 중 하루가 머릿속을 스쳐 지나갔다.

혁은 잠시 생각하더니 소영을 향해 자신감 넘치는 미소를 보였다. 그리고 여유 있게 커피잔을 테이블에 내리면서 말했다.

"하하. 별이라. 지금은 대낮이니까 밤까지 기다려야 하잖아요. 별 대신 구름은 어때요?"

혁은 멀뚱거리는 소영의 팔목을 잡고 카페를 나왔다. 싱글벙글한 표정으로 눈썹을 씰룩거리며 보조석 문을 열어주는 것도 잊지 않았다. 소영은 머릿속에 떠올랐던 울적한 기분이 와장창 깨지는 소리가 들렸다. 소영은 혁과 얘기하는 동안 자꾸 마음을 들켜버리는 것 같아서 정신을 차릴 수 없었다. 이상하게도 숨기고 싶은 마음, 혁에게 들키고 싶지 않은 두근거림으로 온몸이 울렸다. 마음을 숨기고 싶은 마음이 들면서 마음이 바빠졌다. 그러면서도 혁의 마음을 확인하고 싶은 마음이 일렁거렸다. 그런 혼란함 때문에 아무 생각도, 아무 행동도 할 수 없을 것 같았는데 날씨가 좋아서, 하늘이 너무 맑고 높고 파래서 혁과의 드라이브도 그냥 좋아해 버렸다.

둘은 한참을 달려 도시를 빠져나왔다. 두근거리는 소영의 심장을 아는지 모르는지 콧노래를 부르며 운전하는 혁의 옆모습을 보며 소영은 잔잔하게 행복했다. 차창의 풍경은 여러 색깔의 나무로 눈을 편안하게 해주었다. 한 시간쯤 달렸을까. 혁은 호숫가의 놀이기구 몇 개가 아기자기하게 자리하고 있는 작은 놀이공원 앞에서 차를 세웠다.

"저 놀이공원 안 좋아해요. 보시다시피 구두 신고 치마도 입었고."

소영은 혁과 만나느라 한껏 꾸미고 나온 터였다.

"놀이공원 아니에요. 구름 사러 왔어요. 요즘은 구름도 돈 주고 사야 하거든요."

코끝을 찡긋하고는 귀여운 느끼함으로 혁이 가리키는 곳을 보았다. 솜사탕 기계에 노랑색, 연두색, 분홍색, 하얀색 솜사탕이 만들어지고 있었고 아이들 서너 명이 둘러싸고 있었다. 달콤하게 반짝이는 하얀 설탕이 흘러내려가 빙글빙글 돌아가고 뽀얀 실처럼 뿜어내서 뭉게뭉게한 구름이 만들어지고 있었다. 혁은 구름 사러 가자며 소영을 보고 웃고는 차에서 내렸다. 소영도 조심스럽게 치마를 잡고 발끝을 천천히 땅으로 내

냈다. 소영은 하이힐을 신은 두 발로 꼿꼿이 서서 솜사탕에 물을 부은 듯 스르르 녹아 달콤함만 남은 마음으로 그윽하게 혁을 바라보았다.

○

그 후로도 몇 번의 데이트를 했다. 혁은 아무리 늦은 시간이라도 소영의 집 앞으로 데리러 오고 데려다줬다. ATM 앞에서의 일을 놀리면서 귀여워했고 편의점 앞 테이블에서 사이다를 마셨다. 떨어져 있어도 함께 있는 느낌, 혁과 함께 있으면 한 사람으로, 소영은 한 여자로 행복했다. 사랑하고 사랑을 주고, 사랑을 나누는 평범함을 함께 할 수 있는 사람이 나타난다는 건 인생의 가장 큰 이벤트일지도 모른다. 소영은 썸과 연애가 헷갈리고 사랑과 현실이 헷갈렸는데 혁은 분명한 사랑이었고 운명이었다. 썸과 연애가 헷갈리지 않는 것만으로도 소영은 이미 혁이 좋았다.

혁은 소영을 자신의 집에 초대하고 싶다고 했다.

'진지하게 만나자는 고백이겠지? 나를 진지하게 생각한다는 뜻인가?'

소영은 혁에게 점점 기대하는 마음이 생겼는데 혁은 그 기대를 빈틈없이 채워주었다. 소영은 썸보다 찐하고 확실한 시그녈이라고 확신하고 혁의 초대에 응했다. 사랑은 서로의 시간과 공간을 함께 하는 것. 앞으로 서로의 시간은 함께 만들어가면 되기에 지금 혁이 머무는 공간을 함께하고 싶었다.

소영은 고백받을 준비를 했다. 어떠한 준비를 했는지는 정확히 알 수 없지만 어쨌든 이젠 썸은 타지 않을 거고 결혼해도 될만한 제대로 된 남자이어야만 연애할 것이다. 이렇게 사랑하는 사람이면 필요조건이고 충분조건이고 하는 그런 어려운 조건도 다 필요 없었다. 정말 냉정하게 판단하고 연애를 시작할 거다. 소영은 충분히 냉정하고 이성적이라고 믿었다. 어중간한 마음으로 내 삶을 다운시킬 사람을 사랑하지 않을 거다. 아무것도 낭비하지 않을 만남, 그런 걸 할 거라 다짐했다. 마음의 준비를 단단히 하고선, 사랑을 시작하는 사랑스러운 표정으로 혁의 집으로 갔다. 어쩌면 오늘이 소영이 태어나서 가장 행복한 날인지도 모른다. 혁의 집에 가기 전 프로포즈 받는 장면을 상상하면서 옷을 고르고 화장을 했고 누가 뭐래도 소영은 여자라서 행복한 시간이었다.

둘은 혁의 옥탑방에 마주 앉았다. 혁은 고양이가 그려진 머그컵을, 소영에게는 파란색 원이 그려진 머그컵에 커피를 내어왔다. 크기도 달랐던 짝이 맞지 않는 머그컵은 아무리 봐도 지금 이 상황에 어울리지 않았다. 소영은 약간 불편하게 쪼그려 앉아서 앞으로 시작될 여러 마음을 상상하며 어색함을 견디고 있었다. 커피는 김이 모락모락 나고 따뜻하고 부드럽게 목을 타고 넘어갔다. 방 안의 공기는 제법 차가웠고 바닥도 공기와 비슷했다. 소영은 방석도 없이 그 바닥에 그대로 앉았다. 소영은 뜨거운 커피를 크게 한 번 '후' 불고선 한 모금 마셨다. 방향도 없이 조잘대며 뛰던 심장이 살짝 누그러졌다.

'혁이 고백하면 이번엔 나도 좋아한다고 말해야지. 정말 첫눈에 반했다고 너무 멋있다고 고백해야지.'

지금까지 혁은 소영에게 좋아한다고 직접적으로 말하진 않았다. 하지만 다른 언어로 충분히 고백했고 여러 종류의 언어들로 충분히 행복하게 해주었다. 소영은 너무 받기만 했나 싶어서, 오늘은 혁에게 좋아한다고 어쩌면 사랑인지도 모르겠다고 말하겠노라 다짐했다.

○

"나 8년 농거했어요. 이런 나라도 괜찮아요?"

소영은 충분했던 언어 속에 없던 질문에 얻어맞았다.

– 8년, 동거, 괜찮냐는 말 중 도대체 뭐부터 생각해야 하는 거야.

운명 같은 사람과의 사랑을 시작할지도 모를 공간이 갑자기 낯설고 슬픈 공간으로 바뀌었다. 소영을 둘러싸고 있던 시간과 공간이 그대로 멈췄다. 8년이라는 시간, 8년 동거는 연애일까. 결혼일까. 이건 고백일까. 도망치라는 신호일까. 소영의 머릿속에는 백 가지 정도의 생각과 이 집보다 더 큰 공간을 채울만한 시간이 엉키고 있었다.

8년 동거한 사람은 이렇게 생겼구나.

8년 동거한 남자는 저렇게 커피를 마시는구나.

8년을 함께 한 여자는 어떤 여자였을까.

8년을 사귀고 헤어졌다면 그건 헤어진 걸까.

8년이라는 시간을 지우는 데는 얼마나 걸릴까.

소영은 자꾸 이상한 호기심이 생기는 자신이 싫어져서 오히려 침묵했다. 할 수 있는 말도 행동도 없어서 숨 쉬는 데만 집중했다. 소영은 혁을 힐끔 바라보고서는 일단 어색하게 웃었다. 자연스럽게 웃는 건 확실히 이상했다. 예쁜 미소를 보여주는 것도 이상했다. 그렇다고 활짝 웃을 수도 없었다. 그렇다고 울고 싶진 않았다. 또 혁에게 미운 표정을 보일까 걱정되었다.

혁은 마치 그 8년의 동거 기간을 책임이라도 지듯이 소영의 명함을 견디고 있었지만 약간은 후련한 듯 편안해 보였다.

이런 나라도 괜찮냐는 질문은 괜찮지 않으면 어쩔 수 없다는 마음의 준비를 한 것 같다. 미리 고백했으니 앞으로 만남에 최소한 약점은 아니라는, 이런 내가 싫다면 지금 당장 돌아가도 좋다는, 너의 거절을 인정하며 자존심은 챙기겠다는 그런 준비성이라고나 할까.

'그 여자는 예뻤을까. 지금 내가 마시고 있는 이 커피잔으로 그 여자는 몇 번의 커피를 마셨을까. 이 커피잔에 그 여자의 립스틱이 묻은 적이 있었을까. 그 립스틱이 혁의 입술에 닿은 적도 있었겠지. 그 립스틱은 무슨 색깔이었을까. 도대체 몇 번이었을까.'

소영은 이런 유치한 생각이 머릿속에서 엉켜 점점 더 괴로워졌고 입술이 얇게 벌어져 으흐, 하는 실소가 나왔다. 고개를 들어 찬찬히 주변을 돌아보니 집 안 구석구석 여자의 생활 흔적이 보였다. 침대의 이불은 분홍색이었고 모양은 같지만 높이가 다른 베개가 두 개였다. 살짝 열린 화장실에 칫솔 두 개의 남푸 밑에 에어 컨디셔너와 은은한 향이 날 것 같은 바디 향수가 보였다. 작지만 화장대가 있고 기초화장품 몇 개가 반쯤 남겨 멀뚱하게 서 있다. 미처 보지 못했던 분홍색 고양이 캐릭터가 그려진 슬리퍼도 보였다. 그 여자는 고양이를 좋아했나 보다. 만나보지도 못한 여자의 취향이 훅 치고 들어왔다. 옥탑방의 구석구석은 둘러볼수록 한 번도 본 적 없는 어떤 한 여자의 흔적이었다. 마치 내 것을 다른 사람이 허락 없이 쓰다가 어딘가로 도망간 것처럼. 어쩔 수 없이 대타의 자격으로 빈 공간을 채우기 위해 줄 서 있는, 아니 무릎을 꿇고 있는 기분이었다. 소영은 자신이 무릎을 꿇고 앉아있음을 그때 알아차렸다. 무릎 아래로 연한 갈색의 긴 머리카락이 보였다. 불과 얼마 전까지 이 집에 살았던 여자의 머리카락 색깔을 알게 되었다.

소영은 괴로움을 깨려고 겨우 말했다.

"왜요?"

혁이 뭐 그런 질문이 있냐는 듯이 되물었다.

"왜 헤어졌냐구요?"

"아뇨. 왜 했냐구요. 동거."

혁은 잠시 어린 애 보듯 소영을 바라보고 달래듯 말했다.

"사랑하니까요. 사랑하면 헤어지기 싫고 같이 있고 싶잖아요. 우린 그래도 되는 나이고."

머릿속이 하얗게 젖어갔다. 미래, 약속, 배려, 다정함, 책임감, 의무 같은 단어들이 떠올랐지만 지금 이 분위기에 어울리는 단어는 아니었다. 소영은 지금을 버티기 위해서 할 수 있는 모든 합리화를 동원했다.

'8년이든, 80년이든 과거는 과거니까.'

소영은 자신의 과거를 떠올렸다. 혁에게 자랑스럽게 내보일 건 몇 없었다. 그 순간 직장도 꿈도 없는 자신의 상태가 떠오른 건 멍청함일까. 당장 자리를 박차고 나가라고 머리는 지시하고 있었지만 몸이 말을 듣지 않았다. 머리에서 지금 나가면 혁과 다시는 볼 수 없다고, 후회할지도 모른다고도 말하고 있었다. 정상적일 수 없을 만큼 이미 혁에게 마음을 줬다. 좁은 옥탑방에서 소영의 이성과 자존심은 어디에도 없었다. 소영이 했던 간절한 생각은 오직 하나였다. 어떻게든 지금이 혁과의 마지막이지 않길 바랐고 괴로움의 고름으로 쥐어짜 낸 결론은, 그래. 과거가 없는 사람은 없다. 소영은 어떠한 체념처럼 말했다.

"네, 괜찮아요."

상처도 받아본 사람이 그 크기를 알고 깊이를 알듯, 오랜 연인의 흔적을 경험해 봐야 그 흔적의 크기와 깊이를 알 수 있다. 소영은 8년이난 시간을 한 사람과 함께 보낸 적이 없었다. 몇 번 있었던 연애는 계절이 바뀌면 어김없이 다음 계절처럼, 그 시절의 기억으로 남았다. 상처는 있었지만 회복되었다. 더 좋은 사람을 만나자고 다짐해도 상처 줬던 사람과 닮은 사람을 만났고 비슷하게 이별했다. 그렇다고 사랑의 흔적이, 사람의 흔적이 두렵거나 무섭지 않았다. 힘들었던 사랑도 과거가 되면 현재는 좋은 추억으로 남아주는 요상한 경험이 그렇게 나쁘지만은 않았으니까. 늘 사랑 앞에 진실했고 사랑을 후회한 적은 없었다.

마치 어떠한 법칙이 있는 것처럼 경험이 있는 사람이 경험이 없는 사람보다 우위에 있고 상황은 경험이 있는 사람이 유리한 쪽으로 돌아간다. 이 시간, 이 공간에서 지금도 그랬다. 과거는 과거일 뿐, 그래. 과거는 과거라고 소영은 스스로를 세뇌시켰고 짧은 시간의 세뇌는 통했다. 오히려 그게 위로가 되었다. 세상에는 구체적으로 모를 때 더 좋은 일들이 더 많다. 그게 지금 연인이 될지도 모르는 사람의 과거, 그게 동거라면 더더욱.

소영의 괜찮다는 사인에 혁은 부드럽게 소영의 옆으로 앉았다. 머그컵을 얼마나 세게 쥐고 있었는지 손바닥에는 네 개의 손톱자국이 나 있는, 땀이 흥건한 소영의 손을 잡았다. 긴장으로 악을 쓰고 있던 손가락들이 혁의 터치에 맥없이 풀렸다. 혁은 소영의 손에 있는 머그컵을 내리고 한 번 크게 껴안았다.

"고마워요."

혁이 소영의 귀 바로 뒤에 입술을 갖다 대고 자신의 목소리가 전부 소영의 귓속으로 들어가도록 낮게 속삭였다. 혹시, 이 남자의 포옹을 기다리고 있었나, 소영은 포근함을 느꼈다. 혁의 피부가 볼에 닿자 소영은 뭔가 모를 안도감이 느껴졌다.

– 내일도, 모레도 이 남자를 만나고 싶어.

소영이 간절하게 원했던 오롯한 느낌이었다. 내일이면 사라질까 겁이 났던 사람의 피부가 내 피부에 닿으면 그게 사랑이라 느껴지기도 한다. 그렇게 믿고 싶은지도 모르지만. 차라리 눈을 감아 집에 남아있는 이전 여자의 흔적을 보지 않기로 했다. 그의 낮은 음성이 소영의 피부에 한참을 머물렀다.

소영은 혁이 한 고맙다는 말을 사랑한다는 말로 해석했다. 소영은 행복했지만 불안했고 불안했지만 적어도 불행하지는 않았다. 지금이 불행하지 않기에 어쩌면 최선의 선택이라 믿었다.

혁은 소영을 안고 분홍색 이불이 있는 침대에 눕혔다. 손가락으로 소영의 입술을 천천히, 부드럽게 만지고는 소영의 위에서 처음 반하게 했던, 처음 만난 날의 다정한 미소를 지어보였다. 명상이라노 고가 부딪힐 듯 말 듯 가까이 있는 이 남자의 숨이 소영의 솜털을 간지럽혔고 그 숨소리에 맞춰 눈동자가 천천히 흔들렸다. 혁의 터치에 어쩔 줄을 몰라 소영은 몸을 움직일 수가 없었다. 움직일 수 없는 몸은 고스란히 떨릴 뿐이었다. 그런 소영을 사랑스러운 눈빛으로 바라보며 눈

웃음 짓는 혁을 보면 자꾸 심장의 피가 탄산수를 만난 듯 톡톡 터졌고 새어나갈까 겁나서 차라리 눈을 질끈 감았다. 심장의 똑딱거림에 소영의 온 신경세포가 혁의 손길에 끌려다녔다. 소영이 지금 이 남자의 사랑을 확인하기 위해 할 수 있는 건 그의 손길을 느끼고 그를 만지는 것뿐이었다. 다른 생각을 할 수 없었다. 오로지 확인받고 싶었고 사랑받고 싶었다. 여자들은 나를 만지는 손길로도 사랑을 확인할 수 있으니까. 혁은 소영의 입술에 부드럽게 키스했다.

– 이렇게 한 남자에게 갇혀서 강압 없는 키스를 하는 게 사랑일까.

– 키스에서 잠자리까지 자연스러우면 서로 사랑을 확신하는 걸까.

혁의 터치는 아주 자연스러웠다. 세상 그 어떤 여자의 속도도 맞출 수 있을 듯 배려했고 섬세했다. 부담스럽지 않을 만큼, 물러서지 않을 만큼 서로의 몸의 속도를 읽어가며 소영을 만졌다. 혁은 소영이 몸을 맡길 수 있을 만큼, 안달 날만큼, 그렇지만 거부할 수 없을 만큼 능숙했다. 혁이 소영의 블라우스 남방 단추를 풀어 내려갔다. 첫 번째 단추, 두 번째 단추를 풀고 세 번째에선 힘을 세게 줬는지 단추가 떨어져 실오라기만 애처롭게 그 자리에 남았다. 둘은 키스를 멈추고 눈을 서서히 뜨면서 나뒹굴고 있는 단추를 바라보았다.

"아, 미안해요. 이런 옷은 처음이라서."

떨어져 나가는 단추를 보면서 소영은 무언가에 홀린 듯 멈칫했다. 그리고 의식적으로 소영의 몸 구석구석을 더듬던 혁의 손을 겨우 잡았다.

"자, 잠깐, 잠깐만요."

소영이 눈동자와 손가락을 파르르 떨며 말했다.

"왜 이래요?"

혁은 지금까지 잘하다가 갑자기 왜 이러냐는 말투로 이유를 물었다.

"그래도, 적어도, 최소한, 그러니까, 저것들은 아니요. 정리하고 해요. 우리."

소영은 의미 없는 단어들만 던졌는데도 혁은 알아들었다. 혁도 알고 있다. 집안 곳곳에 남아있는 이전의 물건을.

"제가 성급했나요? 미안해요. 저는 소영씨가 좋아서."

이 남자 참 센스있고 젠틀하나.

"오늘은 그만 가 볼게요."

소영은 분홍색 이불이 있는 침대에서 빠져나와 옷과 머리를 가다듬었다. 방금 혁의 두툼한 손이 쓸고 내려가서 적나라하게 드러나 있는 속옷과 허벅지를 가리려 급하게 치마를 내렸다. 화장은 반쯤 지워져 얼굴의 피부는 얼룩덜룩했고 립스틱은 온데간데없이 입술 색과 입술의 각질을 그대로 나타내고 있었다. 블라우스의 단추가 떨어져 나가 브레지어와 가슴이 드러났다. 소영은 고개를 숙여 자신의 가슴선을 바라보고는 떨리는 손으로 옷을 여미듯 부여잡았다. 샤워할 땐, 아니 살면서 그 어떤 순간에도, 단 한 번도 그런 시선으로 자신의 가슴을 내려다 본적 없었다.

'이런 게 사랑이라고? 이게 현실이라고?'

소영이 애써 정신을 차리고 보니 헝크러져 있는 옷과 몸, 머리카락을 바라보고 있는 혁의 시선이 느껴졌다. 불편했다. 혹시 수치심이었을까. 아니면 불쾌함일까.

가방을 챙겨 소영은 옥탑방을 빠르게 빠져나왔다. 마치 영화 속 스크린에서 빠져나오듯 옥탑방과 바깥의 경계가 실감났다. 누가 썼을지 모를 분홍색 이불은 참 부드럽고 뽀송했고 편안해서 소영은 또 그게 기가 막혔다. 혁은 집을 나서는 소영을 보며 어떠한 말을 하지도 않았고 붙잡지도 않았다. 뒷모습을 바라보던 혁의 표정이 소영은 상상되지 않았지만 혹시 붙잡으면 뭐라고 말해야 할까, 어떻게 해야 할까 고민했는데 굳이 필요한 고민은 아니었다. 이렇게 강력하게 반한 남자는 인생에서 처음이었다. 소영은 혁과 함께 할 수만 있다면 그 좋은 치킨과 커피도 끊을 수 있을 것 같았다. 매일매일 화장을 하고 하이힐을 신고 데이트할 수 있을 것 같았다. 그 남자를 사랑하냐고 누군가 물으면 고민 없이 그렇다고 고개를 끄덕일 거다.

소영이 옥탑방을 나설 때까지 혁은 끝끝내 사랑, 시작, 함께라는 말을 하지 않았다. 소영은 아무렇게나 만져진 몸과 옥탑방을 뛰쳐나오던 기분으로 둘 사이에 아직까지는 없는 마음을 확인했다. 옥탑방을 빠져나온 소영은 미처 다 채우지 못한 블라우스의 단추와 헝클어진 머리카락을 만지며 의미를 정말 조금 알 것 같은 눈물이 흘렀다.

'도대체 오늘 뭘 한 건가.'

아직 몸 구석구석에 혁의 흔적이 남아있다. 집으로 돌아가려 걷고 있는 순간에도 소영을 만지던 혁의 손길이 여전히 느껴지는 것 같았다. 소영은 허공을 걷듯이 스산히 걸어갔다. 온몸으로 초라함을 견디면서도 혁이 무슨 생각을 하고 있을지에 신경이 곤두섰다. 수치심일지 불쾌함일지 모를 감정이 온몸을 쓸고 지나가니 소영은, 지금 혁이 무슨 생각을 하고 있을지 궁금해 미칠 것 같아서 방금 혁의 품을 빠져나온 걸 후회했다. 그저 아주 천천히, 그리고 겨우 발을 딛고 걸었다.

○

소영이 집으로 돌아오고 나서도 혁은 연락이 없었다. 저녁을 먹을 즈음에도 그날 밤에도. 밤새도록 핸드폰에는 아무런 소식도 없었다. 애가 타는 쪽은 소영이었다. 연락하지 않는 시간이 소영을 잊어가는 과정일까 봐 걱정과 후회에 미쳐버릴 것 같았다. 미쳐버릴 것 같은데 미치지 않는 건 정말 괴로운 일이다. 죽을 것 같은데 죽지 않는 일이 과연 다행이라고 말할 수 있을까. 하루종일 한 가지 생각만 하는 건 지옥에서 벌을 받는 것과 같다. 몸에 딱 맞는 감옥에 갇혀서 어떠한 움직임도 허락되지 않는 것처럼, 미치기 직전까지만, 내가 원하는 사람의 마음이 변하는 과정을 상상하는 벌. 그러다 지쳐 조금이라도 편해질까 싶으면 혁의 집 안 구석구석에 남아있던 전 여자의 흔적에 또 다른 방향과 또 다른 강도로 괴로웠다. 사람은 신기하게도 어떻게 생겼는지 모르는 사람도 미워할 수 있다. 무슨 짓을 했는지 모르는 사람을 질투할 수 있다. 그 사람에 대해서 아무것도 알지 못해도 싫어할 수 있다. 그런 감정으로 소영은 한숨도 잠자지 못했다. 내일이면 괜찮아지겠지, 한 번은 겪어야 할 일이라고 마음을 다독여도 눈물이 났다가 헛웃음이 났다가를 반복했다.

결국 소영은 미치지 않았고 언제나처럼 아침은 왔다. 그래도 아침은 온다. 아침에 눈을 뜨자마자 핸드폰을 메시지를 확인했다.

[소영씨 미안해요. 저는 아직인가 봐요. 소영씨 말대로 전 여친이 쓰던 물건 다 정리하는데 소영씨 보다는 전 여친 생각이 더 많이 나네요. 이런 마음으로 다른 사람과 함께 할 수는 없을 것 같아요.]

혁은 고맙다고 했던, 그러니까 소영이 착각했던 그 고백 같은 고맙다는 말을 미안하다는 말로 다시 내뱉었다. 마치 씹다가 뱉은 껍질처럼 미안하다고, 단물을 적당히 확인한 껌처럼 길바닥에 버릴 테니, 아직이라고 했다. 소영은 심장이 문드러지고 가슴이 철렁 내려앉았다. 혁이 소영을 바라보던 그 눈빛은, 소영을 만지던 손길은 어디서부터 어디까지가 진실이고 어디까지가 거짓이었을까. 백 가지도 넘는 생각과 후회가 섞여 눈물이 흐르기 시작했다. 사랑을 잃을지도 모르는 여자는 눈물을 쏟으면 자책하게 된다.

'혹시 내 행동에 문제가 있었나. 우리가 잤다면 오늘 이따위 메시지를 받지 않아도 됐을까. 나를 좋아하는 마음도 닳아가고 있는 건가.'

소영은 심장에 못이 박힌 것 같았다. 소영에게 상처는 깊이

보다 빈도였다. 여기저기서 상처받고 살았다고 생각했지만 자잘한 상처에도 익숙해지지 않았다. 항상 상처는 모였고 깊어져 언젠가 지하에서 폭발했다. 아직 예전 여자를 사랑한다는 남자에게 지금 당장 사랑을 구걸할 수 없었다. 하지만 기다린다는 말은 꼭 하고 싶었다. 소영은 그렇지 않아도 기다려볼 심산이었는데 혹시 기다리고 있다는 걸 혁이 모를까 봐 걱정되었다.

[당연하죠. 그분과의 기억은 8년이고 우린 겨우 시작이니까요. 기다릴게요.]

마지막에 '기다릴게요'라는 말을 백 번을 썼고 아흔아홉 번을 지웠다. 그리고 마지막으로 기다리겠다고 적었다. 기다리겠다고 적고 있는 자신이 한심해서, 또 그 마음이 조절되지 않아서 초라했다.

주변에 결혼하는 친구, 동거하는 친구가 생겼다. 친구들과 동거에 대해 수다를 떨 땐, 얼마든지 상관없다고 했다. 과거 캐는 것만큼 구질구질한 게 어딨냐고, 구질구질한 사랑 따윈 안 하면 그만이라 말했다. 어차피 생활방식의 차이일 뿐이라고. 소영도 가끔 신혼부부 같은 소박한 동거생활을 꿈꾸기도 했다.

'결혼 그거 복잡한 거라며. 손해 보는 거라며.'

같이 요리하고 같이 설거지하고 산책하고 함께 잠들고. 상
상 속의 동거는 늘 낭만적이었다. 하지만 나는 감당할 수 없
을 것 같다고도 말했다. 나와 내가 사랑하는 사람들은 안 그
랬으면 좋겠다고. 혹시 결혼보다 동거를 말하는 사람을 만난
다면 신뢰 없는 가벼운 사이 아니냐는 소영에게 친구들은 촌
스럽다고 놀렸지만, 소영은 자기 자신이 미래가 촌스러운 사
람임을 인정했다. 촌스러운 게 어때서.

메시지를 썼다, 지웠다를 반복하는 동안 더 간절해지는 쪽
은 또 소영이 되었다. 이렇게 애태우고 기다리는 일주일이 지
났다. 시간은 똑같이 지옥처럼 흘러갔지만 그래도 흘러는 갔
다. 미치도록 참아내는 일주일 동안 소영에게 혁이 더 간절해
졌다. 일상이 비슷하게 반복돼도 예상할 수 없을 만큼 불행하
면 거긴 분명 지옥이다. 늘 가던 버스 정류장도, 도서관도, 편
의점도 다 지옥이었다.

소영은 대낮에 맥주 한 캔을 사서 편의점 앞 테이블에 앉았
다. 자책의 부피는 커져 구름만 해졌고 구름이 시커멓게 변하
면 어김없이 눈물이 났다. 울면서 걷다 보면 혁과 처음 만난
편의점이다. 소영에게 세상의 모든 편의점이 혁을 생각나게
했다.

'편의점에는 추억을 남기는 게 아니구나.'

술을 마시면 눈물이 나는 건 그동안 몰랐던 습관이었다. 혁이 생각나서 미칠 것 같으면 ATM기 앞에서 현금 만 원을 인출 했다. 비밀번호도 틀려보았다. 비밀번호가 틀렸으니 다시 누르라는 멘트가 나오면 혁에 대한 그리움이 조금 해소되었다. 조금 나아지는 것 같았다. 소영이 지옥에서 혁을 추억하는 방법이었다. 눈물이 눈동자에 반쯤 걸쳐져 반짝거릴 때쯤 테이블 아래로 고양이 한 마리가 걸어왔다.

"야옹."

고양이는 소영과 눈을 마주쳤는데, 그 고양이와의 눈맞춤에 눈물은 폭발하고 말았다. 혁의 집에서 커피를 마셨던 머그컵에 그려져 있던 고양이와 털 색깔이 같았다.

"털 색깔이 같아. 털 색깔이. 고양이가. 어떻게 털 색깔이 이렇게 같을 수가 있어."

소영은 고양이 털 색깔 때문에 눈물이 폭발하기 시작했다. 고양이 털 색깔이, 심지어 그 색깔이 같아서 문제다. 소영은 혁의 옥탑방으로 단숨에 뛰어갔다. 울지 않아야 한다, 울지 않아야 한다. 지금 혁을 만나러 갈 것이고 혁이 왜 우냐고 물으면, 혁을 처음 만난 그날 술 취해서 뽀뽀하려 들이대던 순간보다 더 부끄럽고 창피할 것 같다.

○

옥탑방은 살짝 현관문이 열려있었다. 그 여자가 썼던 물품들로 속을 꽉 채워 처박혀 있는 쓰레기봉투가 신발장의 반을 채우고 있었다. 분홍색 이불, 숟가락, 젓가락, 오래된 핸드폰, 슬리퍼, 생리대, 팬티, 브래지어가 쓰레기봉투 속에서 비쳐 보였다. 방안에는 술 냄새가 진동했고 그 술 냄새를 풍기는 혁이 등을 보이고 잠을 자고 있었다. 반쯤 차서 아직 묶이지 않은 쓰레기봉투가 지금의 현실처럼 멀뚱히 버티고 있었다. 현실은 언제나 상상하던 것보다 훨씬 멜랑꼴리하다. 지금 이 공간으로 걸어 들어가면 소영 앞에 놓여 있는 멜랑꼴리한 현실이 미래가 될 거다.

소영은 술 냄새를 풍기면서 저렇게 등을 보이고 누워있는 저 남자를 이미 사랑해 버렸다. 고민했지만, 시간이 좀 걸렸지만 사실 선택의 기회 따위는 없었다. 선택이란 두 개 이상의 비슷한 조건일 때 고민이다. 하지만 지금의 조건은 단 하나뿐이었고 소영은 선택의 권한조차 없는 한 남자를 원하는, 그 남자의 사랑을 받고 싶은 힘없는 여자일 뿐이었다.

소영은 억지로 웃으려 애썼다. 어느 하나도 꼭 집어서 말로 표현할 자신이 없어서 일단 웃었다. 사실 소영은 쓰레기봉투에 그 여자의 흔적을 담고 갖다버리려고 했다는 혁의 말을 믿지 않았었다. 연락이 없던 시간 동안 이 사람은 나랑 사귀고 싶은 사람이 아니라 한 번 자고 싶었던 사람일 뿐이라고 생각하면 그래도 위안이 되었다. 뺨이라도 때리고 나왔다면 더 좋았겠지만, 어쨌든 그렇게 가볍게 생각하면 괴로운 게 조금 나아졌다. 분명 그 순간 아주 잠깐 괜찮아졌는데 이상하게 위안이 되면서 더 괴로웠고 비참했다. 이렇게 쓰레기봉투에 물건들이 버려지기 위해 담겨 있다는 건 적어도 노력했다는 증거다. 그게 소영은 자신을 받아들이기 위한 노력이라 생각하고선 생각이 여기까지 닿으니 고맙기까지 했다. 소영은 신발을 벗고 혁의 집으로 들어갔다.

인기척에 혁이 잠을 깨서 돌아보았다. 퉁퉁 부은 얼굴과 몰골이 어제 늦은 시간까지 술을 먹었음을 짐작하게 했다. 그날보다 혁은 형편없는 표정이 되어있었다. 소영은 혁이 안쓰러웠다. 잠시 소영을 보고 부드러운 표정을 짓고서는 금세 차가운 표정으로 바꿨다. 어떤 게 혁의 표정의 기본값인지는 알 수 없었다. 뒤돌아 누워 잠시 꿈틀거리던 혁은 일어나지도 않고 말했다.

"왔어? 웬일이야."

혁이 끝을 내리는 말투로 말했다. 너무도 자연스러운 반말이었다. 소영은 혁의 반말을 인식하지 못한 채 자연스럽게 둘의 대화에 스며들었다.

"어. 지나가다."

소영은 마땅한 대답이 생각나지 않아 아무 말이나 나왔다.

"넌 5층을 계단을 우연히 지나가니? 뛰어왔네. 뭐."

소영이 자신도 모르게 피식 웃었다. 이미 마음을 다 들킨 것 같아서 오히려 시원했다. 저런 차가운 표정 말고 혁이 부드럽게 웃어주는 표정이 보고 싶다고 생각한 자신이 황당할 만큼 어이가 없기도 했다. 혁이 속이 아프다는 듯 인상을 찡그렸다. 반가움은 없었다. 소영은 어쨌든 지금 혁을 바라볼 수 있고 가까이 가면 만질 수 있고 함께 있으니 그걸로 되었다. 소영은 혁이 나가라고 할까 봐, 보고 싶지 않다고 말할까 봐 겁이 나서 얕게 바들바들 떨고 있었다.

"술 많이 마신 거야? 속은? 해장해야지. 우리 밥 먹자."

소영은 혁의 찡그린 표정을 보자 따뜻한 밥을 먹이고 싶어졌다. 복잡하고 진지한 얘기보다 그냥 편한 밥 얘기나 하고 싶었다. 서 쓰레기봉투가 현관에 있는 과정을 캐묻고 혁의 얘기를 듣는 것보다 더 편할 것 같았다. 소영이 주방으로 들어갔다. 쌀은 싱크대 아래쪽의 서늘한 곳 쌀통에 잘 정리되어 있었다. 혁이 혼자 살았다면 이 집에 쌀통은 없었을 거다. 애초에 쌀 따위 없었을 거다. 깨끗한 쌀통과 얼마 전까지 사용한 것 같은 깨끗함과 사용감의 이유를 예상할 수 있었다. 소영은 아주 잠깐은 그런 생각을 했다. 쌀 주걱으로 쌀을 뜨려고 하는데 혁이 곤란하고도 미안하다는 듯이 말했다.

"내가 대충 시켜 먹자고 했는데 걔는 꼭 해 먹자고 해서. 아. 미안. 근데 그건 쓰면 될 것 같아서 정리 안 했어. 새 거야. 어차피 또 사야 하잖아. 새로 사면 다 돈이잖아."

혁은 굳이 하지 않아도 되는 말을 속 쓰리다는 표정을 지으며 했다. 굳이 알고 싶지 않은 사실, 세상엔 지금 당장 알 필요 없는 사실도 있다. 이럴 땐 진실이, 저 남자의 솔직함이 참 잔인하다. 소영은 멈칫했지만, 각오했다는 듯 아무 말도 하지 않았다.

그날 밤, 소영은 혁의 품에서 잠들었다. 둘의 첫날밤, 혁에게서 술 냄새가 났고 어떤 추억이 처박혀 있는지 알 수 없는 쓰레기봉투는 현관에 그대로 있었다. 쌀통과 쌀 주걱은 다시 쓰일 것처럼 버티고 있었다. 소영과 혁이 배가 고프면 당연히 다시 사용될 것처럼.

혁은 처음 보다 배려 없이, 쉽게 소영을 만졌다. 혁은 전날 술을 많이 마셔서 아직 컨디션이 좋지 않다고 했다. 소영의 왜 그렇게 많이 마셨냐는 말에 '너 때문이라고' 했다. 어제가 괴로웠다는 혁의 말에 소영은 희미하게 사랑을 느꼈다. 혁의 입속에서 나던 술 냄새는 거친 숨소리를 내며 혀를 타고 소영의 입속으로, 목구멍으로 들어와 심장까지 닿아 소영의 신경을 마비시켰다. 소영의 몸은 혁의 모든 터치에 파르르 떨렸다. 혁이 굳이 노력하지 않아도 소영은 혁이 원하는 만큼 쌔끈거리며 흥분했다. 거칠게 만지는 혁의 손과 입술에 끌려다니듯 나지막하고 여성스럽게 신음했다.

혁의 본능대로 시간이 흘러가던 밤, 소영은 알 수 없는 서글픔이 느껴졌다. 그도 그럴 것이 소영은 잠자리가 편치 않았다. 경험이 많지 않은 소영은 쾌감보다는 아팠다. 소영에게 오늘 밤은 혁을 잡고 싶은 마음을 들키는 밤, 그 이상도 그 이하도 아니었다. 소영은 그날 밤, 한 남자의 품에 안긴 이름 없는 여자일 뿐이었다.

"이건 뭐야?"

침대에 나란히 누워 혁을 뒤에서 안고 있던 소영이 손가락을 꼼지락거리면서 말했다.

"아, 타투"

혁의 어깨에는 작은 타투가 있었다. 이니셜처럼 생기기도 한 그림 같은 글씨였다.

"이건 언제 한 거야?"

"글쎄. 잘 기억 안 나."

혁은 건성으로 대답했다. 소영은 혁의 대답을 포기하고 씻으려 자신을 감싸고 있는 혁의 몸을 풀었다. 혁은 귀찮다며 그냥 자자고 했지만 소영은 샤워가 하고 싶었다. 막상 이불을 빠져나오니 어색함이 밀려왔다.

— 그래. 사랑의 시작은 늘 어색한 거라고.

소영은 욕실의 문을 열고 들어가 문을 닫고 샤워기 앞에 섰다. 이 집의 욕실에 덩그러니 서서 어른의 연애는 이런 건가, 느리게 생각했다. 창문 틈 사이로 서늘한 공기가 들어와 소영의 살결을 시리게 했다. 가을과 바람, 계절 같은 평온한 것들을 억지로라도 떠올리며 안정감을 찾고 마음을 다잡으려 하는데, 혁이 갑자기 닫힌 욕실의 문을 열고 들어왔다.

"바디워시 뚜껑 열어줄게. 새 거 처음 쓸 때 오픈하기 힘들잖아."

혁은 손가락으로 새 바디워시의 뚜껑을 두어 번 돌리더니 펑, 하는 소리가 나자 소영을 한 번 쳐다보곤 욕실을 나갔다. 늘 그렇게 해왔던 사람처럼 당연하게. 소영은 그런 혁을 멀뚱히 쳐다봤다.

'아, 예전의 그 여자는 참, 이런 걸 못 했구나.'

소영은 본능적으로 이해되는 이 상황이 참 싫었다. 사람과 사람이 함께 했다는 건 흔적을 남기는 일임을 새삼 실감하며 바디워시를 이리저리 돌리던 혁의 손가락만 바라보고 있었음을 깨달았다. 그 표정을 볼걸. 혹시 전 여자를 그리워하는 표정은 아니었겠지.

소영은 불안함에 머리를 흔들었다. 솜사탕을 구름이라 말하며 다정했던 그때의 혁을 떠올려 잠시 그때의 나를 추억하고 지금의 나를 연민했다. 샤워를 끝내고 소영이 다시 침대에 누웠을 때 혁은 반쯤 잠들어 있었다. 얘기 좀 하자는 소영의 말에 전날 술을 너무 많이 마셔서 피곤하다고 했고, 나 때문이니 소영은 이해하기로 했다. 소영은 혁의 침대에서 혁의 팔을 베고 혁의 품에서 잠들었다. 그리고 잠든 혁의 품에서 조금 무너졌다. 혁의 팔을 베고 혁에게 안겨서 소영은 대화하고 싶었다. 소영이 혁을 그리워하던 일주일을 어떻게 보냈는지, 우리 사이는 어떻게 이름 지어야 할지, 내일 아침에 무엇을 먹을지 같은 시시콜콜한 대화가 하고 싶었다. 그런 시시콜콜한 것들은 잠든 혁의 품속에서 그대로 삼켜졌다.

연애에서 함께 밤을 보내는 것과 대화는 마치 순서가 정해져 있는 것 같다. 연애 초기엔 대화를 먼저 하지만 시간이 지나면 먼저 잠을 자기도 하는데, 그럴 땐 사랑의 크기가 역전되어 있기도 하다. 더 많이 사랑하고 원하는 게 더 많은 사람이 더 많이 말하고 더 많이 양보한다는 보이지 않는 룰은 둘 사이에서도 무의식적으로 지켜졌다.

○

　다음 날 아침도 혁에게 술 냄새가 났다. 그 채로 꽉 끌어안
아서 소영은 숨이 막혔다. 가끔 아침에 따뜻한 햇살을 느끼며
사랑하는 사람과 함께 눈을 뜨고 뽀뽀로 하루를 시작하는
로맨틱한 상상을 한 적이 있었다. 그런데 누군가와 함께 눈을
뜨고 아침에 뽀뽀를 한다는 건 밤새도록 입속에서 묵힌 냄새
를 맡는 일이었다. 소영의 컨디션과 맞지 않는 혁의 체온이 그
렇게 유쾌하지만은 않았다. 소영을 끌어안는 혁의 팔에는 힘
이 들어가 있었고 소영은 좁은 침대에서도 원치 않는 곳으로
끌려가는 느낌이 들었다. 소영이 살짝 빠져나가려 하면 혁은
힘을 써서 기어코 소영을 품속에 넣었다. 그 품은 따뜻할 때
도, 편안할 때도, 불편할 때도, 숨 막힐 때도 있었다. 소영을
품에 넣고 반쯤 감긴 눈으로 혁이 말했다.
　"여기서 살 거지? 집에 가면 뭐해? 월세도 아끼고 좋잖아.
여기서 지내."
　그날 아침부터이다. 소영은 혁의 제안을 거절할 수 없고 소
영은 혁에게 아무런 제안을 하지 않는 사이. 두 사람은 그런
사이가 되었다. 여전히 특정 단어로 두 사람의 사이를 설명할

순 없었다. 옥탑방과 혁은 그대로인데 같은 공간 같은 사람에 여자만 바뀌는 것만 같았다. 생각이 모여 걱정이 될 때쯤이면 혁은 소영을 더 꽉 끌어안아 이마에 입을 맞추면서 안심시켜 줬다.

"뭐, 사랑하는 사람이랑 같이 살면 좋잖아. 사랑하는 데 뭐가 더 필요해?"

사랑하는 데 필요한 것들...

사랑하는 사람이라는 말에 소영은 쉽게 설득되었다. 그렇지만 여전히 온몸으로 느껴지는 혁의 강압적인 힘과 소영의 코끝을 괴롭히는 혁의 체취와 불쾌함에 정신이 아득하기도 했다. 소영은 혁의 마음보다 몸이 더 강하게 느껴지는 지금이 조금 버거웠다. 혁은 소영이 숨만 겨우 쉴 수 있을 정도로 꽉 끌어안았다. 소영은 혁의 품에서 겨우 몸을 꼼지락거리며 입을 꼼지락거렸다.

"같이 산다는 건, 사랑할 시간이 많은 것이기도 하지만 그만큼 싸울 시간이 많다는 뜻도 되잖아."

"싸워봐야 서로를 알지. 한 사람의 밑바닥을 봐야 그 사람의 전부를 사랑할 수 있어."

일부를 보여주지 않는 것과 작정하고 속이는 것이 뭐가 다를까.

소영은 밑바닥을 본 사람과 계속해서 잘 지낼 자신이 없었다. 소영은 자신을 적당히 숨기고 꾸미고 마찰은 피하며 산다. 그게 소영이 짧은 사회생활을 하며 찾은 상식이고 예의며 배려였다. 사랑이 사람의 밑바닥을 보여야 하는 이유가 될지는 몰랐다. 어떤 사람을 만날 때에도 그 사람과 좋은 걸 함께하고 싶은 꿈을 꿨지, 그 사람의 밑바닥을 상상해본 적은 없었다.

혁이 말하고 있는 그건 아마도, 전 여자의 밑바닥을 봤다는 뜻이기도 할 거다. 하지만 둘은 헤어졌고 지금은 없는 사람이다. 있어봤자 기억 속에 있는 사람일 뿐이다.

"네가 양파 까면 내가 그 양파 썰고, 내가 세탁기 돌리면 네가 빨래 널고."

"그럼 빨래 개는 건 누가 개는 거야?"

"같이 해야지."

"그래. 간단하게 생각하면 간단한 거야."

그래. 복잡하게 생각하면 한없이 복잡해질 일이야.

썸과 동거는 모호하고 불안하다는 면에서는 같았다. 언제, 어디서, 어떤 기억이 튀어나올지 모른다는, 그래서 책임지지 않는 것들. 소영은 혁과 이야기하면서도 마음 한편에는 불안함이 뿌옇게 쌓였다. 더 정확히는 혁의 과거가 불안했다. 희한하게도 사랑하는 만큼 불안했다. 지금과 미래는 불안하지 않는데 과거가 불안한 지금, 지금 내 옆에 있는 이 남자를 사랑한다. 혁을 사랑하는 만큼 더 불안했지만 불안보다 확실한 건 혁과 헤어질 수 없다는 거였다. 헤어짐을 감당할 자신이 없으면 헤어짐 외의 모든 것에 쓸데없이 용감해지기도 한다.

소영은 멍청한 용기를 끌어모아 이 남자와 함께 살게 되었다.

○

아침 일찍 혁은 미팅이 있다며 침대에서 일어났다. 소영은 혁의 힘이 느껴지는 품이 버겁다가도 혁이 그 힘을 풀면 그의 품에 조금 더 안겨 있고 싶었다. 소영은 혁이 침대에서 일어나 뒷모습을 보이면 좀 전의 다정함이 아쉬웠다. 더 있다가 나가면 안 되냐는 소영에게 혁은 곰인형을 안겨 주고 소영의 이마에 입 맞추고는 침대에서 아무런 미련 없이 빠져나갔다. 소영은 곰인형을 꽈악 끌어안으며 다시 얕은 편안함을 느꼈다. 얕은 행복이었다. 소영은 곰인형이 주는 푸근함에 긴장이 풀려 조금 더 잠을 잤다. 그 곰인형이 소영의 품에 오기 전에 다른 누군가의 품에 있었을 거란 상상에서도 점점 무뎌져 갔다.

그날 밤, 저녁을 먹으면서 소영이 혁에게 말했다.

"저 쓰레기봉투는 언제 버릴 거야? 들고 내려가기 무겁겠다. 어차피 버릴 거 빨리 버리자."

"급할 것 없잖아. 저 안에 은근히 쓸만한 것도 많아. 거의 다 새 거야. 음식물 쓰레기 아니니까 냄새나거나 하지 않고."

소영은 혁의 예전 동거가, 그의 전 여자가 차라리 냄새나는 음식물 쓰레기였으면 했다. 그랬다면 썩고 냄새나서 당장이라도 내다 버렸을 거다. 수거해가서 동물의 사료로라도 쓰였을 거다. 사람의 흔적이라는 게 그럴 수 없어서 더 구역질 난다. 기억 속에만 있지만, 분명 눈에 보이지 않는데 함께 있는 느낌. 소영은 가끔 세 사람이 같이 사는 것 같았다. 혁에게 그전 여친이라는 사람은 도대체 어떤 기억으로 어떻게 섞여서 어떤 냄새를 풍기고 있는지. 쓰레기봉투는 두 달도 넘게 방치되었다. 가끔 혁은 필요하다면서 몇 가지 물건을 꺼내기도 했다. 처음엔 소영의 눈치를 봤지만 나중에는 자연스러웠다. 소영이 그러지 말라고 말을 하면 큰 싸움으로 번져서 차라리 모른 척했다.

소영은 가끔 불행했고 가끔 괜찮아졌다. 참을 수 있을 만큼 적당히 불행했다. 특별한 꿈도, 미래도, 로망도, 로맨스가 없어도 둘은 매일 저녁 함께 밥을 먹었다. 그리고 TV를 보거나 게임을 하다가 밤이 되면 함께 잠이 들었다. 사랑이 있는지 없는지 몰라도 하나의 침대에서 함께 잠들었다. 소영은 그저 습관이고 버릇이라 생각했다. 자고 있다가도 혁이 허벅지를 만지고 가슴에 입을 맞추면 소영은 바로 잠에서 깨어나 혁 쪽으로 몸을 돌렸다.

그날도 소영은 혁의 팔을 베고 누웠다. 이제 이 침대와 혁의 팔베개가 너무 자연스럽다.

"그런데 말이야. 그때 왜 나한테 사이다 사줬어?"

"언제?"

"그때. 우리 처음 만났을 때."

혁은 마치 여름에서 가을로 넘어가던 어느 날, 우리는 시원한 사이다를 함께 먹은 적이 없다는 듯이 한참을 생각하고는 많은 것을 잊은 사람처럼 말했다.

"지난 일이 뭐가 중요해? 어차피 지난 일인데. 술 마시면 여자들 시원한 거 먹고 싶어 하던데?"

혁은 관심 없다는 듯, 마치 너에게만 특별히 그랬을 리가 없다는 듯 소영을 흘끔거렸다. 소영은 순간 거짓말 비슷한 거라도 해주길 바랐지만 혁은 그대로 코를 골면서 잠들었다.

― 이런 게 전부를 보여주는 건가.

― 외로워지는 연습.

소영은 그렇게 외로움을 받아들였다. 사랑하는 사람이 있어도 외로움이 모이면 차라리 혼자이고 싶어진다. 사람이 그렇고 사랑이 그렇다. 사랑해서 같이 산다는 말은 틀린 말이다. 함께 사는 사람들은 서로의 연속이고, 습관이고, 버릇일 뿐이다. 동거란 서로의 습관에 익숙해지고 세세한 버릇을 알아가는 일상일 뿐이었다. 연애하지 않고 사랑하지 않고 사는 사람들도 멀쩡한 일상을 보내며 사는 것처럼, 동거도 사랑 없이도 멀쩡히 살 수 있는 일상이었다. 동거는 연애와는 많은 것들이 달라 서로 담백하지 못하고 진득해질 수 밖에 없다. 소영이 꿈꿨던 운명과 사랑은 함께 살면서 변질되어 어떤 식으로든 마구잡이가 되어갔다.

혁이 출근한 오후, 소영은 아침에 혁이 안겨 주었던 곰인형을 끌어안고 누워서 핸드폰 속 연락처 리스트를 천천히 넘겨보았다. 네모 모양의 핸드폰 속 이름들이 낯설게 느껴졌다. 없었다. 지금의 현실에 대해서 함께 얘기할 친구는.

내 현실이 문제일까. 제대로 된 친구가 없는 게 문제일까.

소영은 점점 할 말, 친구들과의 가벼운 수다의 주제도 없어지는 인생으로 변해가고 있었다. 이곳에서 살고 있지만 어딘가에 갇힌 느낌, 세상과의 통로는 혁이었다.

외로워지는 것 말고는 아무것도 하지 않은 오전과 오후, 그리고 밤. 그 후면 어김없이 찾아오는 어떤 새벽. 먼지 뭉텅이처럼 모여 엉기는 어떤 외로움으로 옥탑방 속에 갇힌 소영의 시간은 채워졌다. 혁의 하루를 알고 혁의 작은 습관, 버릇, 잠자는 모습을 알고 서로에겐 익숙해져 가고 있었지만 어느 날 생각해 보면 문득문득 불행한 날이 많아졌다.

○

아침에 눈을 떠보니 소영은 몸이 으슬으슬 떨렸다. 몸이 무거워 이불 속에서 돌아 누우니 콜록, 하고 기침이 나왔다. 몸은 춥고 머리는 무겁고 목구멍은 따갑고 손끝과 가슴은 시린 채 침대에 혼자 누워있었다. 혁은 이미 나갔나 보다. 혁의 일은 일정하지 않는데 말없이 출근한 지는 꽤 오래되었다. 소영은 가끔 이 옥탑방에 살고 있는 사람은 자신이고 혁은 손님인가 생각하기도 했다.

'창문을 열고 잤나.'

소영은 무거운 몸을 일으켜 여기저기 창문을 확인했다. 창문은 잘 닫혀 있었지만 그 사이로 찬바람이 새어 들어왔나 보다. 특히 화장실 문이 열려 있어 그 앞에 서 있기만 해도 제법 서늘했다. 소영은 병원을 가기 위해 샤워를 하고 밥을 든든히 챙겨 먹었다. 세수를 하고 오랜만에 외출복을 입었다.

핸드폰과 지갑을 챙기고 문득 병원을 가면 결제는 어떻게 하지, 생각했다. 통장 잔고가 네 자리였나, 다섯 자리였나 정확하게 떠올리지 못한 채 모자를 쓰고 거울을 보았다. 화장기 없는 뽀얀 피부가 모자와 여전히 어울리지 않았다. 소영은 모자를 더욱 꾸욱 눌러쓰고 집을 나섰다.

정말 오랜만의 외출이었다. 마트 말고 적당히 끼니를 때우러 동네에 나간 것 말고는 기억나지 않았다. 소영은 애초에 외출을 좋아하지도, 그렇다고 새로운 사람을 만나는 게 그렇게 유쾌하지 않았다. 혁과 함께 살게 되면서 그런 면에선 참 편하고 안정적이었다. 혁의 옥탑방은 좁은 만큼 금방 익숙해졌고 그 안에 갇히기만 하면 소영이 느껴야 하는 새로운 자극은 없었다.

버스를 타고 가는 내내 마른 기침이 나오고 목이 아프고 눈이 시큰거렸다. 콧물이 찔끔찔끔 나오고 있었고 컨디션이 좋지 않았지만 외출할 이유가 생긴 것 같아 내심 기분이 살포시 좋아졌다.

– 내가 가만히 있을 때 움직이는 것들.

버스의 창밖으로 가을은 한창이었고 사람들은 분주히 움직이고 있었다. 소영은 버스 창밖을 바라보며 오랜만에 마주하는 활기찬 분위기가 생경해 마치 TV를 바라보듯 시선 너머를 응시했다.

'아, 혁에게 연락해야지.'

― 감기인 것 같아서 병원 다녀올게.

"독감이에요. 심한 편이니까 푹 쉬어요. 약은 3일치 나가니까 꼭 챙겨드시구요."

"같이 사는 사람에게 옮길 수 있을까요?"

"부모님이요?"

"…"

"아무래도 연세가 있으신 분들은 더 조심해야겠죠. 마스크 꼭 쓰시구요. 집에 어른 계시면 수건은 따로 쓰는 게 좋아요."

의사는 인자하게 웃었다. 소영은 그 인자함에 말문이 막혔다.

― 왜 누구와 같이 산다고 말 못 했지. 그러니까 독감을 옮길까 봐 걱정하고 있는 이 사람을. 그 관계를 어떻게 말하면 좋을까.

진료를 마치고 병원을 나서는데 혁이 저만치에서 걸어오고 있었다. 혁은 집에서 보통 팬티만 입고 누워있었는데 오랜만에 몸을 가리고 있는, 아니 걷고 있는 혁을 보는 것 같아 괜한 어색함이 밀려왔다. 소영은 집에서보다 옷을 다 입고 걸어오고 있는 혁이 훨씬 남자답다고 생각했다.

"독감이래."

"아. 감기 걸린 거야? 금방 낫겠네. 출출하다. 밥 먹으러 가자."

독감이 감기로 들리는 이 남자.

소영은 병원으로 오기 전 먹은 밥이 아직 소화되지 않았다.

'그래. 약은 먹어야 하니까.'

둘은 가장 먼저 보이는 아무 백반집으로 들어갔다. 오랜만에 외식이라 소영은 약간 어색하고 설레고 두근거렸다. 소영은 온몸에 랩을 감은 것처럼 평소의 체온보다 높은 몸의 열기가 느껴졌고 이마로, 겨드랑이로 식은땀이 비치고 있었다.

"여기 차돌박이 된장찌개 두 개 주세요."

밑반찬이 먼저 깔리고 뚝배기에 보글거리는 된장찌개가 테이블에 놓였다. 혁은 허겁지겁 숟가락을 들어 김이 모락모락 나는 흰쌀밥을 숟가락으로 떴고 소영은 그런 혁을 조용히 바라보고 있었다.

"네가 해준 게 훨씬 맛있네."

혁은 칭찬이라고 말했다.

– 시판용 된장찌개로 아무 양념 없이 끓인 건데.

"많이 먹어."

혁은 하얀 쌀밥을 숟가락 가득 퍼서 힘차게 자신의 입으로 넣었다. 그렇게 대여섯 번을 반복하고선 조금 배가 불렀는지 소영에게 손등을 내밀어 보라고 말했다.

소영은 하얗고 가느다란 손등을 슬그머니 내밀었다. 혁은 밑반찬으로 나온 시래기국 국물을 입에 넣고 입안에서 굴린 후, 삼키더니 소영의 손등에 호~ 하고 입김을 쏟아냈다.

"따뜻하지? 감기 얼른 나아."

소영의 하얗고 가느다란 손등에 힘이 빠졌다. 혁은 대단한 위로를 한 듯 싱글벙글거렸다.

"보일러는 끄고 나왔어?"

굳이 지금 묻는 보일러의 온 오프.

"…"

소영은 대답하지 않았다. 혁은 숟가락을 멈추고 볼에 남아 있는 밥알들을 천천히 굴리며 못 들었냐는 눈으로 소영을 치켜뜨고 보았다. 의도적이진 않았을 거다. 그래, 화나 짜증, 그런 게 난 건 더더욱 아닐 거다.

"응."

"오늘 빨래 돌려야겠다. 집에 빨리 들어가서 가을옷 정리하자."

혁의 입은 밥과 반찬을 씹으며 말을 한다고 바빴다.

"응."

"저녁에 만둣국 끓여 먹을까? 집에 만두 있어? 우리나라 사람들 참 웃기지 않아? 이렇게 점심 먹으면서 저녁 먹을 생각하는 거 보면. 다들 먹는 데 진심이라니까."

혁은 된장찌개를 먹는 데 진심인 듯 보였다. 소영은 냉장고 속에 뭐가 있나, 생각을 굴렸다. 그리고는 혁의 말에 긍정했다.

요리를 할 때마다 예전에 있던 쌀 주걱으로 그러니까 누가 썼을지 모를, 더 정확히 말하면 이전에 이 집에서 살던 여자가 썼던 그 주걱을 소영이 쓰고 있었다. 소영은 된장에 있는 차돌박이를 골라 혁의 뚝배기에 건넸다.

"어제 주인 아줌마한테 전화가 온 거야. 집에 또 여자 들였냐고 물으시더라."

혁은 신기하다는 듯 잠시 싱긋하고는 차돌박이와 된장찌개의 채소들을 국물과 최대한 퍼서 흰 쌀밥에 넣고 슥슥 비볐다.

"어? 어떻게 아셨대?"

"수도 요금이 많이 나왔대. 역시 아줌마들 촉이란."

소영은 어차피 밥을 먹고 와서 지금 앞에 놓인 음식들이, 그 상차림이 과했다. 그게 무엇이든 과해서 체할 것 같았다. 혁은 참 맛있게도 먹었다. 소영은 은연중에 둘 사이에 지나간 근래 몇 번의 밤이 생각났다. 요즘 소영을 만지는 손길이 없어졌다는 걸. 왜 하필 소영의 뚝배기에서 혁의 뚝배기로 차돌박이를 숟가락으로 옮기면서 생각이 났나 모르겠다.

소영과 혁은 정말 오랜만에 바깥 데이트를 했다. 소영은 거리의 수많은 사람들 사이에 섞이는 기분이 제법 낯설고 두려워 혁의 팔짱을 꼬옥 꼈다. 한때는 좁디 좁은 길에 둘만 서 있는 상상을 하면서 이 세상에 혁과 단둘이서만 살고 싶다는 생각을 할 때도 있었다. 둘만의 세상을 만들고 싶었다. 한때 소영에게 혁은 어떤 세상을 만들고 싶게 하는 남자였다.

소영은 길을 걷다가 우연히 옷가게 앞에 멈춰 섰다. 예전에 소영이 평소에 즐겨 입던 옷을 마네킹이 입고 있었다. 회사 생활을 하며 규칙적인 꾸밈과 관리를 하던, 외출할 땐 하이힐을 꼭 신던 그때 즐겨 입던 옷이었다. 파스텔톤 분홍색의 무릎 아래까지 오는 치마와 하얀 블라우스는 정장인 듯, 캐주얼하게 입을 수 있는 디자인이었다. 옷의 재질은 딱 지금, 가을에 인기 좋아 보였다. 소영은 자신도 모르게 꼬옥 잡고 있던 혁의 팔짱을 스르르 풀었다. 잠시 현기증이 났던 건 몸속의 독감 바이러스 때문이었을 거다. 소영은 이마에 손을 대 보았다. 열이 살짝 올라있었다. 그리곤 한참 저런 옷을 좋아하던 그때의 나를 추억했다. 옷가게의 유리에 골똘한 소영이 흐릿하게 비췄다. 유리의 소영은 헐렁하게 혼자 서 있었다. 유리창에 흐릿하게 비추고 있는 그 여성은 지금, 사는 게 힘들다고 말하면 사람들이 그 말을 진짜 믿고 동정할까 봐 아무 말도 하지 못한다. 옷가게의 유리는 소영의 생기 없는 입술까지는 비추지 못했다. 그저 까맣게 가을빛을 반사하고 있을 뿐이었다.

'굳이 살 필요 있나. 입고 갈 곳도 없는데.'

소영은 흐릿한 고민을 하다 이내 체념하고 유리에 비친 앞모습을 돌려 뒷모습을 비추고는 천천히 작아지게 걸어갔다.

혁의 팔짱을 끼고 종종거리며 따라다니는 일은 정말로 재밌고 즐거웠다. 마치 소풍을 나온 것처럼 두근거리고 설레었다. 초콜릿처럼 달콤하게 설레는 소영에게 혁이 말했다.

"너 그렇게 웃는 거 진짜 오랜만에 보는 것 같네."

진짜 오랜만에 소영은 이렇게 웃었다. 소영의 신나는 마음을 보여주듯 볼의 깊은 곳에 숨어있던 보조개가 패였다, 없어졌다를 반복하고 있었다.

소영은 집에 돌아와서 냉동실 확인부터 했다. 다행히 점심때 혁이 저녁으로 먹고 싶어 했던 만두가 냉동실에 있었다.

"별것도 안 했는데 피곤하다. 역시 집이 최고야."

혁은 신발을 벗고 거실에 들어서자마자 청바지의 지퍼를 내렸다. 그 자리에서 바지에서 빠져나오고 걸어가면서 입고 있는 티셔츠를 벗었다. 팬티에 양말만 신은 상태로 몇 걸음 걸어가고는 양말 두 짝도 벗었다. 혁이 좁은 거실에서 걸어간 자리에 청바지와 티셔츠, 양말 두 짝을 남겼다.

"청바지는 걸고 티셔츠는 빨래통에 넣어 둬. 양말도 주워서 넣구."

혁은 마지못해 바닥에 놓인 티셔츠와 양말을 빨래통에 던져 골인시킨 후 비로소 자유롭다는 표정으로 소파에 누웠다.

"나 말 듣지?"

"그래."

소영도 손을 씻고는 편한 옷으로 갈아입은 후 오늘 입었던 티셔츠를 빨래통에 넣었다. 빨래통에는 혁과 소영이 입었던 속옷과 양말, 티셔츠들이 아무렇지도 않게 섞여 다소곳이 포개져 있었다. 내일쯤 다 섞여서 한꺼번에 세탁기에 들어갈 거다.

― 동서는 입었던 옷을 함께 빨면서 사는 거야.

소영은 거실로 나왔다. 옥탑방은 거실과 주방이 연결된 구조였다. 소영은 혁과 함께 집에 있는 날이면 방에서 나와서 쉬었는데 거실에 나와도 주방의 싱크대, 가스렌지, 음식물 쓰레기 통 같은 것들을 눈으로 확인해야 했다. 주방 기구와 전

자제품에는 세월의 흔적이 고스란히 묻어있었다. 소영은 단순한 세월의 흔적이 아니라 어떤 사람의, 그러니까 어떤 여자의 흔적임을 잘 안다.

― 차라리 보지 말자고.

눈을 감으면 느낄 수 있는 안정감이 따로 있었다. 어쨌든 눈을 뜨고 있는 것보다는 훨씬 견딜만했다. 눈을 감으면 볼 수 없는 것들에 불만을 갖지 말자고, 속상해하지 말자고 그렇게 다짐하고 또 다짐했었다. 소영은 오늘도 거실의 벽에 비스듬히 주저앉아 조용히 눈을 감았다. 소영은 오늘 너무 행복했다. 혁을 처음 만났던 그 날로 돌아간 것처럼, 마치 초등학교 때 소풍 가던 추억처럼 행복했다. 하지만 눈을 뜨면 소영의 눈높이에 오래된 싱크대가 들어왔다. 처음엔 아담하고 소박하다고 느꼈던 옥탑방은, 벽에 여기저기 얼룩져 있었고 날아다니는 검은 생물체들이 접착한 듯 벽에 붙어있었다. 소영은 누렇고 거무튀튀한, 새것과는 어울리지 않은 색깔들로 가득한 벽지를 반쯤 눈을 뜨고 바라보았다.

'어떡해. 너무 행복했잖아. 너무너무.'

소영에게 오늘은 과거형이었다. 지금, 현재라는 시간은 없어진지 오래다. 혁과 함께 살면서 빼앗긴 게 있다면 지금이었다. 아무도 훔쳐 간 사람은 없는데 소영에게 지금은 남아있지 않았다. 소영은 이렇게 일상적인 오늘에 지나치게 행복함을 느끼고 있는 자기 자신에게 연민이 느껴졌다. 불쌍했다. 가벼운 감기에 걸린 사람처럼 보낸 오늘, 너무 소소한 것들에 눈물나게 행복한 이런 가녀린 일상에 소영은 지쳐가고 있었다.

그날 소영은 독감 약을 챙겨 먹는 걸 잊은 채, 혁과 등을 맞대고 잠들었다. 한숨 자고 일어나면 금방 괜찮아질 감기에 걸린 것처럼 등을 구부리고선 새근하게.

○

가을날, 선선한 바람에 은근함을 담고 싶은 그런 파아란 하늘 항아리에 구름이 담긴 어느 날. 소영은 혁이 옆에서 잠들어 있는 침대에서 나와 창문을 열었다.

끼이익, 끼이익, 툭.

작은 창문은 언제나 닫혀있는 게 제자리인 듯 열리지 않으려 애쓰는 듯했다. 소영은 삐걱거리는 소리를 내는 창문을 억지로라도 열어 보려 두 손으로 창문을 밀었다. 그 참에 잠은 확 달아났다. 소영은 입을 앙, 다물고 끝까지 힘을 주어 끝까지 밀었다. 창문틀의 먼지가 뿌옇게 일어나면서 창문이 열렸다. 옥탑방에 들어와서 처음 이 창문을 열어 보는 것이었다.

소영이 지금을 잃어도 창밖의 계절은 스스로 바뀌어 있었다. 소영이 모르는 사이 나무는 거리에 나뭇잎을 떨어트렸고 강물은 흐르지 않는 듯 흐르면서 반짝거렸다. 가을은 다음 계절을 기다리고 있었다.

소영은 옷장을 열어 보았다. 같은 디자인의 티셔츠 몇 장과 집에서 입을 수 있는 잠옷 두 벌이 아무렇게나 널브러져 있었다. 정리하지 않았나 보다. 소영은 옷을 고르고 사는 일이 귀찮게 느껴질 때면 혁의 옷을 서슴없이 입고 살았다. 그게 서로를 묶어준다고도 믿었다. 혁의 옷을 입을 때마다 묘하게 느껴지는 혁의 체취에 안정감을 느꼈다. 어떻게든 연결되는 느낌, 혁의 옷을 입고 있으면 함께 있지 않아도 함께 있다는 생각도 들었다.

소영은 여전히 그렇게 믿지만, 오늘 따라 유난히 아무렇게나 섞여 있는 속옷이 거슬렸다. 옷장 안에 경계 없이 소영과 혁의 속옷이 섞여 있는 건 지금 당장 정리해야겠다 싶었다. 소영은 자신의 속옷을 골라 다시 가지런히 개어서 아래의 작은 서랍에 넣었다. 언제 샀는지 기억나지 않는 짝이 맞지 않는 분홍색 브래지어와 원래는 하얀색이었던 색바랜 팬티를 정성스럽게 개고 정리했다.

'나도 여잔데…'

소영은 혁의 티셔츠를 입고 세수를 했다. 모자를 눌러 쓰고는 지갑을 챙겨서 집을 나섰다. 가을 하늘이 맑고 청아했고 어여쁜 하얀색 구름이 소영의 눈동자에 닿았다. 새하얀 구름은 하늘에서 천천히 흘러가며 소영에게 마치 살아있다고 속삭이는 듯했다.

– 저 구름은 한 번도 같은 모양이었던 적이 없어.

소영은 첫 데이트에서 혁이 사주었던 솜사탕이 생각났다. 별을 대신해 주었던 구름, 구름을 대신해 주었던 둘만의 그 솜사탕. 어쩌면 솜사탕도 만들어질 때마다 다른 모양으로 세상에 단 하나뿐일지도 모른다. 마트를 향하던 소영은 핸드폰을 꺼내 혁에게 전화했다.

"오늘 저녁 먹고 산책할까?"

잠시 침묵의 시간이 흘렀다. 전화기 너머로 기지개 켜는 소리가 들렸다. 혁은 이제 일어난 모양이다.

"으어, 잘 잤다. 저녁은 뭐 먹지?"

앞뒤 연결이 되지 않는 대답이 돌아왔다. 요즘 혁은 이런 식이다. 가끔이던 이런 대화는 자주가 되고 그렇게 자주 반복되다 보면 항상이 되겠지.

"구름이 너무 예뻐. 하얀색은 예쁜 하얀색이 따로 있어야 해. 구름을 설명할 수 있게. 솜사탕 먹고 싶다. 날이 좋으니까 우리 소풍 가는 기분으로 샌드위치 만들어 먹을까?"

"아, 자고 일어나니까 배고프네."

혁은 아침에 눈을 뜨면 바로 공복을 느끼는 습관과 버릇이 있었다. 혁의 배고픔 앞에서 소영은 소풍은 포기하기로 했다.

"냉장고에 불고기 볶아 놓은 거 있어. 데워 먹으면 돼."

"벌써 11시야? 아침 먹기도 점심 먹기도 애매한 시간이군. 나 일 있어서 나가."

혁이 먼저 전화를 끊었다. 아마 혁은 소영과 통화하는 동안 몸을 일으켜 침대의 위쪽에 걸터앉았고 왼손으로 얼굴을 한 번 쓸어내렸을 것이다. 왼쪽으로 고개를 살짝 틀면 있는 가로가 긴, 은색 시계를 짧게 바라보았을 것이다. 소영은 직접 보지 않아도 혁의 행동이 그려졌다. 그리고 그 순간 많은 것을 포기하기로 했다. 그게 무엇이든 간에.

소영은 그날 저녁 혼자서 저녁을 먹고 공원을 혼자서 걸었다. 혁은 그날 저녁 소영이 저녁을 다 먹을 때까지 집으로 돌아오지 않았다. 일이 바쁠 거다. 아마도. 전화할 시간이 없을 테니, 화장실 갈 시간도, 밥 먹을 시간도 없었을 거다. 혼자서 한다는 건 언제나 할 수 있지만 누군가와 함께하고 싶은 마음이 생기면 쉽게 할 수 없는 게 되고 만다. 혼자서 씩씩한 건 능력이 아니라 타이밍이라고. 혼자서 한다는 건 그래서 힘든지도 모르겠다. 소영은 지금 날씨가 좋아서 산책이 하고 싶었는지, 혼자 있고 싶었는지 잘 모르겠다. 소영에겐 모르겠는 것들이 소영도 모르게 쌓여가고 있었는지도 모르겠다. 언제부턴가 모르겠지만 집에 가면 새로운 할 일이 기다리는 기분이었고 혁은 소영에게 해야 할 일 중 하나였다.

선선한 바람이 몸에 닿으니 마음도 슬쩍 살랑거렸다. 공원에는 산책하는 사람들, 버스킹하는 사람들, 아이를 데리고 나온 사람들이 각자의 방법으로 가을을 즐기고 있었다.

─ 나도 저 사람들처럼, 자연스럽게. 섞이고 싶어.

소영은 천천한 걸음걸음에 마음이 이완되었다. 이어폰을 귀에 꽂고 가로등 불빛이 예쁜 길을 천천히 걸었다. 핸드폰으로 플레이리스트를 찬찬히 올려봤다.

'내가 좋아하는 노래를 들어본 게 언제야.'

소영은 자신의 음악취향이 기억나지 않았다. 한때는 이별에 대한 노래를 듣고 예전의 이별을 떠올려보기만 해도, 사랑을 기피하는 노래를 들으면서 누군갈 사랑하던 그때를 떠올려보기만 해도 위로가 될 때가 있었다. 기억이란 이렇게 소중하고 아름다운데 지금은 만나보지도 못한 한 여자를 상상하며 괴로워하고 타인의 과거 기억을 미워하면서 살고 있다. 소영은 참, 얄궂다며 엷게 웃고는 천천하게 걷고 또 걸었다.

소영도 가끔은 옥탑방이 가장 편하다고 착각하곤 했는데 산책은 집에서는 절대 느낄 수 없는 또 다른 편안함이었다. 혁의 품에서 느꼈던 편안함과는 질적으로 다른 평온과 해방감이었다. 그런데 조용히 걸을수록, 마음이 편안해질수록 알 수 없는 눈물이 쏟아져 나왔고 이상한 웃음이 새어 나왔다. 주변 사람들에게 눈물을 들킬까 봐 소영은 주머니에 손을 굳게 찌르고 빠르게 걸었다. 어떤 때는 눈물이 더 나오고 또 잠시가 지나니 웃음이 나왔다. 마치 미친 사람처럼 선선하고 청량한 가을 바람을 가르며 걷고 걷고 또 걸었다.

아이를 데리고 나와 놀고 있는 보통같은 가족을 가로지르고 서로를 사랑스럽게 바라보는 평범한 연인들을 스쳐 지나갔다.

소영은 혁과 동거하면서 매일 저녁 혁이 좋아하는 음식을 하고 혁에게 안겨서 혁의 다리를 걸치고 TV를 보았다. 혁과 함께라서 행복했던 시간은 점점 소영의 몸에 걸쳐져 있는 혁의 다리처럼 무거워졌다. 화장실이라도 가려면 혁의 허락이 있어야 했다. 화장실을 못 가게 하는 건 아니지만 어쨌든 소영의 몸을 감고 있던 혁의 몸 일부를 떼어내야 하고 화장실을 가고 싶다고 얘기를 해야 했다. 둘의 다정한 대화가 줄어가는 만큼 혁에게 말해야 할 수 있는 일이 늘어갔다. 가끔 혁의 허락 없이는 할 수 없는 일들도 생겼다. 소영은 혼자서 울면서 잠드는 밤이 많아졌다. 작정하고 몰래 울기도 했지만 그 노력이 통했는지 혁은 몰랐다. 그런 밤엔 차라리 혼자서 걷고 싶었다. 걸음은 빠르게 혹은 느리게 스스로 속도를 조절할 수 있으니까.

'지금 내 의지대로 하는 건 산책밖에 없구나.'

소영은 그날 이후로 더 자주 걸었고 더 자주 울었다.

눈물이 나는 날엔 혁이 잘해주었던 기억들이 떠올라서 소영을 더 미치게 했다. 그 언젠가 보일러가 고장 나서 추위에 떨며 잠들던 밤, 소영은 유난히 발이 시려 잠이 깼다. 창문 틈새로 가을 끝의 찬 바람이 방안으로 새어 들어오고 있었다. 별다른 대책이 없는 것 같아 다시 억지로 잠을 청했는데 이번엔 이상하게 발끝이 부드럽고 어떠한 따뜻한 감촉이 느껴져 눈을 떴다. 혁의 발이 소영의 발을 부드럽게 매만지고 있었고 시린 발은 이불로 포근히 감싼 듯한 느낌으로 따뜻해졌다. 소영은 가끔 잘 때 발이 시리지 않으면, 이 남자가 나를 사랑하는구나, 하고 느껴지기도 한다. 그 가을밤의 매만짐이 너무너무 따뜻해서 부드러우면서도 둔탁한 섬세함을 느끼며 다시 잠들었었다.

지금을 매만져 주고 있는 이런 기억들이 소영에겐 약일까, 독일까.

가끔 눈의 흰자에 빠알간 핏줄이 서려 있고 얼굴이 퉁퉁 부어있는 소영을 보며 혁은 어디가 아프냐고 물었다. 하지만 다른 방법으로 관심을 갖거나, 달래거나, 이유를 묻진 않았다. 혁은 소영이 울고 있는 날은 나가서 바람을 쐬고 오라고 말했다. 그러면 기분이 나아질 거라고. 정말 좋은 방법을 알려준다는 듯 말하고는 소영의 눈물과 아무런 상관이 없는 사람처럼 굴었다. 그리곤 흘끔흘끔 소영의 눈치를 보고는 살짝 떨어져 코를 골고 빨리 잠들었다.

그날도 소영은 산책을 하고 실컷 울었다. 보통 이런 날은 집에 가서 지쳐 쓰러져 잠들었는데, 이상하게 갑자기 허기가 져서 근처 작은 카페를 들어갔다.

"시럽과 연유가 듬뿍 들어간 돌체라떼랑 레몬 조각 케이크 주세요. 아이스로 주세요."

주인은 눈이 퉁퉁 붓고 빨간 코의 소영을 걱정하듯 바라보았지만 별다른 질문을 하지 않았다. 하지만 말투와 목소리는 참 따뜻하고 다정했다.

"맛있게 먹어요. 꼭."

카페 주인이 무심한듯 말하며 커피와 케이크를 가져다주었다. 소영은 고개를 숙이고는 코를 찡긋거리고 조용한 카페에 혼자 앉아 세상에서 가장 맛있게 먹었다. 눈물 쏙 뺀 돌체라떼는 한 모금 빨아 마시자마자 입 안에 달달함이 퍼져 뇌를 핑 돌게 했고 레몬 케이크는 입안에서 상큼함을 터트리며 저절로 웃음이 터지게 했다. 소영은 포크로 케이크의 3분의 1을 집어서 한입에 넣고 오물오물 씹었다. 입안의 달콤함은 온몸으로 퍼져 도파민을 분비시켰다.

'이렇게 맛있다고? 그동안 왜 잊고 살았지?'

새삼 자고 일어나면 늘 배고프다던 혁의 허기가 생각나서 피식 또 웃음이 났다. 그 웃음은 예전보다 가볍고 보잘 것 없었지만 어떠한, 중요한 시그널이었다.

다음 날 소영은 한결 가벼운 마음으로, 더 가벼운 웃음을 지으며 노트북을 들고 카페로 갔다. 따뜻한 커피와 딸기 케이크를 주문하고 노트북을 열었다. 어제 먹은 레몬 케이크를 먹을까, 옆에 있던 딸기 케이크를 먹을까 무수히 고민하는 소영을 카페 사장님은 흐뭇하게 바라봐 주셨다. 결국 소영은 딸기 케이크를 선택했다.

'작정하고 혼자서 이렇게 시간을 보낸 적이 언제였더라.'

소영은 얕지만 짙게 행복해졌다. 잠시나마 행복하다고 생각하니 이상하게 하고 싶은 것도, 하기 싫은 일도 없이, 무기력한 지금이 보이기 시작했다. 소박한 테이블에 따뜻한 커피와 달콤한 딸기 케이크를 사진으로 남겼다. 사진에 담긴 시간과 공간, 그 순간의 기분, 소영은 기억해야 할 추억이 생겨 흐뭇해졌다. 소영은 노트북을 열고 지금을 한 글자씩 적어나갔다.

'대단한 거 바란 적 없다구.'

이 한 문장에 어쩌면 마지막이길 바라는 눈물이 쏟아져 나왔다. 소영은 자연스럽게 지금의 불행을 실감할 때까지 눈물을 쏟아내면서 지금의 불행을, 불행의 하루를, 한 달을, 한 계절을 적어나갔다. 힘든 일을 적다가 보니 힘들었던 기억이 바닥나면서 신기하게도 좋았던 기억도 생각이 났다. 별거 아닌 소소했던 추억이 위로가 되었다. 그러면서 눈물의 구체적인 이유를 알아차렸다.

그 후로 소영은 노트북을 들고 그 카페를 자주 찾았다. 불행한 감정이 밀려올 때, 눈물이 쏟아질 때마다 마음 편하게 울었다. 무엇보다 소영에게 필요한 시간이었고 쏟아내야 했던 눈물 찌꺼기였다.

'이제 몸속에 있던 눈물을 다 쓴 건가.'

소영은 눈의 어디에 있는지 모를 눈물샘이 다 말라 버렸다고 생각하고는 혼자 웃었다. 눈물샘이 다시 잘 채워지길 바라며 그날은 돌아오는 길에 혼자 국밥 한 그릇을 씩씩하게 먹었다. 국밥을 먹은 소영은 제대로 살고 싶어졌다. 혼자서도 제대로 살고 싶어졌다. 다음 날 소영은 눈물샘의 바닥을 확인했던 그 카페에서 이력서를 적었다. 이력이라고는 없는 이력서였다.

'내가 이렇게 살았구나.'

어떠한 인정.

그래도 소영은 꿋꿋하게 이력서와 자기소개서를 썼다. 더하지도 보태지도 않고 솔직하게 써내려갔다. 소영의 간절함을 알아주길 바라면서 몇몇 회사에 입사 지원을 했다. 작은 회사라도, 작은 일도 상관없다고 생각했다. 내 자리가 있기만 하면 충분하다고 생각했다. 며칠 후, 면접 제안이 왔고 소영은 작은 회사에서 가족같이 일하기로 근로계약서를 작성하고 취업했다. 퇴근 시간이 명확하진 않았지만 상관없었다. 면접 때 사장은 어떤 일의 보조, 어떤 부서의 보조라며 몇 가지 애매한 일 입무늘 설명해 주었는데 소영은 다 알아듣진 못했다. 그 어디든 여기보다는 숨통이 트이지 않을까. 적어도 대화를 하면서 일을 하지 않을까 하는, 그 정도의 생각까지 했다.

허무토록 간단했다.

소영은 혁과의 사랑도 지키기 위해 애썼다. 사랑해버렸으니까 어쩔 수 없이 애써졌다. 눈물은 바닥이 나도 상처는 기억나고 사랑했던 찌꺼기는 쌓여서 여전히 둘 사이에 남아있었다.

― 혹시, 애쓰는 것도 사랑일까 봐.

소영은 애썼던 그 기억이 가여워 반쯤은 웃고 나머지 반은 울었다. 사랑에 미친 시간을 보내고 나니 어느 순간 배가 고파지던데 허기를 느끼면 결국 현실적으로 살더라고. 소영에게 지금 필요한 건 나 자신을 지킬 규칙적인 생활과 적당한 돈이었다.

○

그날 밤도 둘은 나란히 누웠다. 여전히 혁은 소영에게 등을 보이고 있고 소영이 뒤에서 혁을 껴안고 있다. 소영이 혁의 등을 바라보는 게 둘 사이에 굳어진 습관이고 버릇이었다. 소영은 혁을 더 이상 사랑하지 않음을 확인하면서 하루를 살아도, 여전히 혁을 뒤에서 껴안는 습관은 잘 고쳐지지 않는다. 둘의 사랑은 몸에 남아있는 습관처럼 겨우 반복되고 있었다. 그렇게 매일 밤 당연하다는 듯 혁의 등을 바라본다.

"이 타투 그때 사람 이니셜이라고 했었나?"

혁은 아무 말도 없다.

"이거 한 지 오래됐다고 했지?"

소영이 혁의 어깨를 슬프도록 부드럽게 매만졌다. 자꾸 타투를 매만지자 혁은 귀찮다는 듯 내일 얘기하자고 말했다. 어쩌면 동거했던 전 여친의 이니셜일지도 모른다고 생각했지만 끝내 묻지 않았다. 혁은 지우고 싶지 않은, 아니 지우는데 관심도 없는, 그렇지만 혁의 몸에 남아있는 흔적이라고.

'우리의 내일, 이제 없을지도 몰라. 혁아. 그동안 사랑했어. 그 마음은 진심이었어.'

소영은 나즈막히 혼자, 쓸쓸하게 생각하고 눈을 감았다.

다음 날, 소영은 편의점에 가서 쓰레기봉투를 샀다. 제일 큰 걸로 달라고 아주아주 씩씩하게 말했다. 옥탑방으로 돌아와서 자신의 짐을 쓰레기봉투에 담았다. 침대에는 이제 소영이 직접 고른 소영 취향의 이불이 널브러져 있다. 일주일도 넘게 인터넷을 뒤져서 그중에 최저가로 주문했었다. 이것도 좋다, 저것도 좋다고 말하던 혁에게 물어가면서 혁의 취향과 소영이 취향이 중간쯤 되는 것을 신중하게 골랐지만 이제는 아무 의미 없이 오염된 때가 탄 헌 이불일 뿐이다. 소영은 그 집에서 사용했던 물건들은 모두 쓰레기봉투에 넣었다.

소영은 앞으로 필요한 물건들은 앞으로 일을 해서 받은 월급으로 차근차근 살 예정이다. 시간이 얼마가 걸려도 상관없다. 좋은 것을 사지 못해도 괜찮다. 다른 사람의 취향을 고려하지 않고 오직 내가 좋아하는 것으로 살 거다.

쓰레기봉투에 가득 담긴 짐을 보니 예전에 그 여자의 짐과 참 많이 닮아있었다. 소영은 있는 힘껏 쓰레기봉투를 들었다. 이미 죽은 지 오래된 기억처럼 생명력 없이 묵직한 덩어리였다. 아마, 평소의 체력과 끈기라면 들 수 없을지도 모른다. 소영은 포기하지 않고 쓰레기봉투를 바닥에서 들어 올렸고 질질질, 끌고 나왔다. 신속하지 못해도 어쨌든, 결국은 옥탑방을 탈출했다. 소영은 혁과의 사랑이 시작했는지, 끝났는지도 모른 채 쓰레기봉투를 들고 옥탑방을 나왔다. 남아있는 실체는 그것뿐이었다.

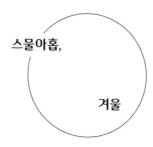

스물아홉,

겨울

어느 차가운 토요일. 아직 아무 시작이 없는 새벽 다섯 시.

잔잔한 알람 음악에 잠깐 놀란 소영이 침대에서 가느다랗게 눈을 떴다. 겨울이라 바깥은 어두웠고 충분히 시렸다. 소영은 하얗고 두꺼운 이불 속 따뜻한 온기에 연약히 한 번 웅크리고는 침대에서 몸을 일으켰다. 오늘 하루 중 가장 소중할지도 모르는 따스함을 온몸으로 만끽하며 다리를 뻗어보고 팔도 뻗어 고개를 갸우가웃기긴 후, 한 걸음 그리고 한 걸음 침대를 빠져나왔다. 느릿하게 욕실 문을 열고선 묵직하게 느껴지는 차가운 공기를 온몸으로 맞았다.

한 듯 안 한 듯한 화장을 하는 데는 출근보다 더 많은 시간과 정성이 필요했지만 등산을 가기 위해 당연한 준비과정이었다. 회사에서 나눠 준 등산용 바람막이와 어울릴만한 레깅스는 어젯밤에 미리 준비해 두었다. 이번 등산을 위해 스포츠 양말과 귀두리, 가방, 장갑도 샀다. 지금 유행하는 브랜드로 과하지 않게, 하지만 자연스럽게 티가 나서 아는 사람들은 얼마인지, 알아볼 수 있는 걸로 샀다. 등산용 모자도 새로 장만했다. 평소 모아두었던 모자가 많았지만 회사에서 준 바람막이와 어울릴만한 건 없어서 새로 샀다. 그 겨울, 소영에겐 버리지도 못하면서 삶과 어울리지 않는 몇몇이 함께 쌓여가고 있었다.

헤어 드라이기로 바람을 쏘면서 머리카락을 흔들어 댔다. 샤워를 마친 후 머리카락을 말리고 끝에만 살짝 웨이브를 넣었다. 머리를 감을 때 이미 빠졌어야 할 머리카락들이 바닥으로 나뒹굴었다. 보일 듯 말 듯 하지만 조금만 신경 써서 보면 분명히 눈에 띄어 거슬리는 머리카락들을 내려다보며 소영은 얇은 한숨을 쉬었다.

꾸민 듯 꾸미지 않는 모습, 하지만 꾸미는 이상으로 정성이 들어간 모습이 유행이라 일상은 좀 귀찮아졌지만 어쩔 수 없다. 소영은 마른 얼굴에 피부 베이스를 얇디하게 서너 번 발랐다. 마스카라를 했지만 하지 않은 느낌으로 속눈썹을 동그랗게 말아 올리고 밝은 하이라이트 붓터치로 콧대를 세웠다. 최종적으로 전신 거울 앞에서 화장하지 않은 듯한 모습을 점검했다.

오케이.

소영은 마지막으로 집을 나서기 전 바람막이 지퍼를 내리고 양쪽 겨드랑이에 향수를 세 번씩 펌핑했다. 얼마 전 백화점에서 큰맘 먹고 3개월 할부로 사서 아껴 두었던 향수이다. 손목, 목덜미, 허리에도 꼼꼼히 신상 향수를 뿌려대고선 아무것도 준비하지 않은 사람처럼, 어두컴컴한 새벽으로 아무 일도 없었다는 듯 집을 나섰다.

등산로 입구에는 이미 회사 사람들이 모여 있었다. 사장님을 주축으로 직원들은 동그랗게 원을 그리고 추위에 떨고 있었다. 들머리에서 아침 회의를 하듯 제품의 품질은 어떤지, 다음 클라이언트는 누구인지, 심각한 회의 중이었다. 아직 캄캄하고 이른 아침이라 다른 사람들이 봤다면 한 번씩 곁눈질할 만한 장면이었다. 하지만 쌀쌀한 날씨에 산 아래에 다니는 사람은 아무도 없었다. 직원들이 유니폼처럼 입고 있는 바람막이에 대해서도 회의했다. 정확히는 사장님은 물었고 직원들은 대답했다. 얼마나 네고를 쳤는지, 수량은 몇 개였는지 하는 지루한 얘기들로 사장님은, 우리 회사는 참 직원들의 복리후생에 후한 회사라 말했고 중역들은 그렇다고 답했다.

소영은 새벽 일찍 일어나서 조금 피곤했다. 얇은 하품을 내뱉자 하얀 입김이 몸 밖으로 빠져나왔다. 아침 공기는 차가운 만큼 깨끗하고 상쾌했다. 새벽 공기를 맡는다는 건 생각보다 근사한 일이었다. 소영은 운동이 좋고 바깥 공기를 마시면 기분이 상쾌해진다는 건 잘 알고 있어도 주말엔 특별한 일이 없으면 최대한 늦잠을 잔다. 주말 아침은 직장인의 유일한 특권이니까. 평일이 힘들었을수록 주말의 늦잠은 꿀 같아서, 꿀을 위해 평일을 희생한 꿀벌처럼 오전을 날려버렸다. 가끔 해도 없이 깜깜한 새벽에 등산하는 사람들을 SNS에서 보면 참 이해할 수 없었는데 살다 보니 그 이해할 수 없는 일들은 보통 회사에서 다 경험하게 되었다. 관리부 직원들은 인원을 점검하고 부서별로, 직급별로 줄을 세웠다. 관리 이사는 건강이 중요하고 안전이 중요하다는 당연한 말을 발표하듯 연설했다.

'이런 게 시간 낭비 아닌가.'

새벽 일찍 머리가 깨끗한 상태라 그런지 소영의 머릿속에서 쓸데없이 숫자와 여러 셈들이 돌아다녔다. 지금 인원수에 낭비되고 있는 시간을 곱해서 시간 낭비의 총액을 나열해 보고 사장님의 시간과 사원의 시간 낭비 총액이 같을까, 하는 생각에 닿을 때쯤 고개를 들어 관리 이사를 바라보았다. 눈을 찡긋하고 자세히 보니 목소리에는 피곤함이 깔려있었다. 어쩌면 지금 이불 속에서 따뜻하게 누워있는 게 가장 건강에 좋고 안

전할 것 같은데 굳이 이 새벽에 불러놓고 용가리처럼 입김을 내뱉으면서 다들 알고 있는 말을 골라 하는 관리 이사에게 묘한 동정심이 일어났다.

'참, 이사님도 힘들게 산다.'

코가 빨간 용가리처럼 말하는 이사님을 보면서 약간의 연민이 느껴져 소영은 자신도 모르게 헛웃음이 났다. 사람들은 응집하듯 작은 원을 만들어 사장님 주위에 모였고 안전을 기원하는 파이팅을 세 번 외치고는 힘차게 출발했다. 처음에는 불평, 불만을 말하던 사람들이 일상적인 대화를 조금 했고, 어느 순간부터는 말소리가 들리지 않았다. 차갑고 깨끗한 공기 속으로 딱딱한 등산화 밑창에 낙엽이 바스락거리는 소리만 들렸다. 사람들은 간간히 섹섹거리며 숨을 몰아쉬면서 낑낑거렸다. 소영도 종아리에 힘을 주고 열심히 산을 올랐다. 여기저기서 힘들어, 정말, 아, 와 하는 탄식이 터져 나왔다. 다들 거칠게 숨을 몰아쉬며 다리로 오르막길에 반동을 주고 있을 뿐이있다. 아직 어둑어둑한데 일렬로 올라가는 모습을 보며 사장님은, 이런 게 하나가 되는 거라며, 요즘 사람들은 고생을 모른다고, 단합에 뿌듯해했다.

소영의 앞에는 회사에서 옆자리에 앉는 다른 부서의 대리님이 올라가고 있었다. 소영은 대리님의 등산화 뒤꿈치를 보면서 그의 속도에 맞춰서 따랐다. 경사가 높아질수록 숨소리가 거칠어질수록, 대리님의 숨소리는 숨 냄새가 되어 소영에게 전해져왔다. 대리님이 숨을 내뱉고 소영이 숨을 들이마실 때마다 된장찌개와 김치, 계란말이 같은 것들이 소영의 머릿속에 그려졌다. 그렇지 않아도 숨이 턱까지 차오르는데 소영은 역겨워 코를 막고 인상을 찌푸렸다.

'불결해.'

소영은 숨이 가빠질수록 코끝을 징그럽게 괴롭히는 음식 냄새 때문에 속이 메스꺼워졌다. 잠깐 맡았던 아침 공기의 상쾌함은 끝났다. 정성 들였던 화장을 최대한 지키기 위해서 최대한 살짝이 코끝을 잡고 숨을 헐떡이며 겨우겨우 정상을 올랐다. 소영의 등산길은 운동보다 대리님과 함께 숨 쉬는 공기를 피하기 위한 도피가 되어갔다. 오로지 대리님을 앞지르기 위해 발목에 힘을 주고 부단히도 다리를 움직였다. 희한하게도 회사의 야유회 참석에 의의를 두는 것보다 도피해야 한다는 생각에 몸을 훨씬 더 민첩하고 활발하게 움직일 수 있었다. 겨울 등산은 이렇게나 힘든 일이다. 정상을 찍고 내려온 시간은 7시 50분 경이었다.

'출근이다, 멀고도 험한.'

어쨌든 사장님과 관리 이사의 바람대로 모두 안전하게 정상은 찍었다. 하산 길에 적당한 자리에서 돗자리를 펴고 아침을 먹었다. 차가운 날씨인데도 사람들의 이마와 목덜미에는 땀이 송글송글 맺혀있었다. 음식의 메인은 회였고 각종 안주와 과일과 떡, 술이 준비되었다. 사장님은 이 맛에 등산한다며 중앙에 자리를 잡고 양반다리를 하고 앉아있었다. 낑낑거리며 음식과 술을 이고 지고 올라온 사원급 직원들은 이제 내려가는 길은 편하겠다고 좋아하면서 돗자리의 가장자리에서 다리를 뻗었다. 소영은 돗자리 구석쯤 자리를 잡고 앉아 바람막이 지퍼를 살짝 내리고 몸을 이완시켰다. 이때 차가운 바람이 불면서 소영의 향수 냄새, 섬유 유연제와 땀 냄새가 묘하게 섞여 음식을 덮쳤다.

"이거 무슨 냄새야?"

사장님이 나무젓가락으로 회를 와사비에 찍어내면서 인상을 찌푸리고 말했다. 소영이 뿌린 향수 냄새가 몸에서 나는 땀 냄새와 음식 냄새와 섞여서 화장품을 먹는다면 예상되는 맛이 사람들의 콧구멍과 입안에 돌았다. 누가 소주에 화장품을 섞었냐고 소리쳤고, 몇몇은 소영을 낮게 바라보았다. 소영은 살짝 무안해져 살짝 고개를 숙이고는 눈을 내리깔았다.

'죄송하다고 말해야 하나.'

소영은 회를 먹지 않고, 소화가 잘되지 않아 떡을 먹을 땐 서른 번도 넘게 씹는다. 그런 오물거림이 귀찮아 소화가 잘되지 않는 음식은 먹지 않는다. 먹는다고 큰일 나진 않지만 굳이 찾아 먹지 않는 음식들, 내 돈 주고 먹지 않는 음식들이 울퉁불퉁한 돗자리 위에 잔뜩 깔려있었다. 소영은 오전부터 술을 마시면 이틀을 고생했기에 술은 마실 생각이 없었다. 펼쳐놓은 음식 중에 소영이 먹을 만한 건 과자 조금과 초콜릿이 다였다.

"우리 회사 복지 참 좋지요? 마음껏 먹고 마시세요."

사장님은 기분이 좋으신지 목소리를 높여 흥건히 취해갔다. 소영은 가까이에 있는 초콜릿을 하나 집어 들고 비닐 포장을 매만졌다.

'사과를 해야 하나, 언제 하는 게 가장 자연스러울까.'

잔잔한 두근거림이 소영을 괴롭혔다. 사과할 타이밍을 찾으면서 사람들이 먹는 것을 구경했더니 그래도 시간은 지루하지 않게 흘러갔다.

'몸에서 나는 음식 냄새보다는 차라리 향수 냄새가 낫지 않아?'

다른 사람들이 배를 채우고 자리를 정리할 때쯤에 소영은 이런 식으로 생각이 정리되었다. 찜찜한 미안함이, 찜찜한 대화가, 찜찜한 음식 냄새가 섞이는 쓸데없는 회식이, 그래서 휴일의 등산이 싫었다. 소영은 얼른 집에 가서 깔끔한 모양과 깔끔한 맛과 깔끔한 냄새가 나는 음식을 깔끔하게 차려놓고 먹어야겠다고 생각했다.

○

소영은 솔직히, 스물아홉이 되고 예민해졌다. 사회생활을 하면서 아는 것이 많아졌고 어떤 상황이 되었을 때 바로 옳다, 혹은 그르다는 판단이 섰다. 원한다, 혹은 원하지 않는다의 그 중간이 싫었다. 쓸데없이 착하고 지혜롭게 말고 똑똑하게 살고 싶었다. 그래야 손해 보지 않을 테니까. 아무래도 착하고 지혜로운 사람은 손해 보고 사는 것 같다. 손해 보며 살기에는 곧 서른이다. 소영은 생각이 많아졌고 생각을 곱씹는 능력도 생겼다. 그래서 본격적으로 계산했고 철저하게 비교했다. 시간 낭비, 돈 낭비, 에너지 낭비, 감정 낭비. 낭비가 싫어 '솔직히'라는 말을 당당한 톤으로 많이 했다. 결국 사람들에게는 솔직함이 진실함이니까. 소영이 진실하게 사는 법이었다. 이쨌든 서싯발이 제일 싫더라고.

솔직히 세상에 마음이 드는 게 잘 없었다. 수준 낮아서 만나기 싫은 사람이 생겼고 가기 싫은 모임이 많아지면서 혼자 있는 시간이 많아졌다. 나를 너무 오래 아는 사람에게는 알 수 없는 갑갑함이 느껴졌는데 나의 전부를 들키는 느낌은 또 싫어서, 그어 놓은 선을 넘는 사람들은 싫다고 솔직하게 말했다. 솔직히, 쉽게 말했다. 그러다가 어떤 날은 싫어하는 것들을 요리조리 다 제거하고 나니 할 일도, 만날 사람도 없어져서 주말엔 가끔 헛헛함에 깜짝 놀라곤 했다.

'외롭다는 거 꽤 자연스럽네.'

외로움을 인정할 수 없는 무료한 주말에는 어쩐지 사는 게 삐딱한 방향으로 흐르는 것 같았다.

'혹시 내가 잘못 산 걸까.'

소영은 그런 날 폭신한 이불로 머리를 끝까지 숨기고 침대에 웅크리고 옆으로 누웠다. 한쪽 팔을 베고는 주변 사람들을 하나, 하나 머릿속으로 꼬집어 보았다.

그래도 얘보단 내가 낫지.

근데 얘는 확실히 나보다 잘났어.

소영보다 못하다 싶은 사람은 그 사람의 못난 점을, 소영보다 잘난 사람에게서는 나의 못난 점을 찾아냈다. 무료하게 유튜브를 보는 것보다 시간이 잘 흘러갔다. 눈에 보이지 않는 약점을 더듬던 사람들을 만나러 가는 월요일 아침의 출근길은 꽉 막힌 도로보다 머릿속이 훨씬 더 혼란했다. 그래서 월요일은 아침 출근길이 피곤했다. 다들 월요일 아침은 피곤하다고 하니까. 다들 그렇게 사니까, 생각했다. 소영은 혼란함을 잠재우는데 그러니까 속마음을 숨기는데 웃음을 기묘히 이용할 수 있게 되었다. 만만하게 보여선 안 되었다.

― 이 사람 앞에선 웃지 말아야지.

― 이 사람 앞에선 얇게 웃어야지.

'현에게는 꼭 여성스럽게, 예쁘게 웃어 보일 거야.'

아이러니하게도 웃음으로 감추는 기술이 좋아질수록 또 감추어야 하는 게 많아졌고 감추고 싶은 게 자꾸자꾸 생겨서 소영을 곤란하게 했다. 완벽하게 감추었다고 생각했는데 어딘가에서 툭툭 튀어나와 구석진 곳에 머리를 박아 넣으면 솟아나는 엉덩이처럼 소영은 시린 계절에 서른을 앞두고 있었다.

○

현은 소영이 원하는 모든 조건이 마음에 드는 사람이었다.

'이렇게 조건이 모두 좋은데 마음까지, 사랑까지 원하는 건 욕심이야. 난 그렇게 양심 없지 않아.'

세상에 마음에 드는 게 별로 없던 중에 현이라는 남자는, 현이라는 남자의 조건과 배경은 정말이지 마음에 쏘옥 들었다. 서른이 지나면 아무것도 낭비하지 않으면서 누군가와 새롭게 시작하고 끝까지 함께 할 수 있을까.

현은 이 중요한 고민을 해결해줄 사람이었다. 지금부터 이

삼 년 연애하고 적당히 결혼할 계획을 세웠고 현은 소영에게 미래, 꿈이 아닌 목적 같은 사람이었다. 한껏 꾸민 친구들과 명품백을 들고 하이힐을 신고 브런치를 먹으면서 수다 떨 때, 회사 동료가 주말에 있었던 말하기 싫은 일을 일일이 캐묻는 날, 지치고 벌거벗긴 기분일 땐 현을 떠올리면서 가진 게 많은 사람처럼 구는 건 제법 위로가 되었다. 스물아홉 겨울에서 사랑은 결국 침대 밑에 수북이 쌓여있는 먼지 같은 추억만 남기는 하찮은 무언가일 뿐이더라고. 첫눈에 반해봤자 현실을 만나면 반했던 기억은 금방 까먹고, 반하기 전의 그때로 쉬이 돌아간다고. 반하지 않았던 그때로 고스란히 돌아가면 그나마 다행이라고. 결국은 할퀴고 피 났던 흔적은 남는다고, 그 대가는 끈적하게 남아돈다는 것을 잘 알았다. 사랑하는 그동안은 실감하지 못하다가 헤어지고 나서야 비로소 깨닫게 되어도 헤어지면 그뿐. 마치 처음부터 없었던 것처럼 사랑이라는 감정은 그렇게 휘발되어 버리니 눈앞에 보이는 것들에 차라리 욕심내고자 했다. 진짜 사랑도, 진짜 소중한 것들은 지나고 나면 확연히 알 수 있다는데 그리고 나서 깨달으면 뭐 하나. 소영에게 현은 눈에 보이는 간절함이었다. 소영의 시절은 여기저기 내동댕이쳐져 있다가도 보는 눈이 있으면 금방 포장지로 감싸 버리는, 어딘가에서 얼었다가 갑자기 녹기를 반복하는 스물아홉의 겨울의 끝자락이었다.

— 서른이 되면 늦으니까.

— 서른이 되어서도 이렇게 살면 안 되니까.

— 서른에는 자리 잡아야 하니까.

— 망할 놈의 이 나이대에 이루어야 할 것들.

소영은 이만하면 됐다고 이미 합격시킨 현과는 싸울 일이 없었다. 싸움보다 타협이 효율적이고 둘 사이에 유리했다.

— 그래. 굳이 서로 손해 보는 짓 하지 말자.

소영과 현은 서로에게 낭비가 아닌 사람이기 위해, 연애를 잘 이어가기 위한 암묵적인 합의를 했다. 세상엔 사랑 말고도 성가신 일이 많음을 잘 배웠기에 연애에 힘을 빼지 않을 테다. 자주 싸운다는 건 자주 시간 낭비를 하고 있다는 뜻이니까.

소영과 현은 가끔 의견이 달라 다투기도 했는데 먼저 사과하는 쪽은 언제나 소영이었다. 현은 어떤 문제점을 끝까지 파고들어 원인과 결과를 제대로 밝혀 결론을 내야 하는 성격이었고 소영은 그저 빠르고 조용하게 지나가길 바랐다. 소영이 현에게 실망하는 일은 없었다. 현이 애초에 잘난 남자이기도 했지만 더 애초부터 소영은 기대하지도 않았다. 기대하지 않는 건 연애에서 평화를 유지하는 기가 막히게 좋은 방법이다.

그게 소영이 사랑을 표현하는, 더 정확히는 사랑을 유지하는 방법이었다. 사랑은 조용히 유지되어야 평화가 보였고 비로소 계속 사랑을 확인하고 실감할 수 있으니까.

현은 소영의 사과를 받으면 화가 났다가도 금방 다음부터는 그러지 말라며 용서해 준다 했으니 소영이 사과만 하면 싸움은 금방 끝났다. 가끔은 작은 이해에도 용서라는 단어를 쓰는 현에게 억울해도 굳이 따지려 들지 않았다. 소영도 따지는 것보다 약간의 불편함을 혼자 견디는 게 오히려 편했다. 이런 부분에선 둘의 원하는 바가 참 잘 맞았다. 소영이 불편한 용서를 받은 날이면 현은 혼자 있는 시간이 필요하다고 했다. 자신이 연락할 테니 먼저 연락하지 말라 했고 소영은 알겠다고 했다. 이런 시간의 침묵에는 특별한 규칙과 정도는 없다. 이만하면 되었다는 신호를 보내는 쪽은 현이었고 기다리는 쪽은 소영이었다. 현은 소영을 용서한 날이면 혼자 캠핑하는 습관이 있었는데 그 시간 동안에 소영도 혼자 있는 시간을 보장받을 수 있었다. 서로에게 좋은 일이었다.

몸을 움츠리고 장갑을 끼고 목도리를 하고, 종종걸음으로 자기만의 따뜻함을 찾는 새하얀 계절이다. 연인들이 서로를 껴안고 손을 잡고 목도리를 선물하면서 온기를 나누고 사랑을 확인하는 계절이다. 겨울의 바깥은 시리기만 해서 세상은 연인들과 그렇지 않은 사람으로 나누어진다. 연인이 아닌 사람들은 어쩌면 추운 바깥보다 따뜻하게 데워진 실내에 있는 시간이 더 많으면서도 겨울이 춥다는 이유로 많은 것을 탓하고.

청결하게 차갑고 추운 날이면 추워서 안 돼.

좀 따뜻해지면 하자.

올해 다 갔는데 뭐.

내년부터 할게.

봄에 다시 시작하는 건 어때.

겨울을, 겨울의 차가움을, 겨울의 바깥을 핑계 대는 사람들을 보며 소영은 겨울이 조금은 억울한 계절이지 않을까 생각하면서 그렇지 않은 사람처럼 차가운 거리를 혼자 걸었다.

소영과 현의 데이트는 보통 이랬다. 커피를 마시고 영화를 보고 밥을 먹고, 밥을 먹고 영화를 보고 커피를 마시고. 시작하는 연인은 이런 데이트 코스가 설렌다고 하고 오래된 연인은 무료하다고 하겠지.

커피를 마시고 영화를 보고 밥을 먹기만 해도 설레면서 만들어지던 사랑은, 또 커피냐고 날카롭게 되묻고 할 일도 없는

255

데 영화나 보고 배고프니까 밥이나 먹으면서 끝나곤 했다. 얼굴도, 이름도, 그때의 계절도 기억나지 않을 만큼 흐릿하게 흐지부지하게 끝나있었다. 소영은 그럼에도 불구하고 설레지도 무료하지도 않은 시간이 하루에 반 정도 유지되면 평범하게 살 수 있다고 믿었다.

아무것도 감출 필요 없고 더 이상 잴 필요가 없는 데이트가 좋았다. 솔직한 말로 그래서 편했다. 당연해서 평범한 시간이 좋고 소영에게 현은 시간의 평범함을 이루어 주는 남자였다. 사랑의 애틋함에 떨리지 않아도 연락하지 않는 순간에도 헤어진 건 아니라는 남자와의 느슨한 연애, 함께 하자는 합의가 있었으니 헤어지자는 합의를 하기 전까지는 어쨌든 연애 중이다.

주말이니까, 둘은 조용한 카페에서 커피를 마시고 영화를 본 후 밥을 먹을 거다. 가끔 맥주도 마시는데 피곤하다는 이유로 보통은 현이 거절한다. 다른 연애와는 다르게 현과의 연애에서는 주말도 별일 없었다. 소영은 현과 카페에서 만나기로 하면 책을 들고 나갔다. 현은 시시콜콜한 걸 좋아하지 않는 사람이라 소영의 책장 넘기는 모습이 조용하고 예쁘다고 했다. 소영은 현의 사랑을 확인받고 싶을 때는 조용히 그 앞에서 책을 읽었고 짙은 속눈썹을 껌뻑이며 바라보는 현의 눈빛에 안도했다. 책을 보면서도 가르마에서 느껴지는 현의 시선과 눈빛이면 지금이 데이트 중이구나, 했다. 현도 노트북을 가져 와 일을 하거나 핸드폰으로 뉴스나 주식을 검색하는 그런 만남이 둘 사이에 자연스럽고 평온했다. 둘의 데이트는 그런 식으로 흘렀다.

둘 사이에 자리잡힌 편안함.

그래서 밀어낼 수 없는 평온함.

옆에 있어도 자유로움을 주는 그런 편안함.

함께 있어도 혼자의 시간을 보장받을 수 있다는 확신.

둘 중 누구도 평온함을 깨지 않으려 노력하는 관계도 연애가 될 수 있다. 그러니 이것도 사랑이다. 아마도 새로운 추억을 쌓아가는 관계보다 지금을 그대로 인정하는 변함없는 관계를 더 지키기 힘든지도 모른다. 액자에 들어가 있어서 몸도 마음도 움직이지 않는 시간들, 같이 있지만 각자의 일에 충실할 수 있는 시간을 보내는 게 소영은 이 연애를, 서로를 존중하는 방법이라 믿었고 현과의 만남에서 가장 큰 장점이었다.

○

그날도 약속한 카페에 소영이 먼저 도착해서 현을 기다리고 있었다. 아침부터 희끗희끗했던 하늘은 마치 눈을 내려줄 듯 아래를 내려다보고 있었다. 소영이 머그잔에 손가락 끝을 데어 보고 온기를 느끼려는 찰나, 갑자기 뒷 테이블에서 싸우는 소리가 들렸다. 검정색 두터운 스웨터를 맞춰 입은 두 사람은 누가 봐도 연인이었다.

'싸우는 말투도 닮았네. 두 사람은.'

소영은 마치 태어날 때부터 연인 같은 둘의 분위기를 신기해하면서 따뜻한 커피 한 모금을 삼켰다. 특유의 분위기, 화를 내는 분위기까지 닮은 두 사람이 서로를 잡아먹고 잘근잘근 씹을 듯 분노를 내뱉었다. 카페 안의 손님들은 모두 숨죽여 그들의 싸움에 집중했다. 둘의 싸움이 너무 크고 진지해 혹시 무슨 일이라도 날까, 카페 사장님도 슬금슬금 눈치만 보고 있었다.

그런데 어쩐지 소영의 눈에는 여자의 눈 끝에 새초롬하게 맺혀있는 눈물이 먼저 보였다. 눈 끝에 겨우 맺혀있는 자그마하고 촉촉한 눈물 자국에 마음이 아렸다. 알 수 없는 긴장감에 급하게 커피를 한 모금 마셨는데 뜨거움이 금새 얼굴 신경세포를 자극해 소영의 눈 끝에도 그 여자와 비슷한 눈물이 송글 맺혔다. 소영은 머그컵 옆에 놓여 있던 티슈 한 장을 들어 올려 눈 끝에 나온 눈물을 조심스럽게 흡수시켰다.

"어젠 왜 전화 안 받았어?"

"또 왜 그래? 친구 만났다고 했잖아."

"내가 전화를 얼마나…"

"알아! 알아! 얼마나 전화했는지 안다고. 핸드폰 화면에 다 찍혀 있다고!"

"그럼 알면서도… 보고도 전화 안 한 거야?"

"몰라. 술 마셨는데, 그럼."

"넌 항상 그런 식이야. 이제 실망할 것도 없다. 진짜. 질린다. 정말."

여자의 목소리 떨림으로 어디서 화가 났는지, 이 다툼의 포인트를 알 수 있었다. 남자는 '또'라는 단어에 힘을 줬고 아마 여자는 '또'에 좌절했을 거다. 여자는 '얼마나'라는 말에 목소리가 떨렸고 남자는 그 떨림을 몰랐을 거다. 모른 척 했거나, 듣기 싫었거나. 질린다는 말과 찢어지는 목소리 톤에 어울리지 않는 서글픔이 느껴져 소영은 그쪽을 흘끔, 눈동자를 낮추어 바라보았다. 소리를 지르던 여자는 심장 끝까지 화가 났지만 어딘가 슬프고 속상한 표정이었다. 여자는 진심으로 화를 내고 있었다.

– 진심으로 화를 내는 게 진심으로 사랑한다는 뜻일까.

속상함이 백 개쯤 모이면 슬퍼지고 그 슬픔이 또 백 개쯤 모인 표정은 감출 수가 없다. 소영은 난리 통을 견디려 속상함과 슬픔, 그리고 화난 마음을 세어보았다. 금방이라도 울 것 같은 여자와 금방이라도 주먹을 쥘 것 같은 남자가 서로를 노려보며 언성은 더 높아갔다. 더 큰 목소리로 악을 쓰고 더 모진 말을 많이 내뱉는 건 여자 쪽이었었지만 소영에게는 여자가 참고 있는 떨림이 전해졌다. 힘을 준 눈이 떨렸고 그 진동으로 속눈썹까지 반복적으로 진동하고 있었다. 여자는 야무지게 오무린 입술을 바들바들 떨면서, 코 주변에 생긴 주름은 힘이 들어간 채로 위아래로 미세하게 흔들리며 조용히 그 진동을 참아내고 있었다. 어쩌면 눈물도, 온몸의 떨림도, 이제는 널 사랑하지 않는다고 말할까 봐 겁이 나서인지도 모른다.

어떤 사람들은 대놓고 구경했고 또 어떤 사람들은 슬금슬금 눈치를 보면서 수군수군 거렸다. 심심한데 잘 됐다는 듯, 혼잣말이나 생각으로만 지나쳤으면 더 좋을 법한 말도 서슴없이 했다. 아마 여자가 들었다면 깊은 상처가 생겼을 테지만 여자는 지금 들을 힘이 없을 거다.

"저 여자 성격이 정말 뭐 같네."

"저거 집착 아냐? 저 여자 너무 하네."

"미저리."

"저렇게 독하게 구니까 여자들이 예민하다는 소릴 듣는 거야."

"남자가 불쌍해. 저런 여자랑 어떻게 연애했대?"

"저럴 거면 왜 사귀냐. 나 같으면 헤어진다. 헤어져."

테이블 곳곳에서 드라마 시청 소감이나 영화감상평 같은 대화가 쏟아졌다. 사람들은 전문 싸움분석가가 되어 싸움 장면을 토론했다. 여자 성격이 장난 아니라는 둥, 기가 세다는 둥, 여자를 남자 잡아먹을 사람이라고 의견을 모았다. 사람들의 수군거림이 들릴수록 소영은 버려진 이방인처럼 외로워졌다.

'저 여자가 더 많이 사랑하고 있음을 들키고 있는 것 같은데, 분노로 애원하는 것 같은데.'

혹시 감정 번역기가 있다면

– 미안하다고 말해줘. 제발.

여자는 지금 당장 터져 나오는 눈물을 주체하지 못하면서도 남자의 눈치를 보고 있었다. 이젠 너를 사랑하지 않는다는 눈빛은 기어코 전해지고 사랑이 끝난 사람의 눈빛이 변했다는 건 사랑받아본 사람은 금방 알아챌 수 있다. 소영은 남자의 눈빛에서 사랑이 끝나고 있음이 느껴져 그 여자를 더 연민할 수 밖에 없었다.

소영은 미지근해진 커피를 입속에 머금고 두 손을 턱에 괴었다.

– 남자의 연락이 점점 줄어들고 있었을지도 몰라

– 갑자기 남자가 여자에게 헤어지자고 했을지도 몰라

— 아직 여자는 남자를 사랑하는 마음이 얼만큼인지 남아 있는지 몰라서 아마 무서웠을 거야

— 여자는 지금 이별을 경험하고 있는지도 몰라

— 경험해 보니 생각했던 것보다 더 지옥이라 깜짝 놀랐을지도 몰라

— 저 남자가 없는 삶은 상상조차 되지 않아서, 정말 내일이 오지 않고 세상이 끝나버릴 것만 같아서

— 사람은 어느 순간 갑자기 미칠 수 있어

소영은 그들의 이별이 상상되면서도 또 상상되지 않았다. 여자 쪽을 동정하면서도 저렇게 싸우면서 헤어지지 않는 두 사람이 이해되지 않았다. 그런데 또, 그들은 분명 아직 서로 사랑하고 있다고, 홧김에 헤어지자 말은 할지 모르나 둘은 진짜 헤어지지는 못했을 거라고. 어떻게든 여자는 남자를 붙잡고 남자도 잔잔하게 흔들릴 거다. 둘은 얇고 불행하게 서로를 사랑하면서 지금보다 점점 더 심하게 싸울 것 같다고 예상을 넘어 확신했다. 그러다 지쳐 싸우지도 않는 시간이 오면 둘 사이를 이별이 좀 먹고 있을 거라고 얇은 불행마저 끝날 거라고 짐작했다.

소영의 머릿속에서 비효율적이고 의미 없는 시계추 같은 만남과 헤어짐이 오갔다. 만남은 계산되어 그려진다. 하지만 헤

어짐은 달랐다. 소영은 삼십 년 가까이 살면서 아직 잘하는 게 그리 많지 않지만 그중 제일 못하는 게 헤어짐, 이별이었다. 아픔의 강도가 떠올라 심장이 바스라지는 끔찍함에 눈을 감았고 머리는 지끈거렸다.

지금 소영이 현에게 느끼는 감정과는 너무도 다른, 다른 연인의 온도.

— 우리 연애에 온도는 있을까.

차갑지도 뜨겁지도, 시원하지도 따뜻하지도, 또 그렇다고 미지근하지도 않는 그런 평범한 온도. 살을 에는 시린 감촉을 느끼면 상대적으로 차가움도 따뜻하게 느껴지듯, 헤어지는 것보다 차라리 저렇게 싸우면서라도 옆에 있길 바라는 그저 그런 생각. 비가 오면 우산을 쓰고 눈이 오면 타이어에 체인을 감고, 추우면 옷을 껴입고 더우면 벗으면 되지만, 세상에 그렇게 단순하게, 한 번에 해결되는 일은 소영의 인생에 없었다. 자꾸 무언가가 남고 쌓이고 엉기고 섞여서 도려내야 하는 것들로 듬성듬성 얼룩졌다. 어쩌면 헤어지는 건 도려내는 거라고, 잘만 도려낸다면 아니, 애초부터 뜨뜨미지근하면 예의를 지키는 상식적인 이별도 가능하지 않을까.

— 혹시 0도는 온도일까. 아닐까.

소영은 그런 애매모호한 생각으로 혼란해서 혀끝에 남아있던 커피를 억지로 목구멍으로 넘겼다. 이상한 혼란에 괴로워질 때쯤 현은 도착했고 지난번 데이트에서 들려주었던 목소리 톤으로 언제나의 현처럼 인사했다. 현의 목소리 주파수는 금방 소영을 언제나의 소영으로 돌려준다. 소영은 현의 목소리에 비로소 편안함을 느꼈다. 현은 소영에게 지금 편안함의 최대치를 증명하는 사람이었다.

현은 늘 마시던 커피를 주문하고 일상적이면서 마치 어제 했던 듯한 대화를 조금 하고 핸드폰으로 경제 뉴스를 봤다. 둘은 서로의 안녕은 굳이 묻지 않고 표정과 안색을 살펴 확인한다. 섬세하게 바라보면 굳이 말하지 않아도 알 수 있다. 혹시, 섬세하게 보지 못한 날은 신경 쓰지 않으면 그뿐. 소영은 머리가 무거워서 바람을 쐬고 싶었다. 둘은 마시던 커피를 들고 카페를 빠져나왔다. 소영은 현과 만나기 전 연인의 싸움이, 그 여자의 눈 끝에 맺혀있던 눈물이 머릿속에 자꾸 떠올랐지만 겨우 찾은 평온함을 깨고 싶지 않아 현에게 말하지 않았다.

영화가 시작하기 전까지 시간이 애매하게 남아서 둘은 잠깐 드라이브를 하기로 했다. 시간이 지날수록 차 안 공기를 따뜻하게 덥혀준 히터 바람이 소영을 적당히 몽롱하게 했다. 현은 알아서 척척 소영에게 적당한 온도를 확인하며 시트와 차 안의 공기를 데워줬다.

– 늘 그랬듯.

소영은 아까 싸우던 연인들의 표정과 목소리가 정지 장면처럼 굳어져 곱씹어졌다. 창밖을 보며 저만치 골똘해진 소영을 현이 힐끗 바라보고 창밖으로 시선을 멀찍이 두고 물었다.

"무슨 일 있어?"

"아니요."

소영이 싱긋 웃어 보이며 말했다. 그 상황을 굳이 전달할 필요가 없기도 했지만 아마 말했어도 현에게는 정말 아무 일도 아닐 거다. 연애를 시작하고 얼마 되지 않았을 때, 현에게 아무 일도 아닌 일을 주저리주저리 늘어놓다가 마무리를 어떻게 지어야 할지 곤란했던 적이 있었다. 그때부터 소영은 마무리가 없는 이야기는 현에게 하지 않는다. 현은 둘 말고 다른 사람에게는, 둘 사이에 일어나는 일 말고 다른 곳에서 일어나는 일에는 전혀 관심이 없기도 했으니까.

소영이 말을 돌리려 커피가 부족하다며 머쓱히 웃어 보였다. 현은 운전대를 한 손으로 잡고는 운전석과 보조석 사이의 음료대에 나란히 있던 두 개의 커피 중 소영의 커피를 살짝 흔들어 보며 가벼운 표정으로 입꼬리를 올렸다.

"벌써 다 먹었네. 큰 사이즈로 살 걸 그랬다."

현의 미소가 소영은 좋았다. 현은 가끔 이렇게 다정한 남자다.

'그래. 이렇게 잠시 웃을 수 있는 편안함, 이게 사랑이지. 사랑 별거 아니야. 설레고 떨리고 기대하고 의심하고 집착하고 조절하지 못해서 시작했던 사랑은 실패였잖아. 잘 알면서 멍청하게 왜 그래.'

속으로 삼켰던 말을 제외한 둘의 모든 대화는 예상 범위를 벗어나지 않았다. 서로의 감정을 건들지 않는 말만 했고 들었다. 소영은 이런 완벽한 평온함에 아까의 싸움 장면이 자꾸 끼어들어 통제되지 않는 머릿속에, 스스로에게 슬슬 짜증 나기 시작했다. 소영은 현을 만나고 나서부터 언제부턴가 나 자신으로 향하는 짜증이 염증처럼 퍼져서 오랫동안 남아있음을 느꼈다. 그럴 땐 소리라도 질러 볼까 생각했지만 한 번도 실행한 적은 없었다. 지금도 창문을 살짝 열어 차가운 바람에 소리 없이 눌러낼 뿐. 소영은 드라이브를 하는 동안 한 말보다 삼킨 말이 더 많았다. 말을 삼키는 것도 둘에게는 평범한 데이트 중 일부였다.

운전하는 현의 옆모습은 그 어떤 걱정과 불안도 없이 평온해 보였다.

영화는 나쁘지 않았다. 현과 둘이서 무엇을 하든 언제든지 나쁘지 않았는데 그날도 언제나처럼 나쁘지 않았다.

– 재밌었어? 자리가 불편하진 않았어? 히터 때문에 좀 더 웠지? 옆에 팝콘 냄새가 달콤하더라고.

영화를 보고 나서 소영은 영화를 보지 않고도 할 수 있는 질문을 했다. 늘 그랬듯.

주인공이 누구든, 어떤 장르의 영화든 그랬다. 언제나처럼 그저 그랬던 영화를 적당히 재미있었다고 얘기했다. 어떤 영화든 관심을 가지고 감독을 인정하면 약간의 재미는 있으니까.

소영은 솔직히, 영화를 좋아하지 않았다. 영화산업이 발달하고 스캐일이 커지면서 영화의 스크린이 소영의 시야보다 훨씬 커져서 소영이 볼 수 있는 최대치보다 많이 보였고 들을 수 있는 최대치보다 많이 들렸다. 너무 많이 보는 느낌, 너무 많이 듣는 느낌, 너무 잔인한 주인공, 너무 많이 싸우는 장면에 영화를 보는 내내 무언가로 넘쳐흐르는 것만 같았다. 눈 앞의 직사각형에 압도당해 주눅 들어서, 소영에게 영화는 보고 즐기는 게 아니라 견디는 시간이었다. 예전에 영화에서 악역을 전기의자에 앉혀놓고 날기 주인공이 정의의 사도처럼 응 싱하는 장면을 코믹하게 연출한 장면이 있었는데, 소영은 전기의자에서 고문당하는 모습이 잔인해 보였다. 어쩜 그렇게 연민이 튀어나오는지. 소영은 마치 자신의 몸에도 전기 고문이 저릿하게 느껴지는 것 같아 불쾌함으로 인상을 찌그리는

데 영화관의 사람들은 모두 다 웃고 있었다. 스크린 속에서도 영화를 보는 관객들도, 그리고 현도 시원하고 통쾌하다며 웃었다. 소영은 그 모든 사람들의 잔인한 둔감함에 공포를 느낀 적도 있었다. 화면 속에서 성인 남자가 주먹을 쥐고 현관문을 쾅쾅 두드리는 장면이 나오기만 해도 소영의 심장은 영화관을 터트릴 것처럼 빠르게 뛰었다. 진짜 무서운 건 이런 거라고. 공간도 그랬다. 영화관에 있는 사람들이 숨 쉬었던 공기들이 영화관을 돌아다니는 상상을 하느라 영화에 집중하지 못했다. 귀를 아무리 막아도 들리는 등장인물의 목소리는 마치 환청처럼 꽂혀 보이지 않고 들리지 않는 공포를 실감한다. 소영은 까만 공간에서 영화를 보고 나면 몇 개의 장면과 몇몇 목소리가 겨우 기억날 뿐이었다.

물론 현에게는 솔직히 말하지 않았고, 그게 당연했다. 쓸데없이 신경 쓰이게 하지 않겠다는 암묵적으로 약속된 당연한 침묵.

– 쓸데없이 말을 많이 하지 말고 차라리 침묵하라며.

소영은 굳이 알릴 필요 없는 특이한 습관 정도라 생각했다. 특이한 건 이상한 게 되고 이상함은 결국 단점이 되더라고. 그래서 사람들이 그 어려운 보통인 척 사는 거 아닌가. 그 단점은 약점이 될지도 모른다는 걱정이 앞섰는지도 모르겠다.

소영이 영화를 좋아하지 않는다고 하면 함께할 데이트 중 하나가 줄어드니까, 그게 연애의 단점이 될지도 모른다는 걱정이 앞섰다. 어떻게 받아들일지 몰라 현의 반응이 겁이 났던 것도 사실이다.

영화를 다 본 현은 불필요한 일을 너무 열심히 한 사람처럼 불쾌한 표정이었다.

"감독이 유명하다며? 이런 영화 만들고 유명해진다고? 참, 요즘 유명해지는 거 쉬워. 저 남자주인공은 예전에 바람 폈다며? 어쨌든 다음에는 액션영화는 못 찍을 듯."

현은 팔짱을 끼고서 진지하고 뾰족하게 말했다. 남자주인공의 사생활부터 우리나라, 나아가 세계의 영화산업까지 분석하고 토로했다. 소영은 영화에 대해서는, 더욱이 영화산업에 대해서는 별다른 관심이 없었기에 현의 말이 지난 주말에 먹었던 브런치 메뉴 같았다. 뭘 먹는지 상관없이 적당히 먹고 기분 내기만 하면 되는 그런 브런치 메뉴처럼. 소영은 브런치 메뉴를 생각하며 불쾌한 표정이 가득한 현의 옆 모습을 빤하게 바라보았다. 영화데이트를 할 때 소영이 가장 좋아하는 시간이었다.

'저 남자는 마음에 들지 않는 걸 말할 때 입을 유난히 턱까지 움직이는구나.'

소영은 얼굴에서 살짝만 시선을 돌려도 걸쳐 보이는 현의 턱선을 좋아했다. 현은 턱선이 유난히 멋있는 남자다. 이럴 땐 오히려 쉽고 편하다. 언젠가 모든 약속이 취소된 주말에 이불 속에서 준비했던 웃음을 꺼내 보이면 된다. 연습했던 것처럼 현을 보고 싱긋 웃어 보이면 현은 그런 소영을 사랑스럽게 바라봐 주었다.

영화관을 빠져나와 엘리베이터를 타고 내려와 차 문을 열면서도, 시동을 켜면서도 현의 턱은 쉴새 없이 움직였다. 소영은 그런 현에게 방해되지 않도록 최대한 신경 쓰이지 않도록 팔짱을 꼈다가 손을 잡았다가 옷소매를 잡았다가 놓았다가를 반복했다. 소영은 두 번 접어 올린 현의 셔츠가 좋았다. 그리고 셔츠 아래로 뻗어 나온 현의 팔뚝과 손을 좋아했다. 그 손을 잡으면 제법 따뜻해서, 그 손은 제법 다정했다. 소영은 가끔 그 손을 짝사랑하는 사람처럼 굴었다. 그렇게 영화를 견디듯 현을 묵묵히 견뎌냈다. 그것도 소영에게는 소중한 영화데이트였다. 밖에 날은 어떤가, 저녁은 뭘 먹을까 얘기하며 둘은 차에 올라탔다.

"뭐든 좋아요. 가던 데 가요."

소영은 언제나의 저녁처럼 현에게 말했다. 현은 차에 시동을 켜고 오른쪽으로 한 번, 또 오른쪽으로 한 번 돌아 출구

쪽으로 차를 돌렸다. 지하 주차장을 빠져나오려는 순간 주차장 차단기가 올라가지 않았다.

"이건 또 왜 이래?"

현이 운전대에 한 손을 올리고 차단기 앞에서 한껏 불쾌함을 담아 갑작스럽게 브레이크를 밟았다. 주차관리소 옆 기계를 보니 주차요금이 청구되어 결제하라는 메시지가 떴다. 영화가 끝나고 주차 정산을 했어야 했는데, 아까 신랄하게 턱을 움직이다 놓친 모양이었다. 소영이 지갑을 꺼내려 가방에 손을 넣고 지갑에 손이 닿으려는 찰나 현이 호출 버튼을 연달아 눌렀다.

'다닥닥닥닥닥'

반복적인 터치음이 요란하게 퍼졌다. 소영은 어떤 충돌하는 소리가 반복적으로 들리면 그해 여름의 기억이 떠올라 숨이 멎을 것만 같았다. 띠띠띠띠, 다다다닥, 소리에 맞춰 심장이 벌렁거리다가 멈추는 듯했다. 저 버튼이 부서지면 어떻게 해야 하나, 수자비와 함께 물어줘야 하나, 생각하다가 심장이 터져 버릴 것 같아서 차라리 저 버튼이 부서져 버렸으면 싶었다. 소영은 가슴의 중앙에 손을 올리고 심호흡을 하다가 문득, 주차비 정산을 한 기억이 없음을 깨달았다. 호출기 버튼을 타고 차가운 기계음이 흘렀다.

– 무엇을 도와드릴까요?

"아니, 이 건물 주차 서비스가 왜 이래요? 이거 고장 났으니까 얼른 고치러 오세요."

호출기 너머로는 아무 말도 들리지 않았다. 소영은 겨우 안도감을 느끼고 침묵의 순간을 깨달았다. 정신이 조금 들자 침묵만큼 무안해졌다. 열어놓은 창문으로 들어온 찬 공기가 차 안의 온도를 한 번에 떨어트렸다. 두 템포 정도 쉬고 호출기 버튼 뒤에서 안내하는 목소리가 나왔다.

– 주차 정산을 하지 않으셨다는 말씀이실까요?

"내 말 안 듣고 뭐 했어요? 분명히 정산했다고. 지금 바쁜 사람 가지고 뭐 하는 거야? 여기 주차비 더 받으려 수 쓰는 거 아냐?"

현의 말이 짧아졌고 소영은 그 빈틈을 채우듯 긴 한숨을 낮게 내쉬었다.

'안 했잖아요.'

– 네. 고객님. 차량번호를 불러 주시겠습니까?

"지금 차가 차단기 바로 앞에 있는데 차량번호가 조회가 안 된다고? 지금 나랑 장난하는 거야? 뭐야?"

현은 한참을 따지고 나서야 조금 직성이 풀렸는지 씩씩거리면서 차량번호를 불렀다. 현의 거침없는 당당함에 소영의 생작은 나쁜 방향으로 기울었다.

'혹시 진짜 주차비 정산을 했는데 내가 못 본 건가? 내가 기억을 못 하나?'

두 사람이 타고 있는 차 뒤로 영화관을 빠져나가려는 차들이 줄지었다. 소영은 점점 길어지는 줄을 보며 기억 속에 없는 현의 정산하는 뒷모습을 찾아내려 애쓰고 애썼다. 혹시, 정말로 정산을 하고 나왔으면 현이 억울할 상황이다. 하지 않은 일에 저렇게 간절하게 언성을 높이고 말할 리가 없다. 기계는 오류가 날 수 있으니 혹시, 혹시, 혹시, 하는 생각이 자꾸 엉키며 쪼그라들었다. 소영은 미리 예매한 영화 티켓을 키오스크에서 출력하고 상영관에 들어가기까지, 영화가 끝나고 나오기까지 장면을 곱씹고 곱씹고 곱씹었다. 현이 주차 정산을 하는 모습이 떠오를 때까지 곱씹었다. 그런데 갑자기 영화를 보러 오기 전 언성을 높여 싸우던 연인들의 모습과 목소리까지 뒤엉켜 머리가 터질 것 같았다. 있지도 않는 기억을 끄집어내는 건 어울한 누명을 쓰는 것만큼 미칠 짓이다. 아무리 생각해도 언젠가 열심히 외워 본 너무 긴 영어 단어처럼 생각날 듯 생각나지 않았다. 그래, 결국 생각나지 않았다. 기억은 없었다.

— 고객님 차량은 주차비 정산을 하지 않으신 걸로 조회되는데요. 이번엔 제가 처리해 드리구요. 다음에는 꼭 정산을

하시고 나오시기 바랍니다.

"내가 제대로 했다고 말하지 않았어? 지금 내가 주차 정산을 하지 않고 이런다고? 지금 뭐야? 사람 무시하는 거야?"

호출기 너머에서는 더 이상 응대가 없었다. 현과 호출기 너머의 직원 사이의 차가운 공기가 얼었다 약간 녹았다를 반복하고 있었고 그 옆에서 소영은 놀란 마음으로 타들어 가고 있었다. 현의 차 뒤로 출차를 기다리는 차량이 줄을 지어 창문으로 고개를 내밀고는 현의 차량을 응시하며 웅성거렸다. 현이 한 번씩 이렇게 분노를 쏟아낼 때면 소영은 스스로 마른 장작이 되어갔다.

'두 사람 다, 이렇게까지 할 일은 아니잖아.'

현의 높아가는 언성에 소영은 아무 말 하지 못하고 입술만 떨고 있었는데, 현의 말이 맞을 거라 생각하니 파르르 떨리던 입술이 조금 누그러졌다. 한참 분노를 내뱉던 현은 차단기가 올라가는 것을 보고서는 진작에 이럴 것이지, 라며 주차장을 빠져나왔다. 고개를 돌려 소영을 보곤 조용히 말하면서 악셀을 밟았다.

"영화도 더럽게 재미 없었구만. 무슨 영화관이 이따위야? 내가 너 봐서 참는 거야."

현은 소영을 바라보며 평소 용서할 때 짓는 미소를 보였다.

청구되었던 주차 요금은 구천 원이었다.

현이 가끔 화를 낼 때마다 소영은 눈앞에 살아있는 공포를 경험한다. 차 안일 때 공포는 가장 극에 달했다. 언제든 손 뻗으면 닿을 수 있는 거리, 창문을 닫고 차 문을 잠그면 아무도 들어올 수 없는 공간. 운전대를 잡고 있는 현. 그러면서도 마음 한편에는 나에게는 그러지 않으니, 그 분노의 대상이 나는 아니니까 다행이라는 생각도 했다. 나를 위해서 참을 줄 아는 사람이니까. 결혼하면 나와 가족을 지키기 위해서 다른 사람에게 기꺼이 분노를 쏟을 줄 알기에 어떤 방법으로든 손해 보며 살진 않으리라는 믿음으로 소영은 자신을 다독였고 현이 정말로 주차 정산을 했다고 믿으려고 애썼다. 그럴수록 머릿속은 연인들의 싸움 소리까지 더해져 폭발하듯 지끈거렸다.

"좀 걷고 싶어요. 혼자 갈게요."

"그래. 여기서 내려줄게."

현은 마침 아까 실랑이가 짜증 났다며 집에 가서 쉬고 싶다고 했다. 집에 가서 맥주 한 캔하고 그 알바생의 이름을 알아내겠노라고 말했다. 소영은 현에게 흐릿하게 웃어 보이고는 차에서 내렸다. 현이 소영을 내려준 곳은 영화관 근처 도로 아무런 곳이었다. 소영은 차에서 내려 도로의 아무런 곳에 발바닥을 붙이며 조금 자유롭다는 생각이 들었다.

목적지 없이 일단 걸었다. 차가운 공기가 코끝을 치고 들어왔는데 코끝만큼 몸 구석구석이 차가워져 금방 정신이 차려졌다. 소영은 정신이 차려지는 어느 순간까지 걷는 걸 좋아했다. 날이 춥든, 비가 오든, 눈이 오든, 하이힐을 신었든 상관없었다. 걷다가 문득 정신 차려지는 순간이 오면 그건 산책이라고 말했다.

소영은 산책하다 따뜻한 코코아 한 잔을 마시려 편의점에 들어갔다. 코코아는 항상 맛이 비슷해서 이상하게 위로가 된다. 아무거나 선택해도 비슷하게 따뜻하고 비슷하게 달콤한 건 사람과 참 많이 다르다고. 따뜻한 온장고에 들어있는 코코아를 두 손으로 감싸고 볼과 목에 한 번씩 데어 보고 계산대 앞에 서서 카드를 내밀었다.

"영수증 드릴까요?"

"아니요. 안녕히 계세요."

소영은 습관처럼 영수증은 필요 없다고 말하고 힘없이 고개를 숙이고는 편의점을 빠져나왔다. 편의점 앞에 잠시 서서 따뜻한 코코아를 후, 하고 한 모금 마시며 차갑게 높은 빌딩을 구경했다. 순간.

'계산이 제대로 되었을까? 혹시 나를 속이는 건 아니겠지?'

하는 생각이 번뜩 들었다. 소영은 다시 편의점으로 들어갔다. 매대를 정리하던 알바생이 눈을 동그랗게 뜨고 소영을 바라보았다.

"죄송한데 아까 그 영수증 다시 받을 수 있을까요?"

"네. 잠시만요."

계산대로 돌아가서 알바생은 직전 거래를 검색하고 영수증을 소영의 손에 쥐어주고는 안녕히 가시라고 친절하게 응대했다. 영수증에는 편의점과 관련된 글자와 숫자들이 적혀있었고 1500원으로 정확하게 결제되었다고 프린트되었다. 약간 머쓱해진 소영은 아까보다 고개를 더 숙여 인사하고는 편의점을 빠져나왔다.

'코코아를 사는 건 모르는 사람에게 카드를 내밀고 사인을 하는 행위구나. 적어도 알바생을 믿어야 하는구나.'

그새 공기는 더 차가워져 소영의 뺨을 에어 들고 있었다. 소영은 어쩌면 뭔가 잘못되고 있을지도 모른다는 생각을 하고서는 제법 바쁘게 걸어갔다.

○

"오늘 오후는 눈이 예상되는 날입니다. 눈이 올 확률은 40%입니다. 퇴근길에 눈송이가 흩날릴 수도 있겠는데요. 안전 운전하시기 바랍니다."

일기예보에서 눈이 올 거라고 했다. 소영은 손을 뻗어 하늘을 올려다보았다.

– 그래서 눈이 온다는 걸까. 안 온다는 걸까.

소영은 눈이 올 확률에 동의할 수 없었다. 눈이 내리면 100%니까. 산다는 건 언제나 확률은 반반이고 50:50이다. 나에게 닥치면 어차피 100%가 되니까. 눈이 내릴지도 모른다는 것 말고는 어제와 똑같은 기분으로, 똑같은 표정으로, 똑같은 외투를 입고, 똑같은 거리를 지나서 똑같은 번호의 버스를 타고 회사로 출근했다.

얼마 전, 청첩장을 보냈던 친구에게서 카톡이 왔다. 한참 동안 연락을 하지 않았고 얼굴 본지가 언제인지 기억도 제대로 나지 않은 친구가 모바일 청첩장만 보내서 소영도 카톡으로 축의금만 보낼까 고민하고 있던 찰나였다.

'만나자고? 왜?'

만나자는 친구의 말에 소영은 해야 할 일 몇 개를 떠올렸다. 집에는 어제 저녁으로 먹은 밥그릇과 국그릇, 반찬을 담은 그릇들이 싱크대에 담겨 있고 며칠째 미루었던 운동화를 빨아볼까, 마음먹고 있었다. 오랜만에 온 친구의 연락에 신발장에 처박아둔 더러워진 운동화가 자꾸 눈에 밟혔다. 소영은 회사에서 업무를 보는 동안 약속 시간과 장소를 정해 온 카톡에 무슨 핑계로 거절할까, 고민하다가 적절한 거절의 타이밍을 놓치고 말았다. 타이밍을 놓친 일엔 어쩔 수 없이 응해야 하는데 희한한 건 그게 차라리 속 편할 때도 있다. 소영은 어떤 결정은 그런 방식으로 했다. 소영은 하는 수 없이 퇴근 후 더러워진 운동화를 떠올리며 찜찜하고도 무겁게 친구와의 약속 장소로 향했다.

'친구를 만났다가 집에 가서 운동화까지 빠는 건 무리겠지.'

소영은 약속 장소로 가는 내내 운동화 빨 생각을 했다. 오늘, 아니면 내일, 또 내일, 그 다음 내일, 이상하게 몇 번이나 내일로 미루는 죄책감이 머릿속을 온통 덮쳤다. 귀찮은 건 하고자 하는 마음을 먹는 게 가장 힘든데, 내 인생에서 그리 중요하지도 않은 사람이 단숨에 엎어버려서 그게 마음에 안 드는 건지도 모르겠다.

약속한 카페의 정문에서도 친구의 실루엣은 금방 찾아낼 수 있었다. 얼굴을 마주 보고 대화하며 친해진 사람을 멀리서 실루엣만 보고도 알 수 있는 건 참 기이한 일이다. 친구는 텅 빈 시선으로 가까운 곳과 먼 곳을 번갈아 응시하면서 손바닥으로 얼굴에 흘러내리는 것을 쓸어내렸다.

'하아.'

소영은 그럴 줄 알아서 나오는 옅은 한숨을 내쉬었다.

'나오지 말걸. 바쁘다고 할걸.'

소영이 카페 문 앞에 서서 안을 바라보았는데 마침 친구와 눈이 똑바로 마주쳤다. 어쩔 수 없이 친구에게 반갑다는 뜻을 담아 싱긋생긋 웃어 보였다. 오랜만에 만난 어색함을 없애고자, 그리고 지금까지 한 운동화 생각을 없애기 위해 반드시 필요한 노력하는 웃음이었다. 소영은 어쩔 수 없이 카페 안으로 천천히 걸어 들어갔다. 아마 친구와 눈이 마주치지 않았다면 입구에 서서 한참을 고민했을 거다. 그대로 발길을 돌렸을지도 모른다. 친구는 그냥 친구면 족하지, 굳이 좋은 친구로 남을 필요는 없으니까.

"오랜만이야."

친구는 손에 쥐고 있던 휴지에 대고 코를 흥, 풀어댔다. 코를 두어 번 더 들이마시더니 또 눈물을 쏟아내고 손바닥으로 눈에서 흘러내린 주체하지 못한 물기를 쓸어냈다. 소영은 친구를 보는 것만으로도 기진맥진해져 아무 말도 못 했다. 친구를 만나고 대화를 시작하고 내뱉은 숨소리가 엉길수록 딴생각이나 하자 했다. 소영이 카페에 준비돼있는 티슈를 챙겨주고 아무 말로 위로하기를 삼십 분. 점점 인내심의 한계가 느껴졌다.

'지금 일어나도 친구로는 남을 수 있을 텐데. 얼마나 더 참아야 좋은 친구로 남을 수 있을까.'

소영은 오롯이 후회하고 있었다. 친구를 찬찬히 살피며 지금까지 있었을 친구의 사정을 들어보고 어떠한 위로를 해줄까 고민하고 공감하는 것보다 후회하는 게 시간이 훨씬 더 잘 흘렀다. 하지만 얼굴에 대고 할 말은, 저렇게 큰 손바닥으로 쓸어내려도 남을 만큼 눈물을 흘리고 있는 사람 앞에서 할 말은 아니라는 걸 잘 알기에 겨우겨우 참고 있었다.

'눈물이 무기네. 아무것도 할 수 없네.'

소영은 옅은 한숨을 저절로 두어 번 쉬었다. 결혼을 앞두고 청첩장을 찍고 울고 있는 사람은 이유가 대충 짐작이 된다. 그런 상황에서는 보통 위로도, 조언도, 충고도 소용없다. 감정을 쏟아낼 창고가 되었다가 상대방을 실컷 욕하고는 아마도, 어쩔 수 없이 결혼식을 올릴 거다. 진짜 파혼하는 커플은 이렇게 친구를 찾아와서 울지 않는다. 조용히 지내다가 시간이 흐르고 어느 정도 마음이 가라앉으면 서후 고백한다.

─ 사실은, 그렇게 됐어. 안 맞더라고. 인연이 아니었겠지.

─ 우리 다른 얘기 하자.

─ 그냥.

꼭 파혼이 아니더라도 진짜는 몇 마디 안 되는 말로 많은 일들을 지나가려 한다. 복잡해지면 운과 운명 따위도 들먹인다. 과거를, 이유를 굳이 설명하려 들지 않는다. 소영은 애써 말하는 이제 괜찮아, 그런 고백의 눈물에는 가슴이 저릿했었다. 얼마나 힘들었니, 불행보단 이혼이지, 이혼보단 파혼이지, 하는 뻔한 위로도 하고 시간이 지난 후에 따뜻한 밥 한 끼 사 줘야겠다고 속으로 다짐하곤 했다.

지금 친구는 자신이 얼마나 양보를 하면서 결혼식을 준비하고 있는지, 자신이 얼마나 힘든지 말하면서도 교묘히 상대를 지키는 뉘앙스로 말하고 있다.

─ 다 내가 잘못한 거야. 그 사람은 잘못이 없다고.

"결혼식이란 게 엎을 이유보다 엎을 수 없는 이유가 더 많으니까."

식장을 이미 예약해서, 그 사람이 실수한 거라서, 그 실수가 처음이라서, 이미 청첩장을 돌려서, 어른들이 엎는 건 안 된다고 해서, 이렇게 갖은 이유로 감정 쓰레기통 취급하고는 어쨌든 결혼식은 올릴 거다. 그리곤 일 년 정도 지나면 그때 결혼식을 엎었어야 했다, 넌 결혼 같은 거 절대 하지 말고 아니라는 신호가 오면 바로 도망가라고 말할 거다.

'신발장 두 번째 줄에 넣어 두었나? 세 번째였던가.'

소영은 더러운 운동화를 생각하면서 앞이 훤히 내다보이는 답답함을 느꼈다. 마치 지금 운동화를 빨고 있는 듯한 고단함이 머리와 온몸으로 전해왔다. 쪼그리고 앉아 운동화에 힘을 주고 솔질을 반복하는 듯했다. 운동화는 새하얀 본모습을 드러내고 그 아래로 거품과 회색의 구정물이 흘러내렸다.

상상 속의 고단함에 눈빛이 멍해지는 소영을 보고 친구가 살짝 놀라 물었다.

"왜 그래?"

"너무 더러워서."

"뭐라고?"

"아, 아니야. 미안해. 계속해. 이야기."

소영은 자신의 말실수를 인식하고선 지금부턴 최대한 제대로 들어주겠노라 마음먹었지만, 여전히 어떤 방식으로든 고단했다. 그럼에도 불구하고 끝까지 자리를 지킨 건 소영이 친구가 우는 모습을 처음 보았기 때문이었다. 멀쩡한 성인 남자가 시커먼 팔뚝을 움직여 눈물을 훔치는 모습은 생경하면서도 신기했다. 친구가 어렸을 적엔 이렇게, 이런 자세로 울었겠지. 부모님 품에 안겨서 울었겠지. 몸의 크기만 더 작았겠지. 하는 생각에 잠시 귀여워 웃음이 나올 뻔했다.

서른에 대해서 고민할 즈음에는 울거나 뛰거나 하지 않는다. 누군가 빨리 보고 싶어서 뛰어가거나, 미치도록 슬퍼서 펑

펑 울지 않는다. 뭘 일이 없는 건지, 울 일이 없는 건지, 아니면 나를 온전히 보여줄 사람이 없는지는 알 수 없다. 정말 꼭꼭 숨어 울어서 절대 들키지 않거나. 나이가 들고 다른 사람 앞에서 눈물을 쏟는 일은 그 자체로도 머리가 복잡해지는 일이었다. 소영도 그랬다. 무엇보다 자존심이 허락되지 않았다. 운다는 건 약점이 되어서 돌아올 수 있어서 조심해야 했고 언제부턴가 웬만한 상처나 충격에는 놀라지도 않았다.

딴 생각에 빠져있는 소영에게 친구는 미안하다며 잠시 머쓱해하더니, 얘기를 계속했다. 처음에는 간소하게 하자고 합의했던 결혼식이 준비를 진행하면 할수록 규모가 커졌단다. 연애할 땐 그렇게 성격도 습관도 닮았던 두 사람이라 한 번도 싸운 적이 없었는데 결혼을 준비하면서는 서로의 틀림 지적하기였다고. 지적질을 몇십 번 반복하면 함께했던 약속들이 깨지게 돼있다. 다름이 틀림이 되고 그 틀림을 모아 눈물이 되는 게 결혼이고 그 결과가 파혼이라니.

희한하게도, 아니 어쩌면 당연하게도 결과적으로 이상한 곳에서 터졌다. 눈에 보이지 않는 사랑, 신뢰, 믿음, 책임감, 그리고 약속이 아니라 어긋난 것들은 눈에 보이는 것에서 터져나온다. 결국 집을 사기 위한 대출에서 터졌다고 했다. 친구 말로는 아무리 생각해도 작은 집으로 정하면 해결되는 일이었다고. 친구는 답답한 마음에 원하는 만큼 대출이 불가능하니 1년 정도 결혼을 늦추자고 엄포를 놓았는데 그럼 이 결혼 그만두자고 했다고 한다. 친구는 그렇게 싸우면서도 한 번도 결혼을 취소할 생각은 하지 않았다고 아니, 못했다고 했다.

"어떻게 그럴 수 있니."

"그럴 수 있어. 세상에 그럴 수 없는 일이 어딨어."

소영은 친구의 입으로, 친구가 유리한 대로 얘기를 듣고 있을 테지만 그 여자분의 입장을 머릿속으로 천천히 그려보았다. 어떠한 사랑도 자꾸 부딪치면 믿음이 흔들리면서 사랑의 바닥을 갉아먹는다.

– 기본이 안 된 사랑

바닥을 갉아 먹힌 사랑은 부러지기 마련이고 갉아 먹힌 빈 틈을 돈이 지켜주지 못하면 꺾이게 되어있다. 그럼 헤어지는 거라고. 그럴 수 있는 일이 된다. 그만두자는 여자분을 잘 설득해보라고 말할까 하다가 그럴 수도 있을 것 같아서 소영은 허탈해만 하기로 했다.

'많이 싸웠다는 건 헤어짐을 많이 고민했다는 건데.'

밥이라도 먹고 가라는 빈말에 친구는 먹고 싶은 마음도 없다며 그냥 가겠다고 했다.

"고마워. 잘 들어줘서."

무수한 딴 생각으로 가득 찼던 소영의 머릿속을 친구의 고맙다는 말이 깨끗하게 밀어내 주었다. 친구는 숨죽이며 흐느끼는데 쓰던 듬직한 어깨에 코트를 걸치고 웅크리며 곧 눈이 올지도 모를 거리를 혼자 걸어 나갔다. 소영은 친구의 주머니에 박힌 손을 멍하니 응시하면서, 그래도 저 손은 따뜻했으면 좋겠다는 생각을 했다.

'고마워.'

소영은 친구에게 들었던 고맙다는 말을 떠올렸다. 그 말은 현과 사랑한다는 말을 해야 할 타이밍마다 하던 말이었다. 현과 함께 잤던 어느 밤, 오늘 밤은 정말 좋았다며 현은 고맙다고 말했다. 소영은 심장의 펌프질에 피가 천천히 움직이다가 한 번에 없어지는 느낌이 있었는데, 그 때에 심장이 텅 비는 것만 같았다. 현과 함께했던 고마웠던 그날 밤 소영은 여자로서 얇게 불행했다.

소영은 친구 앞에서 무신경했던 자신을 되돌아보며 친구가 굳이 고마워하질 않길 바랐다. 친구는 파혼을 선언했지만 아직 여자분을 사랑하고 있다는 생각이 들면서 그 둘 사이에는 비록 바닥은 긁어 먹혔지만 꼭대기에는 아직 서로를 놓을 수 없는 묘한 뭔가가 달려있다는 생각도 들었다.

소영은 언젠가 현을 기다리던 카페에서, 서로를 잡아먹을 듯이 싸우던 연인이 생각났다. 헤어질 거라고 서로를 향해 소리 질러도 서로 사랑하고 있다는 게 너무나도 절실히 느껴지던 그 장면이 괴롭게 또 머릿속을 스쳤다.

'파혼한 연인은 다시 사랑할 수 있을까. 결혼을 진행하기 전엔 확실히 사랑했고 행복했다는데 그럼 파혼하고 다시 연애해도 되는 거 아닌가. 결혼 안 하면 되잖아.'

생각이 여기까지 미치자 소영은 왠지 울적해졌다. 파혼하고 싸우면서도 서로를 간절하게 원하는 연인. 서로의 온도를 몰라 이리저리 날뛰는 감정으로 서로를 집요하게 괴롭히는 것도 과연 사랑일까.

혹시 그게 진짜 사랑일까.

○

어제만큼 추운 아침, 소영은 오늘도 어제처럼 출근했다. 어제와 완전히 똑같지는 않길 바랄 뿐. 아직 운동화를 빨지 못했다. 덕분에 계속 찝찝했고 운동화는 신발상 넷 번째에 두었는지 잊혀진 채 그 자리에 그대로 있을 거다. 어쩌면 다시 그대로 신고 나갈지도 모른다. 겉이 더러우면 물티슈로라도 급하게 닦아 내겠지만.

"좋은 아침."

옆자리 과장님이 반갑게 인사했다. 늘 그렇듯 반갑습니다, 그리고 좋은 아침.

과장님은 반듯한 단발머리에 크지도 작지도 않은 키, 약간은 허스키한 목소리로 언니처럼 서글서글하게 사람 좋은 웃음을 보여준다. 마르지도 뚱뚱하지도 않지만 약간은 통통한 몸, 예쁘지도 못생기지도 않지만 굳이 나누자면 못생긴 쪽에 들어가는 과장님을 보며 소영은, 세상에 보통 사람의 기준이 있다면 과장님이지 않을까, 생각했다. 소영은 과장님의 편안한 웃음에는 표정을 빤히 바라보지 않았다. 자연스럽게 웃고 넘어갈 수 있는 웃음, 표정을 살피지 않아도 되는 웃음. 아무것도 감추지 않은 표정에는 어떤 말도 필요 없이 자연스러울 수 있었다. 그런 과장님 옆에서 자주 웃음을 비우고 쉴 수 있었다.

소영이 가방을 내리고 자리에 앉는데 과장님이 약간은 호들갑스럽게 말했다.

"나 엄마가 되는 거 같아."

아, 이게 무슨 말이지?

과장님은 삼십 대 중반에 아직 싱글이다. 나 몰래, 결혼을 했다는 말인지. 그건 아닐 거다, 남자친구가 있으셨나. 소영은 그 말에 어떻게 대답해야 할지 몰라 눈을 껌뻑이면서 왼쪽 스웨터를 오른손으로 팔목 위로 끌어 올렸다. 의미 없었다. 적당한 말을 하기 위해 시간을 끌기 위한 제스처였는데 그러고도 적절한 대답을 생각하지 못해 한숨을 쉬고는 오직 정면만 응시하고 있었다.

"축, 축하, 그러니까 일단은 축, 하.... 드려요. 하하하하. 그런데 어쩌시려고."

소영은 은근하게 고개를 꺾어내려 과장님의 배를 한 번 내려다보았다. 단 한 번도 과장님의 옷 속이 어떻게 생겼을까 생각해 본 적이 없었는데 지금은 과장님의 살결이 어떤지, 배가 얼마나 나왔는지, 허리 라인이 어떤지 머릿속으로 더듬고 있었다. 소영은 정말 너무 어색해서 어색하게 웃는 게 최선이었다.

"아니, 무슨 소리야, 소영씨. 그게 아니라 나이가 들어갈수록 우리 엄마랑 닮는 거 같다고. 아침에 세수하고 거울 보는데 어렸을 때 내 기억 속의 우리 엄마랑 정말 닮은 거 있지? 역시 나 우리 엄마 딸 맞나봐. 호호."

철렁했던 소영의 가슴이 제자리를 찾았다.

"아, 네."

"아침에 그게 너무 신기한 거야. 유전자의 힘. 정말. 생각난 김에 엄마한테 전화나 해야겠어. 나 엄마 딸 맞는 거 같다고."

휴. 다행이다. 소영은 한숨처럼 피식, 웃고는 바로 앉아 모니터를 보고선 오늘 업무를 시작하려 자세를 잡았다.

'나도 참, 어쩔 수 없나 보다. 서른이 넘으면 결혼을 해야 한다는, 서른 중반이 넘으면 임신을 한다는, 마흔이 되면 딸인지, 아들인지 물을 자식이 있어야 한다는 그 이상한 논리에 갇혀있네.'

삼십 대 중반의 여성이 엄마가 된다는 건 그 시절의 엄마처럼 늙어간다는 뜻이구나.

소영이 고개를 돌려 과장님을 다시 보았다. 그녀는 아무렇지 않게 회의 준비로 서류를 보고 있었다. 업무에 집중하고 있는 그녀의 옆모습이 반짝 빛났다.

평일의 저녁, 퇴근 후. 하늘은 회색빛으로 뿌옇게 햇빛 대신 먼지를 모으고 있는 듯했다. 소영은 괜스레 현이 보고 싶어졌다. 습관적으로 생각나는 사람과 간절하게 보고 싶은 건 다른데, 현이 간절한 쪽은 아니었다. 요즘은 현과 통화한다고, 현의 목소리를 듣는다고 마음이 편해지거나 하는 변화는 일어나진 않았으니까. 소영은 문득 평범한 다른 연인들은 어떻게 약속을 잡고 어떻게 만나나, 결혼과 미래의 아이에 대해서는 어떻게 대화하는지 궁금해졌다.

― 미래를 약속했지만 구체적인 대화는 없는 우리 사이.

― 당연히,라는 말로 많은 걸 대신하려는 그런 사이.

어쩌면 현과 소영은 평범한 연인이 아닐지도 몰라서, 소영은 우리 둘은 연인의 범주에 들어있지 않다는 생각이 들었다. 바깥의 공기는 회색빛으로 시렸다.

"우리 만날까요?"

"왜? 오늘 만나는 날 아니잖아."

전화기 너머의 현의 무뚝뚝한 목소리에 소영은, 얼마 전 현에게 미안하다고 사과했던 일이 생각났다. 무슨 일이었는지 사과의 이유가 뭐였는지는 기억나지 않는데, 여느 때처럼 소영은 사과했고 현에게 용서받았었다. 마치 어제 먹은 점심 메뉴처럼 평범하고 자연스러워서 잊고 있었다. 현은 혼자서 캠핑 가려고 준비 중이라고 했다. 이 남자는 참 예외가 없다. 늘 하던 대로 움직이고 행동한다.

"보고 띠퍼요. 디금."

소영이 미리 약속하지 않은 만남을 요구하는 건 처음이었다. 보고 싶다는 말을 하는 소영 자신도 어색해 입술을 최대한 작가 오므리고 올망졸망하게 말해서 밭ᅵ고자 어눌했다. 사소석이고 황당한 웃음이 삐쳐 나왔다. 보고 싶다고 처음 말한 건, 실제로 갑자기 보고 싶은 것도 처음이었다.

"왜?"

"그러니까 왜?"

"그러니까 왜? 지금?"

"그러니까 왜? 지금? 갑자기?"

현은 캠핑을 갈 준비를 해야 한다, 날씨를 검색해 봐야 한다, 가는 길을 몰라 검색하고 내비를 찍어야 한다며 핸드폰을 써야 한다고 말했다. 소영이 현을 보고 싶어 하는 날에도, 소영이 평소와 다른 말과 행동을 해도 현은 스스로가 바빴다. 물론 소영도 잘 알고 있는, 소영이 인정해주던 바쁨이었다.

'꼭 있어야 해요? 왜... 라는 거. 왜냐고?'

소영은 구체적인 대답이 떠오르지 않았다. 무엇보다 소영이 자꾸 말문이 막혔던 건 현의 말과 행동보다 서운해하는 자신이 어색해서였다.

– 서운함. 기대가 있어야 서운함도 있다고, 지금까지 서운함이 없었던 건 현이 서운한 마음을 잘 채워줘서가 아니라 기대하지 않아서였다고. 어쨌든 기대와 서운함이 없어서 둘의 관계는 편안했다고.

어렸을 적 엄마가 언니와 동생을 안아주고선 팔이 아프다고 나만 안아주지 않았던 것처럼, 소영은 잠시 후에 안아주겠다던 엄마의 낮잠 자는 뒷모습을 조용히 바라보는 것처럼 어른스러워야 한다고 생각했다. 그럴수록 마음 깊은 곳에서는 지금까지 잘라 숨겨 놓았던 감정들이 기척 없이 흩어졌다. 소영의 마음속에서 계산되지 못한 것들이 알 수 없을 만큼 몰려오고 있었다. 현과 소영의 사이에 눈에 보이는 것 말고 눈에 보이지 않는 건 과연 무엇이 있을까.

둘 사이에는 침묵이 흘렀다. 현은 왜,라는 질문에 대답을 받아내어야 다음 말을 이어갈 것이다. 누가 어떤 대답을 해야 할지 애매한 상황, 침묵을 깬 건 소영이었다.

"싫은 거예요?"

담담하지만 당당하지 못하게 소영이 억지로 물었다.

"아니. 싫은 건 아닌데. 알잖아. 난 혼자 있는 시간이 필요한 사람인 거. 그럴 때 누가 옆에 있으면 거슬려."

'싫은 건 아니야. 싫은 건 아니래. 그런데 거슬린다고.'

소영은 한 손으로는 핸드폰을 귀에 대고, 또 다른 손으로 주먹을 쥐었다, 폈다를 반복했다. 마치 멈춘 것 같았던 시간이 손끝을 꼼지락거리며 천천히 흘렀다. 머릿속이 멈추어서 지금 이 순간이 찍히고 갇혀 벗어날 수 없을까 봐 억지로 손을 움직였다. 움직임이 있는 걸 보니 시간이 멈춘 건 아니다. 소영은 지금 어떠한 방식으로든 살아 있다고 자조했다.

소영의 고집으로 현의 마음이 상했다면 어쩌면 소영이 사과해야 할 상황이었다. 그게 그 둘이 사랑을 유지하기 위해 지켜온 연애의 룰이었으니까. 평소 같았으면 소영이 사과하고 현에게 용서받고 이 상황은 지나갔을 거다. 현은 계획대로 캠핑을 가고 소영은 혼자의 시간을 보장받은 하루를 보낼 거다. 보고 싶다는 말이 평범하지 않은 지금이 둘에겐 사과와 용서보다 더 필요한 균열이었을지도 몰랐다. 소영에게 간절함이 생기고 눈물이 나면서 온몸이 떨리기 시작한 건 혹시 현을 사랑하고 있다는 증거가 될 수 있을까. 혹시 이렇게 버티고 있으면 현이 한 번은 져주지 않을까. 혹시 불쌍하게 봐주지 않을까.

그래도 한 번은.

"미안해요."

소영이 미안하다고 말하고 나서야 상황은 끝났다. 둘만의 방식대로 평온함이 찾아왔다. 한 사람이 져야 끝나는 상황, 지는 사람이 현은 아니라는 걸 소영은 너무나도 잘 알고 있었다.

소영은 텅 빈 몸을 이끌고 집으로 왔다. 현관문을 열고 느리게 신발을 벗었다. 어두운 안방의 문을 열고 비슷하게 어두운 방 안으로 걸어 들어갔다. 핸드백을 미끄러트리듯 손에서 놓고 방의 가장 어두운 구석에 쪼그리고 앉았다. 발끝을 모으고 손끝을 모아 포개어 보니 체온이 느껴져 마음이 잠시 느슨해졌다. 소영은 고개를 살짝 숙여 머리카락을 흘려내리고는 어둠 속에서 머리카락 한올 한올을 세어보았다. 어디론가 다시 떠나가야 할 것 같은 기분이 드는 건 또 어쩐지 위로가 되었다.

소영은 몇 년째 긴 머리를 고수하고 있었다. SNS용 사진을 찍을 때 옆모습이나 뒷모습 사진을 많이 찍는데 한껏 여성스러운 모습을 포기할 수 없어서 긴 생머리를 유지하고 있었다. 계절이 바뀌면 자를까, 회사를 그만두면 자를까, 친구와 싸우면 자를까 고민했던 몇몇 순간이 있었지만 결국 여성스러운 뒷모습의 사진을 포기할 수 없어서 자르고 싶은 순간마다 잘 참아냈다. 방구석에서 혼자 텅 빈 것들을 비워내는 일은 소영에게 능력 밖의 일이었다. 어두운 방 안 한 구석에서 소영은 무엇을 어떻게 해야 할지 몰라 꽤 곤란한 시간을 보냈다. 소영에게 지금의 집은 그저 우연히 들른 낯선 공간 같았다. 분명 여기가 내 집이긴 한데, 진짜 도착지는 따로 있는 것처럼.

핸드폰을 꺼내 의미 없는 터치를 반복이나 유튜브 어플을 켰나. 검색창에 '행복'이라고 검색해 보고 눈에 띄는 영상을 재생시켰다.

— 억지로라도 웃으세요. 억지로 웃으면 우리의 뇌가 행복하다고 착각한대요. 이렇게 쉽게 행복해질 수 있어요.

이게 가능하다고?

소영은 지금 억지로라도 웃는 건 불가능하다 생각했다. 차라리 더 현실적인 단어들을 떠올렸다.

— 이별, 이별하러 가는 길, 헤어짐, 헤어질 때 남자 심리.

얄궂게도 친절한 알고리즘은 소영이 다양한 방법으로 헤어질 수 있음을 보여주었다. 그리고 헤어진 후 생길 수 있는 여러 경우의 수를 보여주었다. 눈앞에 펼쳐진 네모난 헤어짐 앞에서 소영은 이상하리만치 아무렇지 않았다. 최소한 그들은 얇게 불행해 보이진 않았다. 소영을 진짜 미치게 했던 건 자책이었다.

— 나 도대체 왜 이래.

현은 단 한 번도 소영의 집에 온 적이 없다. 그 흔한 라면 한 번 먹고 간 적 없다. 소영의 공간에는 현이 준 선물도 없다. 어떠한 흔적도 없다. 소영의 머릿속만 비우면 현을 완벽히 잊고 집에서는 오롯이 혼자일 수 있었지만 시간이 지날수록 외로움이 두려워졌다. 차라리 걱정해 보기로 했다. 소영의 머릿속으로 수만 가지 걱정이 지나갔지만 그중에 진정으로 무엇을 걱정해야 할지 몰라 또 외로워졌다.

나의 투정에 마음이 동요되지 않는 사람.

한때는 현의 그런 점이 좋았다. 나에게 단호한 만큼 다른 사람들에게도 휘둘리지 않을 테니, 현이 세상의 중심에 서 있는 사람처럼 보였다.

하지만 지금은. 그래서 지금은.

소영은 그날 밤, 발끝을 모으고 두 손을 모은 상태로 잠이 들었다. 눈을 떠보니 시계는 새벽 한 시를 가리키고 있었다. 두어 시간 자고 일어났더니 묘하게 마음이 편해지고 개운한 건 기분 탓일까.

소영은 이와 중에 잠을 자는, 정확히 말해서는 공손한 자세로 굳어 불편하게 졸고 있는 자신이 어이없어 실소했다. 방 안에 불을 켜고 어제 아침과 똑같은 방 안을 응시하며 소영은 천천히 눈을 끔뻑거렸다. 이렇게 외롭고 두렵고를 반복해도 침대와 화장대, 서랍장은 그대로다. 너무 그대로라 그게 또 마음에 안 들어 실없이 한 번 더 웃었다. 소영은 따뜻한 물에 샤워를 했다. 뿌연 김이 서린 샤워실에서 한 시간 넘게 물기운을 느꼈다. 차가운 욕실에서 몸을 감싸고 있는 하얀 연기가 모락모락 거리면서 온몸을 감싸는 걸 보고 있노라면 혹시 죽지 않고도 세상에서 없어지는 방법이 있지 않을까, 생각해 보고는 기분은 조금 나아졌음을 느꼈다.

소영은 조금 이완되고 조금 진정되니, 또 현이 궁금해졌다.

사람의 기억력은 습관처럼 혹은 버릇처럼 버리고 싶을 때

버리지 못한다. 마음이 조금 편해지고 조금 살만하니 또 현을 떠올리고 미워할 힘도 생겼다. 새벽이란 시간은 참, 그때 생기는 어떠한 힘과 용기는 참 이상한 방향이다.

'잘 도착했나, 차는 막히지 않았나. 그런 평범한 질문이 별로라면 차라리 한 번 더 사과할까.'

소영은 뭉큰한 마음에 핸드폰을 바라보았다. 혹시나 현의 부재중 전화가 와있을까 기대했지만 아무 연락이 없다. 현은 시시콜콜 연락하는 스타일이 아니었는데 그 점이 오늘은 다른 확신을 주었다. 소영은 커피 한 모금을 마시고 통화 버튼을 바라보고 커피 한 모금을 마시고 통화 버튼 바라보고를 반복했다. 마지막으로, 마지막으로, 속으로 나지막하게 외치며 통화 버튼을 눌렀지만 현은 받지 않았다.

사실 소영은 안다. 그게 현이 확실하게 거절하는 방법이라는 걸. 알면서도. 잘 알지만.

시간은 서서히, 소영의 가쁜 숨소리를 무시하듯 흘렀다. 창밖은 아침이 오는 만큼 어둠은 옅어져 갔다. 어둠이 옅은 어둠, 더 옅은 어둠, 좀 더 옅은 어둠으로 바뀌는 시야를 더듬으며 소영은 그래, 그래도 아침이네, 생각했다. 소영이 마치 버릇처럼 통화 버튼을 누르고 몇 번이 몇십 번이 되어 더 이상

몇 번 통화를 시도했는지 의미가 없어질 때쯤, 현은 전화를 받았다.

"왜?"

"…"

여보세요, 없는 전화는 뒷말을 잊게 만든다.

"아니. 그냥. 특별한 이유는 없어요."

"그럼 나중에 얘기하자. 나 밥도 제대로 못 먹었어. 나중에 얘기하자."

전화를 끊은 쪽은 현이었다. 소영은 차가운 방안에서 시간처럼, 아무렇게나 던져진 사람처럼, 마치 누군가에게 들키면 이 세상에서 사라질 사람처럼, 소리 없이 울었다. 한참을 울고 나서 소영은 오롯이 혼자인 방안, 내 흔적뿐인 내 집에서조차 흐느끼기만 하는 자신이 더 초라하게 느껴졌다.

아무도 보는 사람이 없는데 왜 펑펑 울지 못할까.

그날 밤. 현에게 아무 일도 없었듯 전화 왔다. 현에게는 정말 아무 일도 없었다. 핸드폰에 부재중 전화가 시는 통이 넘게 표시되어 있었을 테지만 그건 현이 이해하면 될 일이었다. 아침은 휴게소에서 먹었는데 별로 맛이 없었고 어제는 유달리 춥더라고, 그래서 잠을 좀 못 잔 거 같다고 했다. 살짝 들뜬 목소리였다. 쉬고 왔는데 집에 오니 또 쉬어야겠다고, 역시 집이 최고라며 웃으면서 말했다. 그리고 집에 도착해서 뜨끈하게 전기장판에 들어가서 이불을 덮고 제대로 한숨 자겠다고 했다.

그로부터 일주일쯤 지나고 점심을 먹다 문득, 현이 소영에게 그날 왜 그렇게 예민했냐고 물었다. 혹시 그날이었냐고. 넌 그날 전에 항상 그렇더라고.

○

겨울이 짙어질수록 바깥은 점점 차가워졌고 둘의 온도는 여전히였다. 적당한 연락의 텀, 똑같은 데이트 패턴, 빨라지지도 느려지지도 않는 둘 사이. 둘은 서로의 일상에 똑같이 스며있었다. 둘 사이에 달라진 게 있다면 소영의 말수가 조금 줄어들었고 약속 장소에 미리 도착해서 기다리지 않는 정도였다. 소영이 입을 다물어도 현은 늘 하던 대로 말하고 들었다. 더 보태지도 부족하지도 않게, 언제나처럼.

"우리 여행 갈래요?"

그런 소영이 오랜만에 뭔가 하자고 제안했다. 소영은 둘 사이를 생각할 시간이 필요하다 생각했는데 그 시간을 현과 함께하길 바란 건 그래도 사이를 유지할 실마리 같은 거였다. 현의 마음을 확인하고 싶었고 어쩌면 우리 사이를 테스트해

봐야겠다는 솔직한 심정이었다.

"지금? 여행? 그게 말이 된다고 생각해? 너 요즘 심심해?"

현이 핸드폰을 바쁘게 터치하면서 눈도 마주치지 않고 말했다.

"아니. 그러니까."

"정신 차려. 김소영."

현이 이성적으로 따지고 들면 소영은 몸과 마음의 곳곳이 마비된다.

'심심하냐고요? 아니요. 나 서운하다고요.'

너의 사랑이 부족한 게 나를 힘들게 한다는, 나도 내 마음을 잘 모르겠다는 말을 직접 하는 건 생각보다 초라한 일이었다. 이성적인 사람을 감정적으로 설득할 방법은... 그런 방법은 소영이 쓰는 언어로는 불가능했다. 소영은 설득이 먹히지 않자 부탁하고 애원해야 했는데 그 애원은 일주일쯤 계속되었을 때 겨우겨우 먹혔다. 현은 마지 못해서 같이 가 준다고 했고 그게 최대한의 양보라고 말했다. 소영은 양보긴 진실한 언어에 마지막으로 좌절했다.

– 용서와 양보

어차피 처음부터 그랬다. 몰랐던 사실은 아니지만 자꾸자꾸 바닥이 갉아 먹혀 드디어 흔들거렸나 보다. 둘의 만남에는 꼭대기에 아무것도 없었으니까. 현은 소영에게 너를 위해 회사에 연차를 내었다, 너를 위해 일을 모아서 급하게 처리하느라 바쁘고 피곤하다고, 여전히 너를 위하고 있다고 했다.

다 너를 위한 일. 난 너를 위해 사는 사람. 앞으로도 널 위할 사람.

"고마워요."

소영이 참아내듯 고맙다고 말한 건, 그래야 끝이 난다는 것을 잘 알고 있었기 때문이다. 소영이 고맙다는 말을 했을 때 현은, 만족의 미소를 보였다. 소영은 현의 미소를 빤히 응시했다. 올랐다 내렸다 하는 입꼬리, 의미를 알 수 없지만 힘이 느껴지는 눈빛, 날 선 콧날, 상처 주는 말을 서슴없이 던지는 저 입을 바라보고 소영은 옅은 두려움이 느껴져 몸이 떨렸다. 더 이상 소영에게 현과 함께하는 여행은 아무런 의미가 없음을 느꼈다. 아니, 오히려 두 사람 사이에 함께할 시간이나 여행이 없어야 한다는 걸 깨달았다.

다음 날 소영은 현에게 아무 것도 묻지 말고 여행을 가지 말자고 말했다. 현은 기껏 계획을 잡아났더니 갑자기 무슨 변덕이냐고 화를 냈다. 그런 현을 보면서 소영은 묵묵히 상처받았다.

'웃겨, 그럼 이제 또 미안하다고 말해야 하는 건가.'

둘이 암묵적으로 지켜왔던 룰에 예외란 없었다.

언제부터 상처받고 있었을까.

소영은 이제야 겨우 현에게 상처받았음을 인정한다. 그럴 때마다 잠시 마음이 편해졌다가 시렸다. 소영은 버려지는 시간이 아닌 자발적으로 혼자 있는 시간이 필요했다. 좀 더 솔직히 말하면 현에게서 멀어져서 제대로 된 생각을 해야 했다. 현과 함께하지 않는 시간 동안 무언가 해소되고 있다는 것을 느끼고 있었다. 그걸 찾아야 했다. 현이 없는 곳으로 가고 싶어져서 회사와 집만 반복했다. 현이 없는 일상의 반복은 또 다른 평온함을 느끼게 해주었다. 제법 괜찮아지고 제법 행복해졌다. 차라리 혼자가 편했다.

일주일쯤 각자의 시간을 보내고 둘은 만났다. 보고 싶어서, 생각나서, 서로가 걱정돼서 잡힌 약속은 아니었다. 그저 습관처럼, 어떠한 주기처럼, 쳇바퀴처럼, 의무감으로 전화를 했고 안 본 지 너무 오래되었으니 만났다. 약속 시간이 살짝 지났을 때 소영은 도착했는데 현은 미리 도착해서 기다리고 있었다. 왼쪽 다리를 떨며 턱을 괴고 있는 건 불안감이었을까.

현은 느지막이 카페로 들어오는 소영의 손목을 잡아채고 앞에 앉혔다.

"너 요즘 왜 그래?"

"모르겠어요. 혼자 있고 싶어졌어요."

카페 안은 사람들로 북적였다. 사람들은 각각 자신의 앞에 앉아있는 사람과, 옆에 앉은 사람과 대화하고 있었다. 서로가 서로를 바라보는 눈빛과 서로가 서로에게 하는 목소리로 실내는 가득 차 있었다. 하지만 현과 소영은 서로를 바라보는 눈빛도, 어깨선도, 목소리도 그 어떤 것도 나란하지 않았다. 현은 소영을 향하던 눈빛을 주변으로 돌려 두리번거리더니 언제나의 현처럼 말했다.

"와, 그런데 여기 사람 많네. 장사 잘되나 봐. 주인은 돈 많이 벌겠다. 월세는 얼마쯤 되려나. 나중에 우리도 이런 거 하나 차려서 살자."

"…"

소영은 현의 움직이는 턱을 물끄러미 바라보았다. 평소 같았으면 소영은 현이 하는 말의 다음을 이어갔을 거다.

– 좋아요, 설계는 직접 할까요, 어디가 좋을까요, 짓는 데 얼마나 걸리죠.

따위의 말을. 지켜지길 바라지도 않으면서도. 오늘 소영은 아무런 관심이 없는 사람처럼 침묵했다. 현이 번쩍 목소리를 올려 다시 물었다.

"무슨 얘기 중이었지? 그래. 그러니까, 왜?"

"모르겠어요."

"너 자꾸 이럴 거야?"

"그동안 몰랐던 그 기분이 버려진 기분이었나 봐요. 난 이제 당신이 싫어요."

정말 울고 싶지 않았지만 소영은 버려진다는 말에 참지 못하고 눈물이 쏟아져 나왔다. 소영의 인생에 최대로 중요한 거절이었고 외침이었다.

현은 어리둥절해졌다.

"갑자기 왜 울어? 울지 말고 똑바로 말해봐. 내가 이해 안돼서 그래. 여행도 가자고 해서 간다고 하고 가지 말자고 해서 알겠다고 했잖아. 너 하고 싶은 대로 다 했잖아. 왜 그래?"

현은 화를 냈다. 그건 짜증이기도 했다. 현은 소영에게 원래 그러지 않는 사람 아니냐고, 갑자기 왜 변한 거냐 따지기 시작했다. 혹시 자신에게 복수하냐고도 언성을 높였다. 소영은 현의 말끝에서 외로이 상처를 느꼈다.

현은 원래 그랬던 사람.

그럼 소영은 원래 어떤 사람이었을까.

소영은 며칠째 현에게 오는 연락에 대답하지 않고 있다. 못했다는 표현이 더 정확할지도 모르지만 어쨌든 둘 사이에 대화는 없었다. 일주일쯤 지났을 때 현에게 메시지가 왔다. 뭔지 잘 모르겠지만 미안하다는 짧은 메시지였다. 굳이 이유는 잘 모르겠다고, 앞의 말을 붙였다.

– 사과가 어색한 사람, 미안하다는 말을 잘 하지 않는 사람.

혼자 있으면서 소영이 생각해보니 현은 미안할 일을 잘 만들지 않는 사람이긴 했다. 이성적이고 실수하지 않으니 사과하지 않는 사람. 불만이 있으면 거침없이 말하고 소영이 바뀌길 요구하는 사람. 그런 자신감에 가득 차서 자존심을 지키며 사는 삶이 소영의 눈에 멋있어 보였던 것도 사실이다. 지금은 그런 완벽함에 숨이 막힌다.

○

오랜만에 사랑이에게서 연락이 왔다. 소영은 사랑이를 만나면 십 년 전의 나를 만나는 것과 같아서 시간을 공짜로 거슬러 가는 기분이었다. 그리고 이젠, 추억 말곤 세상에 공짜는 없다는 걸 깨달았다. 물론 그 추억도 그 시절엔 진짜 공짜는 아니었지만.

"잘 지냈어? 정말 얼마 만이야."

"그러게. 거의 십 년 만인가?"

서른의 사랑이와 소영의 만남은 스무 살의 사랑이와 소영의 만남처럼 가연스러웠다.

"그때는 우리가 스무 살이었으니까."

"이제 서른이 정말 얼마 남지 않았어. 징그러."

사랑이는 놀리듯 목을 부르르 떨면서 귀여운 장난꾸러기처럼 콧등을 찡긋거렸다.

"이제 와 하는 말이지만 너 그때 늘이 좋아했지?"

아무 준비하지 못한 소영은 얼굴을 붉혔다. 십 년이 다 되어 가는 일인데 아니라는 말이 나오지 않았다. 소영은 늘이란 이름을 듣는 순간 마치 타임머신을 타고 스위치를 누른 듯, 스무 살의 소영의 심장으로 돌아갔다.

"어떻게 알았어?"

"얼굴에 다 써있었거든."

소영은 사랑이의 말에 십 년 전의 그 콩닥거림과 설렘이 다시 고대로 생각이 났다.

"좋아하는 마음은 어차피 다 들켜. 사랑하지 않는 마음도 똑같지. 그래도 사람 마음 참 어렵다는 게 아이러니긴 하지만. 어쨌든 너 그때 참 예뻤어. 사랑을 시작하고 설레하던 그 표정, 그 발그레한 볼 전부 다. 이제 우리에겐 없어. 그런 표정, 그런 웃음은."

스무 살 늘이를 생각하던 마음과 지금 현에 대한 마음은 참 많이 달랐다. 소영은 어떤 게 진짜 사랑인지 여전히 몰랐다. 사랑이 앞에서 생각해 보니 늘이를 생각했던 순수했던 그 마음이 사랑이고 지금 현을 생각하는 마음은 미래에 대한 흐릿한 계획 즈음이었다. 소영에게 현은 미래의 결혼을 위해 챙겨야 할 준비물이었다. 인정하고 나면 쉬이 가벼워진다.

결혼하고 싶었던 것도 아니면서 준비물은 무슨.

"사랑을 숨길 수 없듯 사랑하지 않음도 숨길 수 없어."

사랑이가 너무도 단호하게 말해서 소영은 잠시 숨이 멎는 것 같았다. 소영은 지금까지 숨기고 감추었던 것들을 찬찬히 되짚어 보았다. 소영은 늘 숨김에 자신 있었는데 지금 가장 많이 감추고 있는 대상은 현이었다. 어쩌면 숨기는 마음도 알아차려 주길 바라는지도 모르겠다. 그 이유는 꼭 사랑이었으면 하고. 진심인지 아닌지 그 사람에게 마음을 주는지 주지 않는지는 나는 안다. 기어코 나는 알아낸다. 그게 진짜 사랑이었는지는 언젠가 알아차린다. 소영이 현을 찬찬히 꼬집어 그려가는 동안 사랑이는 새초롬하게 말했다.

"그때 나 늘이랑 잠깐 사귀었어."

사랑이의 말에 소영은 심장이 쿵 하고 내려앉았다. 심장은 그렇게 다시 펌프질하기 시작했다. 사랑이는 추억을 고백하듯 말했고 소영은 표정 관리가 제대로 안 되어 애꿎은 아이스 아메리카노를 빨아 마셨다.

"늘이랑 요즘도 연락해?"

"아니, 사귀었으니까 당연히 서먹해졌지. 그냥 친구로 남을 걸 그랬다. 괜히 좋은 친구 잃은 거지. 결과가 좋지 않을 일은 아예 시작하지 않는 게 더 나은가 봐."

사랑이가 늘이랑 사귀었단 말에 소영의 심장이 바닥에 꺼졌다가 머리에 박혔다가를 반복했다. 분명 까맣게 잊고도 십 년 동안 멀쩡하게 살았던 추억일 뿐인데 봉합되지 않은 마음처럼 늘이는 다시 떠오르며 소영을 기겁하게 했다. 적어도 사랑이란, 시간이 얼마나 흘렀던지 그 사람의 이름만으로도 심장을 조물거릴 수 있는 거였다.

"사실 나 고민이 있는데 너에게 물어보면 정답을 말해줄 것 같아서."

"정답? 세상에 정답이 어딨어?"

사랑이는 그럼에도 어떤 대답이라도 해줄 것처럼 적극적으로 대답했다.

"지금 남자친구에게는 미안하다는 말을 들어도 마음이 풀리지 않아. 나이가 드니까 자꾸 속이 좁아지나 봐."

소영이 쑥스러운 듯 고개를 숙여 웃었다.

"남자친구가 성에 차게 사과를 안 하겠지. 사과하는 자세가 안 돼있거나. 사과가 통하지 않는 건 태도의 문제라고."

사랑이는 눈동자를 굴리며 다시 소영과 똑바로 눈을 마주 쳤다.

"혹시 사랑하지 않아서 아냐? 남자들은 사랑하는 사람과 싸우면서도 좋은 사람으로 보이려고 한 대. 그때 보통 여자들은 헤어짐을 생각하고 있고. 그래서 말이 안 통하는 거야. 좋은 사람이고 싶은 사람이랑 헤어짐을 생각하는 사람이 어떻게 대화가 되겠니? 그런데도 사랑하면 말도 안 되는 것들도 이해되고 용서되잖아."

소영은 사랑이 앞에서 한없이 입술과 심장을 오무렸다.

"너, 그 사람 안 사랑해?"

사랑이가 현을 사랑하냐고 물었다면 다른 대답을 할 수 있었을까. 사랑하냐고 묻는 질문과 사랑하지 않냐고 묻는 질문은 대답이 생각보다 성가시다. 소영은 언제나 응,이 편했다. 응, 하고선 상대가 원하는 걸 해주면 잘 끝나는 상황에 익숙해 있다. 그래도 거절하지 않고 살았으니 이 정도로 착하게 사는 거니까.

– 그래.

– 응.

소영은 그렇게 마침표가 어울리는 대답을 해왔다. 대답은 결론을, 그 사람과의 관계를 만들어 주었다. 소영은 마침표가 있는 대화가 편하고 좋았다. 그러고 나서 긍정의 이유를 적당히 찾아 스스로에게 변명하면 그 상황은 잘 지나갔고 사람은 내 옆에 남아주었다. 그런 현이 지금 내 옆에 남아있다. 사랑이는 뭔가를 안다는 듯이 하필이면 '안' 사랑하냐고 묻고 있다.

　– 응. 안 사랑해.

　– 아니. 사랑해.

　소영은 사랑이에게 애초부터 없는 마음을 들킨 것 같아 흠칫 놀랐다. 소영은 새삼스럽게 지금 그 누구도 사랑하고 있지 않음을 깨달았다. 현도, 나 자신도.

　"내가 사랑하는 사람과 너랑 맞는 사람, 편안함을 느끼는 사람은 다 달라. 그러니까 사랑할 때, 사랑받을 때, 편안할 때 중에 어떤 상황에 가장 행복한지를 제대로 알아야 해. 사랑에는 순서가 있어. 다른 누군가를 사랑하는 것보다 나를 제대로 아는 게 가장 먼저야."

　사랑이는 개법 그럴듯한 내답을 해주었다.

　"우리 학교 다닐 때 수업 듣다가 교수님한테 쫓겨나던 그때가 그립다. 그래도 서른을 앞둔 마지막 계절에 너랑 같이 스무 살 봄을 추억할 수 있어서 참 좋다. 스무 살은 바람이 차가워도 봄 같았는데 서른을 앞두고 보니 한없이 겨울이네."

그리고는 다시 스무 살의 귀엽던 그 미소를 보이며 웃었다. 소영은 사랑이와 헤어지고 이상하게 마음은 한결 가벼워졌다.

'그 시절의 내가 그리운 거야. 그리고 그리워해도 되는 거야.'

소영은 서른을 앞둔 겨울, 그제야 그때의 스무 살 소영이 스무 살의 늘이를 사랑했다고, 어쩌면 그게 첫사랑이었음을 알았다. 소영에게 잊어가고 있는 기억이 있는 건 참 근사한 일이었다. 가끔은 현실보다 추억이 더 쓸모 있다. 소영은 현이 없는 삶을 생각해 보았다. 미래를 위해 붙잡아둔 현이었지만 현이 없는 삶은 인내심이 덜 필요하다는 생각이 들었다. 서로 함께하지 않아도 소영도 현도 제대로 잘 살아갈 거다. 당연히 함께하기로 했던 약속을 굳이 지킬 필요 없음을 깨닫게 된 순간 별일 아닌 일로 흩어진다. 허무하기도 했지만.

소영은 집에 도착해서 침대 아래에 묵혀있던 먼지부터 쓸고 닦아 냈다. 친구의 파혼을 위로하느라 미뤄두었던 운동화도 깨끗하게 빨았고 베란다에 빳빳하게 말려두었다. 날은 추워도 햇빛이 들어오는 날에는 분명 바싹 마를 거다. 며칠이 걸릴지는 모르지만, 며칠이 걸려도 바짝 마르기만 한다면 상관없다. 집 안 구석구석 마음을 두지 않았던 곳을 들춰내고 쓸어냈다. 마음이 닿지 않은 만큼 먼지는 쌓여있었고 맨들맨

늘아세 윤을 냈다. 언젠가 한 번은 해야 할 일을 지금 해내는 기분은 꽤 상쾌하고 시원했다. 다음이 무엇이 되었든, 다음을 준비할 자격을 갖추는 과정이었다. 청소를 마치고 소영은 언젠가 발끝과 손끝을 모아 앉아있던 방 안 구석에 그때처럼 쪼그려 앉았다.

– 나를 위한 여행을 하자. 혼자 갈 거야.

소영은 나 자신에게 세상에서 가장 소중한 선물을 주고 싶었다. 서른이 사회에서 어떠한 역할과 책임감이 생기는지는 정확히 몰라도 어쨌든 더 정확하고 구체적인 미래, 어른의 연애를 할 거라 미루어 짐작했다. 그렇다면 분명 지금보다 몇 배는 더 고단할 테니 한 달 정도는 나 자신에게 시간을 선물하고 싶었다.

– 그냥 있는 그대로의 나. 그리고 지금.

– 그래서 지금의 나.

소영은 돌고 돌아, 울고 웃으며 세상에서 가장 소중한 건 기금의 니라는 밀 깨달았나. 아수 자연스럽게, 아주 평범하게, 그리고 상식적으로 깨달았다. 누구의 눈치도 보지 않고 떠나는 여행을 상상만 해도 묘한 해방감이 들었다. 목적지는 없다. 그냥 출발할 거다. 그저 아무도 나를 아는 사람이 없는 곳으로. 나에게 아무것도 원하는 게 없는 사람들과 일상을 보내는 상상은 소영을 들뜨게 했다.

  – 안정적일 때 행복했던 것도 아니면서 왜 안정감만 원하면서 살았을까.

  – 안정감을 위해 포기하는 게 행복일까.

  여행을 다녀와서는 그때에 맞는 현실에 맞춰서 다시 시작을 하든, 하던 일을 하든, 어떻게든 그때에 맞게 살면 된다. 그때는 그때가 지금이 되는 순간을 경험하게 될 테니까.

  현은 다 정리하고 여행을 가겠다는 말을 듣고 한 번도 온 적 없던 소영의 집으로 찾아왔다. 짐을 싸고 있는 소영을 불러내 입을 턱까지 움직이면서 말했다. 현은 말도 안 된다는 말만 일관적으로 늘어놓았다. 서른에는 좀 다르게 살고 싶다는 소영에게 현은 코인 공부를 추천했다. 이게 공부만 제대로 하면 진짜 로또보다 낫다고 했다. 혹하지 말고 제대로 해보자고. 솔직히 말은 안 했지만 소영이 좀 더 공부하길 바랐다고 했다. 아직은 현실에 안주하면 안 되고 물가는 오르고 그만큼 집값도 비싸지며 자녀 교육비가 얼마나 드는지 아냐며 더 열심히 살아야 한다고. 현의 입은 턱까지 닿을 것 같았다.

  앞으로 우리가 결혼하면 반반 결혼을 할 텐데, 나보다 적게 벌면서 갹출할 생활비를 감당할 수 있겠냐고. 결혼하고 나서 말생할 지출 내역을 조목조목 나열했다. 힘든 소리, 앓는 소리 할 시간 없다고. 공부하겠다면 책을 사주겠다며 선물처럼 말했다. 현의 꼿꼿한 목소리 톤과 위로 같지 않는 위로에 소영은 헛웃음이 났다. 한때는 음정이 변하지 않는 그 목소리 톤에 안정감을 느끼기도 했었는데.

현은 둘의 미래를 어떤 공식으로도 계산해 낼 공학용 계산기처럼 굴었다. 소영은 이제야 겨우 지금 현이 쏟아내고 있는 말들이 최소한 사랑하는 연인이 해줄 말은 아니라는 희미한 판단이 섰다. 현이 말하는 결혼의 시기는, 소영이 더 스펙을 쌓는다는 조건이 또 붙었다.

현은 소영에게 미래의 공기 같은 사람이었다. 하지만 현은 힘든 일이 생길 때마다 송곳 같은 사람으로 변한다. 소영이 아픈 곳을 귀신같이 찾아서 뾰족한 송곳의 끝으로 찔러준다. 피가 나든 상처가 생기든 상관없이 일단 끝까지 찌르고 본다.

공기는 그러니까 숨을 편하게 쉬고 살기.

'우리는 왜 만날 때도, 헤어질 때도, 전화할 때도, 연락할 때도 서로 사랑한다는 말을 하지 않았을까.'

곱씹어 보니 단 한 번도 현에게 사랑한다는 말을 들어본 적이 없다. 소영도 하지 않았다. 굳이 표현하지 않아도 둘은 미래를 약속해 왔다. 확인이 필요 없는 사랑이라 믿어 의심치 않았는지도 모르겠다. 나만 잘 참아내면, 한가한 사랑 타령 하지 않으면, 현이 원하는 사람이 되면서 시간은 흘러갈 거고 나이는 먹을 거고 그렇다면 언젠가 이 남자와 결혼했을 거다.

소영은 이제 와 현에게 자신을 사랑하냐고 물었다. 현은 당연하다고 말했다. 그걸 꼭 말로 해야 아냐며, 당연하다는 말을 반복했다. 사랑하지도 않는데 시간과 돈을 투자해서 지금까지 너를 만났겠냐고 말이 길어질수록 화를 내고 따지고 들었다.

어쩌면 언젠가 흔들릴지도 모를 내 인생을 구원해줄 비싼 보험 같은 그 사람. 소영은 보험만 빵빵한 인생이 왜인지 알게 서글퍼졌다.

– 웃기지도 않아.
– 삽질한 사랑, 헛다리 짚은 게 다인 인생.
– 그래도 잘 참아내고 있잖아.

지금은 눈물이 안 났다. 소영은 사랑하고 싶어졌다. 그게 타인이든 나 자신이든 상관없었다. 하지만 진지하고 진실하고 성실하게 사랑하고 싶었다. 할 때마다 재미있고 호기심이 생기는 일과 직업, 그때그때 설레는 순간을 끌어모은 꿈. 이 사람 아니면 안 되는 사랑하는 사람과 설레는 내일을 함께하고 싶어졌다.

옆에 있어도 보고 싶은 사랑, 헤어지면 멀쩡하지 못할 이별을 하고 싶다.

스물아홉, 겨울의 끝에서 소영은 현과 헤어지기로 결심했다.

정말 해피엔딩으로 마무리하고 싶었어요. 저는 평화주의자라 저를 비롯한 모든 사람들이 잘 먹고 잘 살았으면 좋겠습니다. 나 혼자 잘 먹고 잘 사는 거 생각보다 별로 재미없거든요. 그냥, 다 같이 행복하면 좋잖아요. 저와 많이 닮은 소영이 아주아주 오래오래 행복하게 살았습니다, 하고 마침표를 찍고 싶었습니다. 그래서 결말을 어떻게 해야 하나, 어떻게 마무리 짓는 게 소영이 가장 행복할까 많은 고민을 했습니다. 갑자기 로또라도 당첨돼서 건물을 사야 할까. 아님 사랑에 많이 의지했으니까 더 좋은 조건으로 사랑을 퍼부어줄 사람을 만나야 할까.

그런데 문득 그런 생각이 들었어요.

사는 게 그렇잖아요. 갑자기 행복이 한꺼번에 밀려오면 또 그만큼 힘든 일이 생기잖아요. 행복 총량의 법칙, 그러니까 불행 총량의 법칙을 저는 믿거든요.

사람은 누구나 소소하게 행복하고 얇게 불행합니다.

소영은 아마도 한꺼번에 행복이 밀려와도 제대로 행복해하지도 못하지 않을까 생각해 봅니다. 그런 부분도 저와 많이 닮았구요. 우린 누구나 얇게 불행하지만 얼마든지 행복하게 살 수 있어요. 행복 그거 별거 아니거든요.

얇은 불행

사람은 누구나 얇게 불행하다

초판 인쇄 2022년 12월 23일
초판 발행 2023년 01월 06일

지은이   김현주
펴낸곳   읽고싶은책 (제2020-000044호)
펴낸이   오세웅
편집   권윤주, 박성화
디자인   임민정

주소   서울시 관악구 신림로340 르네상스복합쇼핑몰 7층 707-4호
이메일   modubig@naver.com
홈페이지   https://modubig.modoo.at/

책값은 뒤표지에 표기되어 있습니다.
ISBN   979-11-978569-7-6 03810